Justus Friedrich Wilhelm Zachariae

Poetische Schriften

Justus Friedrich Wilhelm Zachariae

Poetische Schriften

ISBN/EAN: 9783741184673

Hergestellt in Europa, USA, Kanada, Australien, Japan

Cover: Foto ©Andreas Hilbeck / pixelio.de

Manufactured and distributed by brebook publishing software
(www.brebook.com)

Justus Friedrich Wilhelm Zachariae

Poetische Schriften

Poetische
Schriften

von

Friedrich Wilhelm Zachariä.

Zweyter Theil.

Mit allerhöchst-gnädigst Kaiserl. Privilegio.

Carlsruhe,
bey Christian Gottlieb Schmieder.
1777.

Verzeichniß
der im zweyten Band enthaltenen Stücke.

Die Tageszeiten.

Der Morgen	Seite 3
Der Mittag	51
Der Abend	94
Die Nacht	135

Die vier Stufen des weiblichen Alters.

Vorbericht	175
Das Mädchen	179
Die Jungfrau	187
Die Frau	196
Die Matrone	204

Die Schöpfung der Hölle, nebst einigen andern Gedichten.

Schreiben an den Freyherrn von Zedlitz	213
Die Schöpfung der Hölle	217
Die Unterwerfung gefallener Engel	255
Die Vergnügungen der Melancholey	271
Unterhaltungen mit seiner Seele	292

Oden und Lieder.
Erstes Buch.

An den Freyherrn von Gemmingen	307
An seinen Schutzgeist	312
Die Begräbnisse	315
Der Religionseifer	317
Die Orgel	319

An

	Seite
An Selinen	321
Der Choral	323
Phantasie	325
An Amintas	327
Die Erscheinungen	328
Vesuv	330
Die Nacht	333
An Selinen	335

Zweytes Buch.

Die Bombe	343
An den Freyherrn von G = =	345
Das Mitleid	348
An die Sonne	350
An das Clavier	351
An den Freyherrn von G = =	353
Einladung an H. E = =	355
Die Entschlüsse	357
Die Seuche	359
An die Liebe	361
An drey Orangenbäumchen	362
An das Clavier	363
An die Nachtigall	365

Drittes Buch.

An den Freyherrn von Zeblitz	369
An den Sylphen Ariel	371
	Ein=

	Seite
Einladung an H. P. G ∗ ∗	373
Auf einen Dompfaffen	375
An Herrn Fleischer	376
Der Unwillige	378
An den Harz	380
Die Aufmunterung	383
Der Eisbrunn	385
Der Adel an den Freyherrn von G ∗ ∗	387
Einladung an einen Freund auf dem Harze	389
An den Verfasser der Oden, Lieder und Erzählungen	391

Viertes Buch.

Der Abend	395
An Selinen	397
Die Linde	399
An Herrn E ∗ ∗	401
Das schlafende Mädchen	403
An den Baron von S ∗ ∗	405
Der Vefriedigte	407
Die Geige an den Freyherrn von Zedlitz	409
Die Wolken	411
An Herrn E ∗ ∗	413
Das Clavier	415
Die Dose	417
Die Landschaft	419

Fünftes Buch.

| An das Schiff, welches Klopstocken nach Dänemark führte | 423 |

An

An Herrn Prof. Gärtner 426
Die Pantomime 428
An den Herrn Rittmeister von S = = 431
An Herrn von St = = 432
Klagen eines unglücklichen Liebhabers.
    =   =   =   Erste Ode 434
    =   =   =   Zweyte Ode 436
    =   =   =   Dritte Ode 437
An den Freyherrn von Zedlitz 439
Ode auf die unvermuthete Ankunft des Erb-
     prinzen 442
Gebeth um den Frieden 445
Ode an den Herzog Ferdinand 448
Empfindungen christlicher Dankbarkeit 452
Ode an die Frau von Spiegel 455
An die Göttin der Gesundheit, als sich der
     Erbprinz im Aachner Bade befand 459
Allgemeines Gebeth 462

Musikalische Gedichte.

Die Pilgrime auf Golgatha 467
Das befreyte Israel 484
Die Auferstehung 489
Die Tageszeiten in vier Cantaten.
    =   =   =   Der Morgen 496
    =   =   =   Der Mittag 498
    =   =   =   Der Abend 500
    =   =   =   Die Nacht 501

Die
Tageszeiten.

Der Morgen.

Sey mir, o heitrer Morgen, gegrüßt! Komm,
    steige hernieder
Von den vergüldeten Höhn in wiederermunterte
    Thäler!
Sieh! die Blume richtet sich auf; voll blitzender
    Perlen
Lacht sie schöner umher, von deinen Stralen ge-
    öffnet:
Und, indem die Musik des belebten Waldes er-
    wachet,
Wirst du von Jubelgeschrey, und jauchzenden
    Chören, begrüßet.

Du, die mit einweihendem Blick den Brit-
    tischen Sänger
Zu dem weiten Palast der Jahreszeiten ge-
    führet:

Laß

Der Morgen.

Laß mich, Dorische Muse, die Jahreszeiten im
Kleinen,
Jahreszeiten des Tags, nicht ganz unwürdig
besingen!
Bring mich an die umleuchteten Pforten des schim-
mernden Morgens.
Ihm eröffnet sie jetzt mit Rosinfingern Aurora,
Und er fährt im Osten herauf im Pompe des
Sieges,
Welchen er über die Schatten erstritt. Sein
stralender Wagen
Fliegt durch die Himmel. Die güldnen Stunden,
die lachenden Freuden,
Schweben um ihn. Ein Perlenthau trieft von
purpurnen Rädern
Auf die erwachende Welt, die ihren Geliebten
bewillkommt.

Du, o mein getreuester Gärtner, du, Ehre
der Freundschaft!
Welchen das edelste Herz, auch ohne die glück-
lichsten Gaben
Deines erleuchteten Geistes, erhübe; den öfters
die Laute,
Die der malende Thomson gerührt, zur Bewun-
derung hinriß,
Wenn du, mit über dich sirömender Lust, vom
Antliz des Frühlings
Unter dem schattichten Dach vertraulicher Linden
und Ulmen
Dich

Dich begeistert gefühlt; und durch die Liebe be-
glücket,
So durch die Liebe beglückt, als Sterbliche je-
mals gewesen,
Mit vermehrter Empfindung der Nachtigall Lie-
der gehöret:
Leih auch meinem Gesang vom holden Lenze des
Tages
Ein gefälliges Ohr, und lächle der Kühnheit Er-
munterung.

Siehe! die einsame Nacht winkt mit dem
bleyernen Zepter
Ihrem düsteren Zug, den traurigen Kindern des
Schattens.
Sie gehorchen dem Wink, und folgen eilig dem
Wagen
In die Gefilde des Abends zurück. Der strei-
fichte Schleyer
Dunkler versammelter Wolken, in den die Natur
sich gehüllet,
Rollt sich vom Himmel bereits in wogichtwallen-
den Falten.
Zitternd verschwinden die Sterne; der helle Bote
des Morgens,
Lucifer, blinket allein mit matten verlöschenden
Stralen
Durch den unendlichen Raum des weiten ätheri-
schen Reiches.

Vom Gefolge der Nacht entwischen indeſſen die
Träume
Gauckelnd zurück, und ſchwärmen auf bunten
flatternden Flügeln
Ueber den Häuptern der Menſchen herum in zahl-
loſen Schaaren.
Denn der Morgen, der jetzt den ſanfteſten Schlum-
mer verſtreuet,
Schafft in der leichteren Seele den freyen mitt-
leren Zuſtand
Zwiſchen dem tiefeſten Schlaf und dem erſten
leichten Erwachen.
Ihrer bemeiſtert ſich jetzt die Phantaſey. Von
dem Haupte
Weht ihr der wallende Federbuſch hin; die gol-
denen Locken
Wallen mit Blumen gekränzt in die Luft; ihr
Kleid iſt beſäet
Mit viel blitzenden Flittern, und tauſend wech-
ſelnden Farben.
Wild und plötzlich ſchießt ſie umher. Bald ſtei-
get ihr Fittich
In die Gefilde der Luft; bald ſtürzt ſie von Fel-
ſen herunter,
Und arbeitet durch brüllendes Meer zu fernen
Geſtaden.
Itzo geht ſie entzückt in hellen bezauberten Wieſen,
Hört Sirenengeſang, und ſpeißt in Schlöſſern
der Feyen;

Oder

Oder sie bebt durch schreckliche Wüsten, und alte Gemäuer,

Und geht unter den Gräbern herum in Trauer
verhüllet:

Bis das kleinste Geräusch die leichten Träume
zerstöret,

Und dem erwachenden Blick die leeren Phantomen verschwinden.

Nach und nach enthüllet sich nun die dämmernde Gegend.

Waldichte Hügel erheben ihr Haupt; in blauer
Schattirung

Schwillt zusehends dem Auge bereits der Rücken
der Berge.

Dunkelglänzend rollet der Strom die ruhigen
Wogen

Durch das rauchende Land, das immer noch
mehr sich enthüllet.

Mächtige Thürme steigen empor, und drohen
den Wolken,

Und das mosichte Dach tritt aus den verschwindenden Schatten.

Jubilirend schwingt sich indes die steigende Lerche

Von der thauichten Flur, und ruft dem kommenden Tage.

Der erwachende Wald, die wiederbelebten Gefilde,

Hören die Stimme des Herolds, der zu Gesängen ermuntert.

Alle

Alle werden ermuntert. Es hüpfen die Sänger
             des Waldes
Fröhlich empor, und putzen die Schwingen. In
             stiller Erwartung
Scheinen sie alle bereit, um bey dem gegebenen
             Zeichen
Mit dem allgemeinen Concert die Sonne zu
             grüssen.

      Noch verbirgt sie sich uns. Auf rosenfarbe=
             nem Fittig
Rauschet die Morgenröthe vorbey, indem sie die
             Sterne
Plötzlich vertilgt, und rings um sich her die
             Wolken bepurpert.
Voller Ungeduld stürzet die Schaar der grösseren
             Vögel
In die Tiefe der Luft, die Sonne früher zu
             schauen.
Aus dem dunkelen Forst wallt ihr der reisende
             Reyher
Und der Habicht entgegen. Ein dickes Geschwa=
             der von Dohlen
Flattert um Felsen herum, mit lautem geschwä=
             tzigen Rufen,
Da in oberer Luft, in gaukelnden Kreisen, die
             Schwalbe
Sich im röthenden Stral die blauen Flügel ver=
             güldet.

                         Lang=

Langsam trabet nunmehr der Hirsch mit stolzem
Geweyhe

Ueber die Haide zum Forst, und sieht nach den
Saaten zurücke.

Die er ungern verläßt, vom frühen Tage verscheuchet.

Auch der Haase flüchtet sich nun zum buschichten
Vorholz;

Da aus hohen waldichten Wipfeln veralteter Eichen

Mit schwerfliegendem Flug der Rabe zu fernen
Gefilden

Fortzieht. Munter eröffnet bereits der Schäfer
die Hürden;

Von dem Widder geführt, folgt ihm die blöken-
de Heerde

Zu den blumichten Höhn. Von Frühlingsgerü-
chen begeistert,

Setzt der zufriedene Hirt auf einem waldichten Hügel

Fröhlich sich hin; ergreift sein Rohr, und schal-
lende Lieder

Tönen ins einsame Thal. Der Nachhall horchet
den Liedern,

Sendet sie wieder zurück, und täuscht den lauschenden Schäfer

Mit dem ähnlichen Ton. Nunmehr erwachen die
Hütten.

Auf dem mosichten Dach girrt schon der buhlen-
de Tauber

Um die Geliebte herum, die bald nach spröden
Verzögern

Ihm den verweigerten Kuß noch süſſer, noch
feuriger, hingiebt.

Mit gebogenem Hals ſteht hoch auf der Leiter
der Haushahn,

Und kräht Freud' in den Hof; mit lauten ſchla=
genden Flügeln

Springt er hinab auf den Platz, und tritt den
ſchwätzenden Weibern

Brennend entgegen; er ſchüttelt voll Stolz die
mächtige Krone,

Und geht unter ſie hin mit majeſtätiſcher Herrſchaft.

Seine Stimme verkündiget Arbeit. Den Herold
des Tages

Hört der Landmann, ſpringt auf, und macht in
grauender Dämmrung

Seinen Wagen zurecht; er hohlt die wiehernden
Roſſe

Aus dem niedrigen Stall, und führt ſie der Ar=
beit entgegen.

Oder er ſpannt an den Pflug die wiederkäuenden
Ochſen,

Die geduldig dem Joch die breite Stirne gereichet.

Langſam zieht er zur Flur, und reiſſet ſeitlang
die Furchen,

Unter der Lerche Muſik, die ihm die Arbeit ver=
ſüſſet.

Jetzo ruht er, gelehnt an den Pflug, und ſchauet
begierig

Weit gen Oſten hinab, das Antlitz der Sonne
zu ſehen.

Sonne

Gönne dein Antlitz, o Sonne, den dich erwar-
        tenden Fluren,
Und belohne die Müh des schweißvergiessenden
        Landmanns!
Sie beschleunigt den Lauf, und röthet im wol-
        lichten Osten
Immer heller die Wolken, die vor ihr hergehn,
        und schimmern,
Wie ein glänzender Hof, der seinen Monarchen
        verkündigt.
Und nun siehe! Sie kömmt, sie ist da! Mit
        vollem Gesichte
Blickt quer über die Welt die holde Fürstin des
        Tages.

Jetzo fliege die Phantasey, mit mächtigen
        Schwingen,
An den entnebelten Strand des ruhig schweigen-
        den Weltmeers;
Oder sie schaue herab von himmelnahen Gebirgen
Weit in die Wüste des Meers, die jetzo der
        Morgen bestralet.
Wiehernd steigen die Pferde der Sonne, mit
        dampfenden Nasen,
Aus den Fluthen herauf, die feurige Laufbahn zu
        rennen.
Sie, die Sonne, sitzet darauf im monarchischen
        Pompe;
Von dem duftenden Haar der alles erheiternden
        Göttin
                Tröpfelt

Tröpfelt ein himmlischer Thau, der, in sich öff-
nenden Muscheln,

Zu den reinesten Perlen erstarrt.   Des Meeres
Bewohner

Recken ihr Haupt aus der Fluth, die frühe Sonne zu grüssen.

Alles ist Himmel und Meer; doch auch die unendliche Wüste

Lacht mit spielendem Glanz aus allen funkelnden
Wogen.

Tief am Rande des Horizonts entdecket das Auge,

Halb in Wolken, und halb in der Fluth, das
mächtige Kriegsschiff,

Sichtbar kaum; jetzt nähert es sich; schon schwel-
len die Seegel

In das forschende Glas; schon flattern die
Flaggen und Wimpel

Um den wankenden Mast; bis endlich die schwim-
mende Vestung

Alle Seegel verspreitet, und nah am hohen
Kasteele

Mit dem Donner des Kriegs die lauten Inseln
begrüsset.

Und nun ist der Vorhang gefallen! Auch
über die Ebnen

Funkelt der Sonne göttlicher Glanz; es trinken
die Felder

Geizig das segnende Licht, das so wohlthätig sich
ausgießt.

Alles

Alles lächelt entzückt von trunkner Freude verschönert;

Jedes Gras erhebet sein Haupt mit blitzenden
Perlen;

Alles, was Stimmen hat, feyert mit Stimmen
die Ankunft der Sonne;

Die gesammte Natur schallt wieder von jauchzenden Chören,

Und ein heiliger Duft steigt, wie ein dampfender
Nebel,

Von dem Erdenaltar zum Morgenopfer der
Sonne.

Prächtige Scene! wer kan dich beschreiben?
Wer tauchet den Pinsel

In die Farben des Morgenroths ein, dich würdig zu malen?

Traurig harrte die bange Natur im erkältenden
Schauder,

Und ihr herrlichster Schmuck war von den Schatten verschlungen.

Wie ein mächtiger Tod lag, mit verbreiteten
Schwingen

Die verhüllende Nacht weit über dem einsamen
Erdkreis.

Aber auf einmal verjagt die triumphirende Sonne
Schatten und Schauder und Schlaf zum Nieder-
gange zurücke.

Ihre wohlthätige Kraft gießt sich durch alle Geschöpfe,

Und

Und der Puls der Natur fängt an von neuem zu
    schlagen.

O wie war es so leicht, daß Menschen dich
    göttlich verehrten,

Gütige Sonne, dich Quelle des Lichts, dich
    Fürstin des Himmels,

Da ihr erstes Gefühl zu solchen Wundern sie
    hinriß!

Hätte der Heide dich nicht verehrt, so wär' es
    dem Heiden

Zum Verbrechen geworden! Wenn in dem Tem-
    pel von Cusko,

An dem rauschenden Ganges, und an des Hy-
    daspis Gestaden,

Das lautfeyrende Chor der weißgekleideten Priester

Dich mit Hymnen begrüßt, und dir mit Weyh-
    rauch geopfert;

Oder der nackende Mohr in fröhlichgeschlossenen
    Reihen

Dich mit Tänzen empfieng; war dies nicht Men-
    schen gemäser,

Als vor Stieren zu knien, und Caimanen zu
    räuchern?

Sey auch uns, Regentin des Tags, im Osten
    willkommen!

Dich begrüße das Lied der hingerissenen Muse,

Welche durch deinen Glanz den Thron des Schö-
    pfers erblicket,

Dessen unterste Stufen dein himmlisches Feuer
    vergüldet.

                Stra-

Stralender Ausfluß des Lichts! du! Quelle von
aller der Schönheit,
Die den wandelnden Erdkreis in seinen Veränd=
rungen schmücket.
Segen und Nahrung flieſſet aus dir, in feurigen
Strömen,
Für unzehlige Schaaren so vieler verschiednen
Geschöpfe!
Von dem Herren der Welt, bis auf die stau=
bichte Milbe,
Trinket alles, und lebt von deinem beseelenden
Ausfluß!
Dich umtanzen die Stunden in musikalischen Reihen,
Und die Zeiten des Jahrs, im abgemeſſenen
Wechsel,
Folgen dir nach, und kränzen mit Seegen und
Freude den Erdkreis.
Wenn der blumichte Lenz kaum von den Pur=
purgewölken
Seine Rosen verstreut: so steigt der mächtige
Sommer
Auf den flammenden Thron, und schieſſet sen=
gende Stralen
Aus dem Köcher herab; die Pfeile ritzen die Erde,
Das weitwallende Feld wird weiß; die reifenden
Aepfel
Glühn erröthend am Baum; indem in milderer
Herrschaft
Sich der verschwendrische Herbst auf kühlenden
Lüften herabläßt;

Sein

Sein von Trauben und Früchten geschwollenes
　　　　　Füllhorn verschüttet,
Und das jauchzende Feld mit güldenem Regen
　　　　　erfreuet.
Bis, in Schneegestöber verhüllt, der brausende
　　　　　Winter
Tödtende Seuchen verjagt, und auf verwüsten-
　　　　　den Stürmen
Schätze von Ruh und Gesundheit den starrenden
　　　　　Fluren ertheilet,
Daß der ermüdete Baum, die lang entkräfteten
　　　　　Felder
Unter der Decke der Flocken zu neuem Seegen
　　　　　sich ausruhn;

Aber wie groß ist nicht Der, der dich, o
　　　　　mächtige Sonne,
Und nicht dich nur allein, der Millionen von
　　　　　Sonnen,
In den grenzlosen Raum, als stralende Funken,
　　　　　geschüttet,
Die er aus dem Leeren des Chaos allmächtig
　　　　　herausschlug!
Jede von werdenden Welten, und ihren Trabau-
　　　　　ten umringet,
Unaussprechliche Zahlen von tausend verschiednen
　　　　　Systemen,
Wovon jedes ihn preißt mit Myriaden Bewohner.

　　　　　　　　　　　　　Muse

Muſe, der ſinkende Flug kann nicht die Höhen
    erreichen,
Wo der brittiſche Geiſt im Sonnenglanze ſich badet.
Nur Thomſoniſche Hymnen erfüllen die Seele mit
    Feuer,
Und beſingen allein den erhabenſten Gegenſtand
    würdig!

Doch jetzt, da die Natur, zu Lobgeſängen
    entzücket,
Ihm jauchzt, der ſie erſchuf; da ihn die Hügel
    erheben,
Ihm die Wälder lobſingen, und alle Stimmen
    ihn preiſen;
Jetzo ſchwiege der Menſch? Jetzt ſchwiege der
    Chriſt? O der Schande!
Unnatürliche Trägheit, die unvergeblicher wäre,
Als die Blindheit des Heyden, wenn er der Son=
    ne geräuchert!
Aber was ſeh ich? Viel tauſende ſteigen von
    nächtlichen Lagern
Nicht vom Vorſpiel des Todes geſchreckt, in wel=
    chem ſie lagen!
Unerkenntlich, obgleich ſie von neuem zum Leben er=
    wacht ſind!
Ohne Gedanken taumeln ſie hin zur niedrigen Ar=
    beit,
Ohne Gedanken von Ihm, der ſie aus Staube
    geſchaffen.

    Doch

Doch ich seh auch chriſtliche Hände zum Himmel
sich falten,
Und demüthige Knie sich vor dem Allmächtigen
beugen.
GOtt schaut gnädig herab; die Morgenopfer der
Herzen
Sind ihm ein süſſer Geruch, und füllen den jauch-
zenden Himmel.

Ganz verblendet vom Glanz der groſen präch-
tigen Scene
Sitze die Seele vertieft, und schaue vom waldich-
ten Hügel
Weit in das lachende Feld, dem Sonnenwagen
entgegen.
Oder leite mich jetzt, o Muse, zum winkenden
Luſtwald,
Wo in hohen Gewölben voll Laub ein heiliges
Schrecken
Mein durchdrungenes Herz mit frommen Gedanken
begeiſtert.
Laß der Sonne früheſten Stral die ſtammelnden
Seufzer,
Mit dem Opfergeruch des Morgens, zum Himmel
hinaufziehn.
Hülflos lageſt du da, in einem Zuſtand von Ohn-
macht ;
Es war Tod — Tod einer Nacht, in welchem
du ſchliefeſt.
O wie

O wie mächtig solltest du nicht die Wahrheit empfinden,

Daß von einer höheren Macht dein Leben gehangen!

Hast du dich selber erweckt? Hast Du die Augen
geöffnet,

Die ein Anfang vom ewigen Schlaf so fest dir geschlossen?

Konntest du deiner im Traum ausschweifenden Seele gebieten,

Oder die schwärmende Phantasey in Schranken erhalten?

Und du siehst es, du bist erweckt; ein Wunder
erweckt dich,

Und du lobst nicht den GOtt, der dir von neuem
dein Leben,

Ein so großes Geschenk, auf Sonnenstralen her-
abgiebt?

Doch die Andacht leitet mich schon auf feurigen
Flügeln

Hoch in die Wolken empor, und läßt mich die
Erde beschauen.

Welche Mengen entdecket mein Blick mit erhabenen
Händen,

Völker an Völker, verschieden in ihren Sprachen
und Sitten!

Von der Pagode, Moschee, von Synagogen, und
Kirchen,

Schallt die harmonische Cymbel, die weitertönen-
de Glocke,

Mit

Mit der prächtgen Mufik der Orgel vermifcht, in
die Lieder
So viel taufend verfchiedener Sekten, die hierin
doch eins find,
Einen allmächtigen Beherrfcher der Welt, und der
Geifter zu loben,
Welchen Namen ihm auch die menfchliche Sprache
gegeben.

Ewiger, einziger Gott! vor dem fich die Thro-
nen und Mächte,
Und die Myriaden der Engel, das Antlitz bedecken,
Laß dir die Lieder des Danks von deinen Gefchö-
pfen gefallen,
Auch vom irrenden Wilden, der mit verbreiteten
Armen
Im Gebethe feuriger brennt, als jene Mafchinen,
Chriften genannt; fie, die nur allein aus Gewohn-
heit dich loben.
Meine Seele zittert gebückt voll Andacht am
Throne
Deiner göttlichen Pracht, mit deren ferneften
Stralen
Jetzt fich die Morgenfonne bekleidet. Die fterbli-
che Harfe
Singt zwar nicht würdig genug fo grofe Wunder
der Allmacht;
Doch du hörft auch das Lied, das fromme Bewun-
drung dir ftammelt.

Nie-

Niemals müsse das Licht den wollichten Osten be-
purpern,

Daß mein feuriges Herz nicht dir zu Ehren ent-
brenne,

Wenn auch die Lippe vor dir mit heiligem Schweigen verstummet.

Alles schimmert nunmehr vom weltbeseelenden
Feuer;

Jegliche Perle von Thau blitzt uns im Kleinen
der Sonne

Bildniß zurück. Die ermunterten Blumen eröffnen
sich duftend

In dem frischesten Schmuck, und verhauchen Gerüche von Balsam.

Laute vermischte Concerte von wilden Hymnen der
Vögel

Schallen aus Hecken und Bäumen ins Thal. Der
Sperling Chöre

Zwitschern laut im Gipfel der Linde. Mit frohem Geklapper

Hebt sich der Storch vom dornichten Nest, durch-
seegelt die Lüfte,

Und sinkt nieder zum Moor; nun wadet er,
langsam schreitend

Durch die Wiesen, im Thau, und füllt mit Frö-
schen den Schlund an.

Mit verbranntem Gesicht, und schwarzen feurigen
Augen,

B 3   Naht

Naht sich die Dirne dem Quell, der einzigen Schmin-
ke des Landmanns,

Ihrer Mine fehlet nicht Reitz, nicht Anmuth den
Wangen;

Und Gesundheit und Jugend ersetzt den Mangel
der Weisse,

Die nur der Nachttisch erzwingt. Mit mächtigem
süssen Verlangen

Sieht sie der Hirt; ihm klopfet sein Herz. Er
treibet die Heerden

Langsam fort, sieht öfters sich um, bis seine Geliebte

Seinen Blicken entflieht. Nun treibt er die blöckenden Schaaren

Aus dem Dorfe die Trift hinauf, zum schattichten
Forste,

Wo das dickeste Gras die Kühe verbirget. Die Haine
Hören die süsse Musik der Schellen und Glocken,
und fernher

Füllt dies Geläute mit Anmuth das Ohr des
Wanderers. Alles

Wimmelt im Felde nunmehr. Ein frohes buntes
Gewühle

Von arbeitenden Menschen, von einzeln weiden-
den Heerden,

Welches sich mit der wallenden Fluth der Saaten
vermischet,

Reitzt den wandernden Blick mit einem lachenden
Wechsel.

Und

Und noch schläft der Bewohner der Stadt? und
kennt nicht die Freuden,

Die auf jegliche Flur die Hand des Morgens geschüttet?

Er sieht nicht das holde Gesicht der ermunterten
Erde,

Welche, gebadet im Thau, mit frischerer Schönheit umhersieht?

O der Schande! Verhüllet in Dampf, vergraben
in Federn,

Träumt er den Morgen vorbey; in Phantaseyen
verwirret,

Welche die Dünste des Weins im brausenden Blute gebildet.

Und ihr, holde Schönen der Stadt, wie fliesset
so traurig

Euch das Leben dahin! wie ist euch die Anmuth
verhüllet,

Welche der heitere Morgen auf jeden Spazieren-
den schüttet,

Der in heiliger Nacht ehrwürdiger Wälder von
Eichen,

Oder am Teich, die goldenen Wolken beschauend,
einhertritt!

Warum athmet ihr nicht die frischesten Düfte der
Rosen,

Und die reineste Luft voll aromatscher Gerüche?

Flieh, o Muse, zurück, und laß den stolzen Bewohner

Hoher

Hoher Paläste den herrlichsten Morgen nur immer
verschlummern,
Und, umschwebt von leeren Phantomen der nich=
tigen Ehre,
Halb das Leben verträumen, und in dem übrigen
Knecht seyn.

Niemals hatte die schöne Seline den Einzug
des Morgens
In dem Kerker der Stadt gesehn, in welcher vom
Himmel
Nur ein kleiner Bezirk zu ihren Augen sich drängte.
Bilder vom Morgen hatte sie zwar, so wie sie
der Maler,
Oder der schaffende Dichter, in ihre Seele ge=
zeichnet;
Aber es waren nur Bilder, nie durch Erfahrung
bekräftigt.
In der Blüte der Jugend ward von der gütigen
Liebe
Ihr ein zärtlicher Jüngling geschenkt, mit dem
sie in Bergen
In der Nacht durch gereist, und nun am däm=
mernden Morgen
Von dem Abhang gen Osten weit in die Ebnen
hinabsah.
Plötzlich schoß Aurora vor ihr, mit purpurnem
Fittig,

Durch

Durch den streifichten Himmel, und that die Thore der Sonne

Vor ihr auf; doch schien sie entzückt im Fluge zu
zögern,

So viel hohe, sonst nie gesehene, Schönheit zu
grüssen.

Bald brauf kam die Sonne daher auf dem stralenden Wagen,

Mit dem ganzen Pompe des herrlichsten Morgens
begleitet.

Welches Entzücken ergrif die fühlende Seele des
Mädchens,

Da auf einmal vor ihr die prächtigste Scene sich
aufthat:

Neben ihr lag im süssesten Schlaf ihr theurester
Jüngling,

Dessen blühenden Reitz der Morgen noch schöner
ihr zeigte.

Zärtlich weckte sie ihn mit einem feurigen Kusse,

Und brach, fröhlich bestürzt, in diese beflügelten
Worte:

O, mein Geliebter, erwache zum allerprächtigsten
Schauspiel,

Welches jetzt deine Seline zum erstenmale betrachtet!

Himmel! wie welken die Scenen dahin, die alle
Theater

Uns zu geben vermögen! und wie verschiessen die
Farben

B 5   Aller

Aller Freuden des Hofs vor diesem himmlischen
Auftritt!
Und schon achtzehn Jahr ward mir dies Schauspiel
gehalten,
Eh ich nur einmal es sah? (Hier floß auf die Ro-
sen der Wangen
Eine Perle herab.) Auch diese Scene, Geliebter,
(Fuhr sie heiterer fort) hab ich nur dir zu ver-
danken!
Sie umarmten sich hier voll unaussprechlicher Liebe,
Und der günstige Morgen verschüttete Kränzen von
Blumen
Ueber dies zärtliche Paar, die glücklichste Liebe zu
krönen.

Solcher Scenen genießet der Blick des Wan-
derers, wenn er
Nicht zu gemächlich gewöhnt, sich aus den Armen
des Schlafs reißt,
Und den Thau und die kühlere Luft des Morgens
nicht fürchtet.
Du, o Muse, hast oft die weichliche Ruhe ver-
lassen,
Hast den wandernden Fuß mit Perlenthaue benetzet,
Und der Sonn' entgegen geblickt. Was gleichet der
Anmuth
Einer Landschaft, vom Morgen bemahlt! was
gleichet den Freuden,

Die

Die wir im Arme der Ruh, im Schatten der Freyheit, geniessen?

Siehe! dir winkt ein glückliches Haus. Mit
schimmernden Fenstern

Stralet es, weit in das Feld, des Wanderers Blicken entgegen.

Eine Säule von Rauch steigt aus dem zierlichen
Schorstein

Dick in die Wolken empor, voll von der Levante
Gerüchen,

Und verkündigt die Wohnung des Herrn des ruhigen
Dorfes.

Jetzt, da seinen bevölkerten Hof die blöckenden
Heerden,

Hinter einander sich drängend, verlassen, und
starke Gespanne

Munter wiehernder Rosse zum steinernen Thore hin-
ausziehn;

Schlüpfet aus seinem Arm die reizende Hausfrau
zum Fenster,

Und sieht mit aufwallender Brust den glücklichen
Reichthum

Ihrer gesegneten Heerden. Mit scharfem häußlichen
Auge

Schaut sie hinab in den Hof; ihr Blick ermuntert
zur Arbeit.

Ihr ists nicht zu gering, die Dirnen zum Fleisse
zu spornen;

Sie sieht selbst den Vorrath der Milch, und ordnet
des Gartens

Anbau

Anbau an; und rufet dem Schwarm der irrenden
Hüner,

Welche die Stimme sogleich der schönen Gebieterin
kennen.

Sie verlassen das thauigte Gras vom Hahne geführet,

Kommen aus Scheuren und Ställen hervor, bis
güldener Regen

Aus dem Fenster über sie rauscht. Sie hacken die Körner
Eilig auf, und beissen voll Neid auf Sperling und
Tauben,

Welche sich unter sie mischen, und ihre Nahrung
sich stehlen.

Alsdann kehrt sie zurück, und wenn sie im süssesten
Schlummer

Ihren Geliebten noch sieht; beugt sie sich über sein
Antlitz,

Hänget darüber in stiller Entzückung und schmelzen-
den Freuden,

Und küßt sanft ihm die Wange die auch im Schlummer ihr Anmuth

Lächelt.   Dann bringt sie auf zärtlichem Arm den
Erstling der Liebe,

Ein aufblühendes Mädchen, das ihrer Reizungen
Bild ist,

Und die Güte des Herzens in halben Worten erst
stammelt.

Schalkhaft legt sie es hin zu ihrem Vater, und
rauschet

Hinter den Vorhang zurück, die süsse Scene zu sehen.

Das

Das holdselige Kind schlingt sich mit schmeichelnden
Armen

Um den Vater, und weckt ihn auf mit Küssen und
Plappern.

Plötzlich erwacht er, und sucht die Geliebte vergebens; dann drückt er

Seine kleine Buhlerin an sich, und küßt mit Entzücken

Alle die Reize der Mutter, die hier im Kleinen sich
bilden.

Und nun kann sich die Mutter nicht mehr verbergen;
sie stürzt sich

In des Geliebten zärtlichen Arm, und schmilzt in
Entzückung;

Und indem sie das Kind vom liebenden Vater zurück nimmt,

Zittert die Thräne des Danks aus frölichweinendem
Auge.

Bald darauf hat sich in leichtes Gewand der Vater
geworfen,

Und genießet des Morgens mit ihr. Sie wandeln
zusammen

Unter dem laubichten Dach der alten wirthbaren
Linden;

Oder sie irren herum in bunten Blumengefilden,

Und beschauen die Pracht von so viel wechselnden
Farben,

Welche die gütige Natur auf alle Geschlechter verschüttet.

Jetzo bricht er für sie die jüngste thauigte Rose,

Die

Die er lächelnd ihr reicht: ihr ganzes Auge wird
Himmel,
Und sie steckt sie sogleich vor ihren wallenden Busen.
O! wie dankbar lehnt sie sich nicht mit redenden
Blicken
An ihn an, und sagt ihm schweigend die feurigste
Liebe!
Und wie verfinstert wird nicht ihr holdes Auge,
wofern ihn,
Häusliche Sorgen ihr rauben, und er auf muthi-
gem Roße
Ferne Fluren besucht, und seine Schnitter er-
muntert!
Lange sieht sie ihm nach, bis ihn die krümmenden
Thäler
Ihren Blicken entziehn. Dann kehrt sie ernster
zurücke,
Und ihr hoffendes Herz denkt nichts, als seine
Zurückkunft.

So verstreicht dem Landmann der Morgen in
schuldlosen Freuden —;
Nicht so der prächtigen Stadt. In ihre geöffneten
Thore
Zieht der Seegen des Landes, entweder auf seuf-
zenden Achsen,
Oder auch auf belastetem Rücken des emsigen Land-
manns.

Un=

Unruh, Getümmel und Lärm, schwirrt durch bevöl-
kerte Strassen

Mancher Morgengesang, mit wilden Flüchen vermischet,

Und begleitet vom langsamen Schlag des Hammers,
erschallet

Aus der Werkstatt des Künstlers. Von weissen Ge-
zelten bedecket

Steht der Markt; und Handlung und Tausch, mit
der blassen Gewinnsucht,

Spornen die Sterblichen an. Viel tausend ver-
schiedene Stimmen

Füllen die Luft; sie brauset und wallt, wie Wogen
des Meeres,

Die mit heiserem Ton an rauhen Gestaden sich
brechen.

Welch ein Ueberfluß strömt in diese verschwendrischen
Thore!

Und was würgt nicht der Mensch, um seinem Gau-
men zu schmeicheln!

Siehe! hier liegt das schuldlose Lamm, erst gestern
von Wiesen,

Wo es spielte, der Mutter geraubt, und der Wollust geopfert.

Selber den nützlichen Stier, der mit gedultiger Arbeit

Manchen Acker gepflügt, und ihn mit Erndten gekleidet,

Nahm der Landmann, und hat ihn erwürgt, voll
Undank erwürget!

Ja,

Ja, sogar die Bewohner des Waldes hat weder
die Wildniß,
Noch die schüchterne Flucht, vor blutigem Tode
gesichert
Den leichtfüßigen Hirsch mit stolzem Geweyhe ge-
krönet,
Hat die Kugel ereilt, und von den Felsen gestürzet.
Selbst am zärtlichen Reh tropft noch die blutende
Wunde,
Welche das wütende Bley in seine Seite ge-
schlagen.
Was für Mengen von herrlichen Früchten verschüt-
tet das Jahr nicht!
Und doch konnte der Mensch zur Nahrung von Blut
sich gewöhnen,
Zum Tyrannen der Thiere sich würgen, und reine
Gerichte,
Nicht mit Blute befleckt, verschmähn! Indem ihn
die Erde
Ueberflüssig versorgt mit paradiesischer Nahrung;
Mordet er doch, und mordet zur Lust! Verderb-
te Lukulle,
Da das flüchtige Wild vor eurer Verfolgung nicht
frey ist;
So beschleunigt den Tod des armen leidenden
Thieres,
Und jagt nicht den Hirsch mit einer unmenschlichen
Freude
Im Getöne des Jagdhorns, verfolgt von wüten-
den Hunden,

Durch

Durch den klagenden Wald, und durch erschrock-
ne Haiden,

Bis er, erhitzt auf den Tod, die letzten Seufzer
verröchelt,

Und sein Wildpret allein tyrannische Hunde belohnet!

O ihr Grosen der Welt! gewöhnt nicht den künftigen Erben

Weiter Provinzen zur grausamen Jagd; damit
nicht die Menschheit,

Und des Mitleids Gefühl, in seinem Herzen erstike!

Straft, ihr Mütter, auch nicht ein sanftes fühlendes Mädchen,

Welches mit Thränen euch fleht, es nicht tyran-
nisch zu zwingen,

In den farbichten Hals der Taube das Messer
zu stürzen;

Oder dem stummen schnappenden Fisch sein Leben zu rauben!

Soll sich ein zärtliches Herz zu Grausamkeiten
gewöhnen,

Und im rinnenden Blut die himmlische Schönheit
sich baden?

Ihre Thränen verdienen zu sehr die Verschonung
des Anblicks

Eines ängstlich sterbenden Thiers! O gebt sie
dem Jüngling

In den liebenden Arm mit unverdorbenen Herzen;
Welche Sanftmuth wird einst, von zärtlichem
Mitleid erhöhet,

Die gleichfühlende Brust ihr ähnlicher Kinder be-
leben!

Jetzo nahn sich die Pferde der Sonne den
Kreisen des Mittags,

Und der Höfling erwacht, und die Dame. Von
gestrigen Festen

Ganz noch berauscht, erheben sie sich, und taumeln ermattet,

Unbekümmert, wie lange bereits der Morgen ge-
stralet,

An die Tafel, wo sie der Levante Getränke beseelet.

Unmuth folget ihr nach; und fiebrische Todten-
blässe

Decket die Wangen, von denen zu bald ihr Frühling geflohen.

Kopfweh, vom Weine gezeugt, schwebt über dem
mürrischen Jüngling

Und peitscht seine schwellenden Schläfe mit grimmigen Geisseln.

Er bemüht sich umsonst, den Aufruhr des wallenden Blutes

Zu besänftigen, trinkt umsonst die kühlende
Quelle;

Schon entflammt ihn ein schleichendes Gift. Am
zierlichen Nachttisch

Sitzt, beschäftigt im Putz, die halb noch träu-
mende Schöne.

Ernstlich ist sie bemüht, auf ihren verblühenden
Wangen

Kunst

Künstliche Rosen zu schaffen; wohlriechende Wasser verduften

Rund um sie her. Sie senket sich ganz in den
silbernen Spiegel

Und Stillschweigen herrscht um sie, wofern sie
nicht etwan

Ihrer Gehülfin Lehren ertheilt, hier Muschen zu
legen,

Oder dort höher empor die schimmernde Blume
zu pflanzen.

Noch ist ihr Angesicht leer von allen erobernden
Mienen,

Die ein finsterer Ernst, und Tiefsinn im Putze
verschlungen.

Aber wie heitert es plötzlich sich auf! Ein präch-
tiger Stutzer

Flattert herein ins Gemach, und küßt mit wildem Entzücken

Ihre verzärtelte Hand, kaum von der Salbe getrocknet,

Die im Handschuh des Nachts die Farbe noch
weisser gekünstelt.

Jetzo setzt er sich kühn an ihre Seite. Sie
blicket

Ihm Ermunterung zu, und eilt, mit siegenten
Mienen

Ihn zu bezaubern. Wie künstlich weißt sie die
Reizungen alle

Zu verrathen, die sie in seinen Augen verschönern.

Bald zeigt sie den blendenden Arm; bald wirft
sie im Sprechen

C 2 Ihren

Ihren Mantel zurück, und alle Schönheit des
Busens

Schwillt vor seinem Verlangen empor; sein Auge wird wilder,

Feuriger wallet sein Blut; die sonst geschwäzige
Zunge

Stockt. Sie sieht es, und lacht; der Gott der
flüchtigen Liebe

Jauchzet; die Keuschheit entflieht, und sie führt
ihren Verehrer

An den Siegeswagen geschlossen, zum stolzen
Triumph fort.

Und am Nachttisch nicht nur empfängt die
entartete Schöne

Den wildliebenden Jüngling; von Frankreichs
Sitten verdorben,

Nimmt sie oft seinen Besuch noch halb in den Armen des Schlafs an.

Und dies nennet man Welt? Dies heißt Erziehung? O Name,

Lügender Name! Wie scheitert durch dich die Tugend und Keuschheit

Bey so vieler Gefahr, die unter der Sicherheit
lauschet!

O wie bist du, Germanien, nicht verdorben,
vergiftet,

Von der gallischen Pest! Die glücklichen güldenen Zeiten,

Da

Da du mit deinen männlichen Sitten der Wol-
          lust den Eingang

Wehrtest, und Trug nicht und List die Herzen
          der Fürsten entweihte,

Diese Zeiten sind leider nicht mehr! Denn da-
          mals war Tugend

Noch kein nichtsbedeutender Name. Die himm-
          lische Keuschheit

Gieng, im hohen Gefolge von reinen eigenen
          Sitten,

Unter deinen Töchtern einher. Die Chöre der
          Jungfraun,

Und der Jünglinge Schaar erhub sie in Hym-
          nen. Kein Laster

Hatte sich damals, wie jetzt, in lachende Na-
          men verkleidet;

Keine Galanterie schlich um das Ehbett. Die
          wahre

Treueste Redlichkeit nannte man damals die deut-
          sche; nie ward sie

Von der betrügenden Staatskunst entweyht. In
          ehrbarer Freyheit

Wurden von Müttern allein die blühenden Töch-
          ter erzogen,

Nicht vom gallischen Mädchen, das mit den gal-
          lischen Liedern

Alle Fehler sie lehrt, die ihre Herzen vergiften.

Weder die Kunst, mit der schildernden Na-
          del auf muntre Tapeten

          Lachen

Lachendes Feld, und lebende Bilder, in Seide zu
            pflanzen;
Noch die beſſere Kunſt, die Wirthſchaft glücklich
            zu führen;
Oder den reinlichen Tiſch mit deutſchen Gerich=
            ten zu füllen;
Auch nicht die Kunſt des Putzes ſogar, jetzt
            theuer erkaufet,
Fehlte Germaniens Töchtern. Am ungekünſtel=
            ten Nachttiſch
Gieng nicht der Morgen vorbey, ſo mancherley
            Schminken zu ordnen.
Nein, ſie ſchminkte der ſpiegelnde Quell; und
            eigene Schönheit
Nicht erzwungen mit Liſienweiß, und falſchem
            Carmine,
Stralte von offener Stirn und vollen roſigten
            Wangen.
Freche Jünglinge konnten noch nicht mit gleiſſen=
            den Worten,
Oder durch den blendenden Witz unſinniger ſchaa=
            ler Romane,
Den geſunden Verſtand der deutſchen Schöne
            verführen.
Keine neue Mode von Stoff, kein Auszug von
            Spitzen
Brachte der Tugend Gefahr, und hieß die Keuſch=
            heit entfliehn.
Dieſe Zeiten ſind leider nicht mehr! Wir tragen
            das Merkmal

                                        Von

Von dem gallischen Joch auf unsern gezeichneten
Stirnen!

Frankreich krieget mit uns durch seine Waffen
und Sitten;

Seine Waffen weichen noch oft germanischen Fahnen,

Aber mit seinen Sitten erobert es schneller und
sichrer.

Schaaren verdorbener witziger Köpfe, verhunger-
ter Marquis,

Kommen und plündern uns aus, gleich ihren
verwegenen Heeren,

Und dies ist nicht genug. Wir senden zur gallischen Hauptstadt

Unsere Söhne, daß sie dort ihre deutsche Gesundheit

Im wollüstigen Arm französischer Weiber verlieren,

Und ihr väterlich Gut im schändlichen Spiele ver-
schwenden.

Glückliches Volk! als noch die Satyre des gallischen Witzlings

Deiner ehlichen Treu, und Unerfahrenheit lachte.

Da Germaniens Schöne zu Liebenshändeln unfähig,

Dumm schien in französischen Augen. Die Zeiten
sind nicht mehr!

Nehmt die Satyre zurück, wir können sie nicht
verdienen,

Denn wir gleichen euch nun in allen Moden und
Lastern.

Dieses war der güldene Morgen der glücklichen Zeiten,

Welch

Welche Deutschland genoß; und der mit schwä-
      cheren Stralen
Fern von der Städte Betrug noch auf die Hütte
      sich ausgießt,
Wo altvätrische Treu altvätrische Sitten begleitet.

Bückenden Schmeichlern öffnet sich nun das
      Zimmer der Grosen.
O wie wimmelt der Saal von reichthumpralen-
      den Röcken,
Und falschklugen Gesichtern, in Staatsperücken
      gehüllet!
Sollte hier nicht der Klient, von leeren Verspre-
      chungen trunken,
Das so lang erwartete Glück am sichersten finden?
Doch Verstellung herrschet allhier. Ein Hof-
      mann umarmet
Hier den andern, als Freund, und hat bereits
      ihn verrathen.
Ach! sein tückisches Herz wird bald das Jam-
      mern des Weibes,
Und das Flehn unschuldiger Kinder mit Freude
      vernehmen;
Traurig stürzen sie von dem Ruin des Vaters
      ergriffen,
Mit in den Abgrund herab, und vergraben hohe
      Talente.
Dreymal glücklich ist der, der einen erleuchteten
      Staatsmann

                             Nicht

Nicht durch den sclavischen Rauch verstellter
Opfer gewonnen.

Wie unglücklich ist der, der in dem Vorsaal
des Schreibers,

Unerhöret vom vorgen Lakay, um Allmosen
bettelt!

Der im Prozeß verwickelte Landmann kömmt
jetzo mit Ehrfurcht

Zu dem Hause des Richters, dem seine Gerech=
tigkeit feil ist.

Was sein dürftiger Hof nur vermocht, die Kin=
der der Henne,

Oder ein saugendes Lamm, bringt er zum Altar
der Themis.

Gestern noch gieng er im dickesten Schilf am
sandichten Ufer,

Um die größte Forelle des Bachs dem Anwald
zu suchen!

Traurig wartet er nun den langen Morgen im
Vorhof

Des bestochnen Gerichts, das seine Pflichten ver=
kennet.

Ach! wie wird er noch oft der Themis Tempel
betreten,

Bis sein Hof, entvölkert vom Vieh, zur Wüste
geworden,

Und sein Acker allein dem Richter Sporteln ge=
tragen.

Glück=

Glücklich ist der, der fern vom Altar der
feilen Chikane,

Richter und Anwald nicht kennt, und seinen ruhigen Morgen

Unter dem niedrigen Dach, von Würden verschonet, dahinlebt.

Rufe der Musen zaubrisches Chor zu deiner Gesellschaft,

Da der muntere Geist mit leichtern Gedanken
emporsteigt,

Und der Körper noch nicht mit gröberer Nahrung beschwert ist.

Dann verschließ, von Thoren entfernt, dich unter die Weisen

Griechenlandes und Roms, und lerne leben von
Todten.

Oder geniesse des Morgens im Schatten vertraulicher Ulmen,

Wo sich der Epheu mit mahlrischem Wuchs am
Stamme hinauf schlingt.

Laß dich da das klassische Blatt zu ländlichen
Scenen

Leiten, und folge der Muse des schöpfrischen
Thomsons zur Wohnung

Der mit ihm vertrauten Natur, und sieh mit
Entzücken

Alle Schätze, die sie vor deinen Augen verbreitet.

Möcht' auch ich in dem Arm der wahren Freyheit und Ruhe

Meine Tage vollenden, und keines Mächtigen
Sklav seyn!

Wär' auch mir es vergönnt, die Balsamdüfte des
Morgens

Nicht im Kerker der Stadt, nein unter dem
Himmel zu athmen,

Welcher sich über dem Haupt des Landmanns
heiterer wölbet!

Da wollt' ich am murmelnden Bach, von Freuden berauschet,

Stehn, und geizige Züge der Lüfte trinken, die
Frühling,

Lust, und Zephir um mich verhaucht. Da wollt'
ich zufrieden

Wandeln unter dem Dach der alten geselligen
Linden,

Oder im herzerfrischenden Hain, wo kräftige
Kräuter

Bis in den innersten Sitz der Seele duften. Da
wollt' ich

Tief gehn in das wallende Korn, das rund um
mich herschlägt

Wie ein wogichtes Meer, indem die spielenden
Winde

Sanft es kräuseln. Auch wollt' ich dann oft die
Heerden besuchen,

Die an blumichten Höhn, in bunten Wiesen
sich waiden,

Und

Und das muntere Lied des frühen Hirten vernehmen,

Das er auf seinem ländlichen Rohr dem Wiederhall spielet.

Und was wollt ich nicht sehn, was wollt ich
nicht alles betreten?

Jeden lieblichen Fleck, und jeden geheiligten
Schatten,

Wo im einsamen Hain der Nachtigall Lieder
ertönen,

Und mein fühlendes Herz mit süsser Wehmuth
erfüllen.

Hätte mir dann ein gütig Geschick zu diesem Vergnügen

Noch das grösste verliehn, ein sanftes fühlendes
Mädchen,

Wie ich sie oft im täuschenden Traum von süssen Gedanken

Mir gedacht! von munterem Witz und redlichen
Herzen,

Ich für sie nur gemacht, sie ganz für mich nur
geschaffen,

Welche die paradiesischen Freuden des güldenen
Lebens

Mit mir genösse — was hätt ich da noch von
Glücke zu wünschen?

Aber mir schien bey meiner Geburt kein solches
Gestirne!

Nicht ein einziger Fleck der weiten Erde
gehöret

Mei-

Meinen Wünschen! Oft muß ich den Thor, den
     Witzling, ertragen
Um nur Bäume zu sehn, und Blüthen zu rie=
     chen. Oft muß ich
Stundenlang gehn, vor Hitze verschmachten, be=
     vor mich der Schatten
Eines Waldes erfrischt; indes der eckele Hof=
     mann,
Oder ein Harpax, der sich nur freut, im dü=
     stern Gewölbe
Finster zu lauschen, und Schätze zu häufen, die
     herrlichsten Gärten,
Und Paläste besitzt, um welche die glücklichsten
     Fluren
Sich erstrecken, und nicht sie genießt! Wie wür=
     be der Dichter
Sie geniessen! O glückliches Land, in welchem
     ein Pope
Mit der göttlichen Kunst die dichtrische Leyer zu
     rühren,
Sich sein Twidnam erwarb! Was kan der Dich=
     ter erwarten,
Welcher den Grosen Germaniens singt? erzwun=
     genen Beyfall,
Ein zweydeutiges Lob, und eine gnädige Mine.

   Doch was murrest du, Muse? Hat nicht
     der Himmel die Güter
In dich selber gelegt, die deine Zufriedenheit
     schaffen?
          Ist

Ist ein fühlendes Herz, ein immer heitres Ge-
　　müthe,

Von Gesundheit erhöht, kein Schatz, der Wün-
　　sche verdienet?

Ist die Schöpfung nicht dein? Singt in dem of-
　　fenen Walde

Nicht die Nachtigall dir mit noch mehr zaubri-
　　schen Tönen,

Als dem stumpferen Reichen in wenig genosse-
　　nen Gärten?

Blühn die Bäume nicht dir, und können Schran-
　　ken und Hecken

Ihre Düfte verhindern, zu deinem Genusse zu
　　bringen?

Seyd mir also gegrüßt, ihr frischen Auen, ihr
　　Thäler,

Wo der murmelnde Quell durch Gras und Blu-
　　men sich windet;

Und du freundlicher Hain, in dessen bewirthen-
　　den Schatten

Mich so oft Erquickung gelabt! — o sey mir
　　gegrüßet,

Mutter Natur! du gehörest mir zu! wohin ich
　　nur blicke,

Seh ich Wälder und Fluren für mich. Sie sol-
　　len umsonst nicht

Mich einladen; ich will oft darinn mit mächt'ger
　　Begeistrung

Mich erheben zu Ihm, der dich so herrlich ge-
　　schaffen,

　　　　　　　　　　　　　Dich

Dich für mich auch erschuf; und will im Feuer des Dankes

Oft die Leyer ergreiffen, und seine Wunder erheben.

Die ihr noch den lachenden Morgen des glücklichen Lebens

In unschuldigen Jahren genießt, in welchem die Sorge,

Oder ein drückendes Amt noch nicht die Musen verscheuchet;

Jünglinge, laßt nicht umsonst die heitern Stunden entfliehen,

Und bemüht euch, das frische Gedächtniß durch
Schätze der Weisheit,

Und das fühlende Herz zu wahrer Tugend zu
bilden;

Daß der erhöhtere Geist sich zu Gedanken gewöhne,

Würdig der edlen Menschheit, und eurer wahren
Bestimmung.

Millionenreich, bleibet ihr doch bey Mangel an
Weisheit

Aermer, als Bettler; und lernet ihr nicht, euch
selber beschäfft'gen,

So wird euch ein festlicher Saal zur einsamen
Wüste.

Ihr auch, ihr, Germaniens Schönen, ent-
ziehet am Nachttisch

Ei.

Einige Stunden dem Putz, und widmet sie leh=
renden Schriften.

In die Bildung voll Reitz, womit die Natur euch
beschenket,

Bringt auch wahres edles Gefühl vom Schönen
und Grosen.

Aber verachtet den Witz, der mit der schlüpfri=
gen Feder,

Eure Gemüther verderbt, und lachende Laster
euch lehret.

Grabt die Gesänge des lehrenden Dichters, die
Lieder des Weisen,

Welcher, wie Young, zur Tugend entflammt,
in zärtliche Herzen.

Laßt den leeren Roman die strafbare Liebe ver=
breiten,

Euer gereinigter Geist sey viel zu edel zum Laster.

Aber solltet ihr auch Geschmack im Büchersaal
finden,

Oder der feinere Witz sich seiner Stärke bewußt
seyn;

O so schreckt nicht sogleich mit niedrem pedanti=
schen Stolze

Euer Geschlecht, das neidisch auf euch, von Er=
ziehung ver:orben,

Wissenschaften noch mehr im prahlenden Hoch=
muth verachtet.

Die gelehrteste Schöne wird grösserer Beyfall
belohnen,

Wenn

Wenn sie Natur und Zärtlichkeit spricht, und,
    zur Liebe geschaffen,
Nicht mit Belesenheit prangt, und unter Hauben
    nicht Mann ist,
Folget auch ja nicht zu leicht, von Beyspiel und
    Schmeichlern verleitet,
Einer verwegenen Dichterin nach, zur Fahne der
    Reimer,
Oder wohl gar in das Feld der Kritik. Die sa-
    tyrische Geissel
Schonet des Reifrocks nicht, und trifft mit schmer-
    zenden Schlägen
Einer Schöne durchwässertes Lied, so sehr auch
    ihr Bildniß
Vor der mißlungenen Schrift vom Leser Verscho-
    nung erbittet.

Aber wie werdet ihr nicht das Herz des Man-
    nes beglücken,
Den die Vorsicht euch schenkt, wenn eure Wan-
    gen voll Rosen,
Euer siegender Blick, und eure Kastanienlocken
Ihn nicht allein euch fesseln; nein, wenn noch
    höhere Reize,
Anmuth des Geistes und Hoheit der Seele mit la-
    chendem Witze,
Immer gleich stark ihn bezaubern; wenn euer ge-
    fälliger Umgang
Oft von den Büchern ihn lockt, und selbst die
    Gesellschaft des Freundes

Zachariä poet. Schr. II. Th. D   Ihm

Ihm nicht immer die Freuden ersetzt, die Ihr
         nur ihm schenket.
O verdient nicht dies Glück, um für den Morgen
         des Lebens
Zeitig zu sorgen, ihn nicht zu verputzen; und we-
         nigstens mehr noch
Eure Seele zu schmücken? So wird sie im späte-
         sten Alter
Ueber den Abend des Mannes mit Stralen des
         Morgenroths lächeln.

Der Mittag.

Von dem stralenden Hofe der Sonne begiebt sich
der Mittag
Unter dem hellen Gefolge der schwülen feurigen
Stunden,
Nach der Erde herab. Ihm glüht sein männliches
Antlitz;
Fächelnde Winde schwärmen um ihn, und kühlen
die Wangen,
Welche die Milde beseelt, und himmlisches Lächeln
erheitert.
Ihm ruht im wohlthätigen Arm ein goldenes Füll-
horn,
Voll von Früchten. Es harrt die Natur auf seine
Geschenke;
Und er schüttet sie aus, und sein Gefolge bereitet
Tafeln umher mit Speise bedeckt, für alle Ge-
schöpfe.

Jn

In dem kühlenden Schatten von tausendjähri=
gen Eichen
Will ich jetzt wandeln. O! senkt euch herab von
rauschenden Wipfeln,
Heilige Schauer, die ganz die Seele des Dich=
ters empfindet!
Oder indem ich entzückt aus jener vertraulichen Grotte
Aussch in die streifichte Flur: so komm, o Be=
geistrung,
Die du so gern den einsamen Hain, die ruhigen
Thäler,
Oder die wölbende Höhle bewohnst! Sey günstig
der Muse,
Die den wechselnden Tag in seiner Vollkommenheit
singet.

Du, mein Giseke! du, der mit dem ge=
fälligsten Auge,
Welches die treueste Freundschaft beseelt, der
furchtsamen Leyer
Oft zu singen gebot; der du mit holden Gesprächen
Oft die ländliche Muse durch Flur und Auen be=
gleitet,
Und der Aussicht ruhige Freuden oft mit mir ge=
nossen:
Dies mein einfaches Lied sey deiner Ermuntrung
nicht unwerth!
Sey mir Apoll; so schallet die Laute mit glückli=
chen Tönen,

Welche

Welche wie ſilberne Wellen in blumichte Gegenden
rieſeln.

Und nun wandelt der Sommer des Tags mit
allem Gefolge
Durch die bunten Gefilde, die ihn mit Jauchzen
empfangen.
Tafeln entſtehn, ſo wie er ſich naht. Verſchwend=
riſche Feſte,
Allgemeine, wohlthätige Feſte für alle Geſchöpfe,
Heben ſich an, zur Ehre für ihn, des Himmels
Monarchen,
Welcher dem Bettler am Zaun, und im Palaſte dem
König,
Seine Tafel gedeckt, und mit gleichſorgenden Gnaden
Elephanten ernährt, und Milben ſpeiſet. Die
Spuren
Seiner Allgegenwart fühlt die Natur. Die Stun=
de des Mittags
Nimmt die helle Poſaune. Die Fluren horchen
und alles
Eilt aus Wald, und Waſſer, und Luft zum
Gaſtmal des Schöpfers.

Hoch ſieht die Sonne vom Himmel herab,
und ſcheinet im Lauf,
Stille zu ſtehn, der Freude der Erde noch länger
zu ſtralen.

Nach ihr blickt der Schäfer hinauf, und meldet
dem matten

Fragenden Wandrer die Zeit nach seiner nie trü-
genden Weltuhr,

Er indessen treibet sein Vieh zum kühleren Schatten,

Welchen der hohe verwachsene Wald ins reifende
Feld wirft,

Oder welche der buschichte Berg in die Wiese schattiret.

Unter dem Ahorn lagert er sich. Der blumichte.
Rasen

Ist sein Tisch; die schlechteste Kost, durch Arbeit
gewürzet,

Schmeckt ihm unter dem Baum. Dann sieht er
mit fröhlichem Auge,

Wie am rieselnden Bach die bunt zerstreueten
Heerden

Irren; und schöpft den silbernen Quell, und trinket zufrieden.

Tiefer im Walde weiden die Küh; die tönenden
Schellen

Füllen mit hohlem Geklingel die lautantwortenden
Thäler.

Jetzo lagern sie sich auf einer umschatteten Wiese
Wiederkäuend, und ruhen beschirmt im Dunkel
der Eichen.

Selber die Rudel liegen gestreckt im kühlesten Dickigt,
Tief im wallenden Gras, das sie dem Jäger ver-
stecket.

An

An dem rothen Moraſt, wo ſich der Regen ge-
  ſammelt,
Wälzt ſich ſchnaubend die Bache mit ihren Jungen;
  der Keller
Wetzet indeß am ſplitternden Stamm die grimmi-
  gen Waffen.
Jetzo ſchweigen verſtummt die bunten Sänger des
  Waldes
Unter dem Dache von Laub die ſchwülen Stunden
  vorüber.
Nur der güldne Hämmerling ſitzt im Haſelgebüſche
Auf dem ſchwankenden Aſt, und ſingt den ruhigen
  Haiden
Stets eintönig ſein Lied. Im üerſten dicken Gehölze
Schlägt der ſchmetternde Fink aus alten hangen-
  den Buchen.
Seinen hellen Geſang begleiten der Turteltaube
Melancholiſche Klagen, die ihren Geliebten beweinet,
Den ihr der mördriſche Habicht geraubt. Es pi-
  cken, und hacken
Hundert Schnäbel am moſichten Zweig, und ſu-
  chen ſich Nahrung,
Oder berauben den Kopf der brennendblühenden
  Diſtel.
In dem ſonnichten Vorholz lauſcht der ſchimmern-
  de Rothſchwanz,
Und ſchießt nach dem bunten Inſekt. Nicht glän-
  zende Farben,

Noch die güldenen Schwingen, erretten den Stu-
            zer des Sommers.
Auch die Fürstin des Sängergeschlechtes, die Nach-
            tigall schlüpfet
In den Gesträuchen herum; mit gierigfunkelnden
            Augen
Fährt sie auf den sich krümmenden Wurm. Sie
            singet nun nicht mehr
Zärtliche Lieder dem Hain; und klebt, gleich
            niedrigen Seelen,
An der Erde, beschwert mit Sorgen schmutziger
            Nahrung,
Hart von Gefühl; verstummt zu edlen harmoni-
            schen Tönen.
So sang oft, begeistert von dir, o himlische Tugend,
Einer bewundernden Welt der Dichter erhabene
            Lieder;
Doch sein heuchelndes Herz verleugnet mit niedri-
            gem Leben,
Was er so edel besang, und kriecht im Staube
            der Laster.

Langsam leitet nunmehr die matten Rosse der
            Landmann
Nach dem freundlichen Dorf, das aus dem Schat-
            ten der Linden,
Oder geheiligter Eichen, nach ihm süßlächelnder
            aussieht.
Alles kömmt vom Felde zurück; die glühende Dirne
            Un-

Unter der Laſt von welkendem Klee, eilt, ohne
zu ruhen,

In den winkenden Meyerhof hin. Mit Schweiſſe
bedecket,

Eilen die heiſſen Geſpanne mit Brauſen unter das
Obdach.

Nur der emſige Schnitter verachtet die Stralen
der Sonne,

Und mäht fort; weit klingt ins Feld die blitzende
Senſe,

Bis das ſinkende Korn in langen Reihen den Acker
Ueberzeichnet. Nun hört er von fern die fliegen=
den Schritte

Seines Weibes, welche ſogleich im Schatten der Eiche
Seine Tafel ihm deckt, und von den glühenden
Wangen

Schweiß ihm trocknet, mit Staube vermiſcht;
dann ſetzt er die Flaſche

An den durſtenden Mund, und ißt, zufrieden
und glücklich,

Unter dem rauſchenden Baume ſein Brod mit freyem
Gewiſſen.

Auch ſeys nicht der Muſe zu klein, die Tafel des
Landmanns

Zu betrachten. Wofern auch nicht bemahlte Con=
fekte,

Oder Gärten und Schlöſſer von Zucker die Neu=
begier reizen:

So verdienen es doch die unverdorbenen Sitten,

D 5   Mit

Mit der Treue gepaart, die längst den Städten
entflohn sind.

Höre! sie ruft die Glocke bereits mit silberner
Stimme

Zu dem ländlichen Tisch; der Dirne sinken die
Hände

Von der Arbeit dahin, und mit gelenkeren Füssen

Schreitet der Jüngling vom Stalle herzu. Sie
setzen sich alle

Um die Schaale herum, mit einem gesitteten Anstand,

Welchen man sonst nicht so leicht an niedrer Erziehung bemerket.

Oefters stralet alsdann von jungen glühenden
Wangen

Liebe hervor, und buhlet auch hier aus siegendem
Auge.

Denn oft hat die Natur auf eine der blühenden Dirnen

Ihre glücklichsten Reize verschüttet. Mit zierlicher
Länge,

Und mit schmaler Gestalt, durch keine Kleidung
erkünstelt,

Nimmt sie unter den Nymphen sich aus. Ihr
feuriger Blick schießt

Mächtige Stralen umher; die reichste Jugend des
Dorfes

Putzt sich allein für sie; ihr streicht die schreyende
Fiedel

Serena-

Serenaten in einsamer Nacht; die buntesten Sträusser
Fliegen ihr von den Jünglingen zu, auch öfters am
Jahrmarkt
Manches schimmernde Band. Sie hält am niede-
ren Landtisch,
Durch der Schönheit Gewalt, die rauhesten Sit-
ten in Ordnung.

Sind wohl die Sitten so fein am wilden Tische
des Junkers?
Mit der Grobheit vermählt sitzt er bey theuren
Gerichten
Unter plumpen schmarotzenden Gästen als Witzling
bewundert.
In den entweihten Pocal rauscht Wein, von
Dummheit vergället,
Und der vergüldete Saal tönt vom gemeinen Ge-
lächter.
Niedergeschlagen sitzet bey ihm die sittsame Schöne,
Welcher sein schmutziger Scherz mit jedem Worte
das Antlitz
Hochroth färbt. Wie wünscht sie sich oft zum spar-
samen Tische
Wieder zurück, wo ehmals ihr Brod die Unschuld
ihr reichte!
Aber sie wurde zu früh der edelsten Eltern beraubet,
Und zur Sklavin des Reichthums gemacht. Die
zärtlichste Rose
Blüht

Blüht hier vom Unkraut versteckt; doch bald wird
güttig der Himmel
Auf sie blicken; sie wieder hervorziehn unter dem
Unkraut,
Und ihr leidendes Herz mit einem Würdigen lohnen,
Der sie lange gewünscht, und Tugend und Un=
schuld verstehet.
Doch nicht immer umschwebt der niedere Scherz,
und die Grobheit,
Mit dem falschen Geschmack, die freye Tafel des
Landmanns.
Wie beglückt ist Amint auf seinem ruhigen Lustsitz!
Ohne daß er den Namen Mäcen von Schmeich=
lern erkaufet,
Ist er ein wahrer Mäcen von allen schöpfrischen
Geistern.
Jetzo nahet er sich mit seinen wenigen Freunden
Aus dem schattichten Hain, wo sie den Mittag
erwartet.
Edle Gefälligkeit geht vor ihm her; und feinere
Sitten,
Als die Sitten des Hofs, sind seine getreuen
Begleiter.
Neben ihm wandelt mit heiterer Stirn die kühnere
Muse
Eines sich fühlenden Dichters, der seine hohen
Talente
Nun, durch ihn ermuntert, gebraucht. Auf
güldener Laute

Sang

Sang er ihm göttliche Lieder von Lieb und Freund
                schaft, und Tugend.

Als er ihm sang, da zitterten Thränen von zärtli-
                chen Augen

Seiner Gemahlin und Töchter herab. Es rauschten
                die Linden

Beyfall zu; der silberne Bach floß langsam vorüber;

Lauschend horchte der West auf duftenden Wolken
                von Blüten;

Und die Hügel lagen umher in frischer Anmuth,

Als der Sänger so sang, und aller Herzen entzückte.

Jetzo setzen sie sich zur wohlgeordneten Tafel;

Freude würzet das Mahl; und unter edlen Ge-
                sprächen

Eilen die Stunden davon. Auch fehlt der gesellige
                Scherz nicht,

Und es rauscht nicht umsonst in rosenbekränzete
                Becher

Deutscher Nektar vom Rhein, und Saft der bur-
                gundischen Traube.

Mancher fröhliche Reim geht um die muntere
                Tafel;

Oder ein holder Gesang von Hagedorns mächtiger
                Leyer

Schallt von lieblichen Lippen, und reißt die Ohren
                der Kenner.

Dann ergreift die heilige Gluth den Busen des
                Dichters,

Der dem bescheidnen Gesuch des edlen Beschützers
                gehorchet,

                         Und

Und die Leyer ergreift. Bald singt er Liebender
                    Klagen
In die Saiten; bald fließt mit mehr erhabenen Tönen
Das harmonische Lob der Tugend.   So erndtet er
                    reichlich
Beyfall und Ruhm.   Drauf wandelt er fort im dich=
                    trischen Tiefsinn
In den einsamen Hain zu dunkeln geheiligten
                    Schatten,
Wo er frey von niedern Geschäfften, und von der
                    Zerstreuung
Und der Städte Getümel entfernt, unsterbliche Lieder
Sich erschafft.   Einst hört sie entzückt der Kenner
                    der Nachwelt,
Segnet sein Grab, streut Rosen darauf, und lohnt
                    ihm mit Beyfall.

Wenn des Mittags flammende Glut die Him=
                    mel entzündet,
Und der feurige Stral den Schooß der Erde durch=
                    drungen;
Wenn in dem finstersten Wald ein flimmernder Son=
                    nenblick wandelt,
Und mit Zittern der Tag zu tiefen Gewölben hin=
                    absteigt:
Dann verlassen die gift'gen Insekten die kälteren
                    Hölen,
Suchen das Licht, und kommen, im Glanze der
                    Sonne zu spielen.

                                    Im

Im verfallnen Palast, und alter Schlösser Ruinen,
Sonst vom Stolze bewohnt, bläht sich die fleck'igte
Kröte.

Auch die Eidechs rauschet vorbey am wüsten Gemäuer;
Und die Schlange windet sich nun aus dunkeler
Wohnung

Zu den Blumengefilden einher! oft liegt sie ge=
schlungen

Unter dem Grase versteckt, und scheint unfähig zu
schaden:

Aber Verderben und Tod sitzt auf dem giftigen
Kamme,

Weh dem, der sie verletzt! Sie wird sich grimmi=
ger rächen,

Als die Apulische Spinne, von deren durchdringen=
dem Gifte

Nur die mächtige Musik mit wildem Tanze befreyet.

Glückliches Land, in welchem der Mittag mit
kühleren Stunden

Ueber die Gegenden herrscht! Wo bald verhüllen=
de Wolken

Vor der sengenden Gluth den matten Wanderer
schirmen;

Oder ein frischer fächelnder Wind aus Westen sich
aufmacht,

Und den Schweißvergiessenden kühlt. Dann sinket
oft Schlummer

Unter dem sanften Geräusch der immerlispelnden
Esche

Auf

Auf den Schäfer herab; und kräftiger hauchen dann
um ihn

Aromatische Kräuter, so wie sie die Wildniß hervor-
bringt.

Wenn uns nicht Wälder von Zimmt, so wie in Indien, duften,

Uns nicht Ananas speißt, uns nicht der Cocos erfrischet;

So sperrt auch die scheußliche Schlange, die Tyger
verschlinget,

Hier nicht ihren Riesenschlund auf. Glühn unsre Gefilde

Nicht von paradiesischen Aepfeln, und wallen nicht
Wolken

Von Orangengerüchen, wie in Hesperiens Feldern,

Ueber unsere Flur, die nur mit Schätzen der Ceres

Sich bescheidener kleidet: so fürchten wir, sicherer,
auch nicht

Scorpionen, bewafnet mit Gift, und wilde Ta-
ranteln.

Die ihr, vor der Sonne beschirmt, in prächtigen Sälen

Euren Mittag nunmehr in schimmernden Freuden
vollbringet,

Werfet die Augen auf die, die in der brennenden
Hitze

Schweiß vergießen für euch, um euch mit Erndten zu nähren,

Eure

Eure Felder wimmeln umher von fleißigen Schnit-
    tern,

Und die Wiesen von Mähern, die euer Landgut
    bereichern.

An dem kalkichten Fels hängt von dem Morgen
    zum Abend

Euer Winzer mit emsiger Hacke der Reben zu
    pflegen,

Deren blinkender Saft nur eure Becher erfüllet.

Ja vergebens spreitet der Wald die frischesten Zweige

Um den Köhler herum; der Himmel auf dampfende
    Holzstoß

Schwärzt den grünenden Forst, und hitzet ihn mehr,
    als der Mittag,

Der durch Wolken von Rauch in seiner Klarheit
    entstellt wird.

Und doch lebt der Köhler vergnügt; die doppelte
    Hitze

Brennet ihn nicht; er mischet den Rauch der dam-
    pfenden Pfeife

Zu dem schwarzaufsteigenden Rauch des glühenden
    Waldes.

Unter dem Strohdach wohnet mit ihm die Unschuld
    der Sitten,

Mit der vergessenen Treu, die hier sich zu ihm ge-
    sellet;

Die Zufriedenheit trägt sein schwarzes Brod ihm zu
    Tische,

Und die Arbeit würzet den Trank: es sey nun die
          Quelle,
Welche mit murmelnden Fall vor seiner Hütte vor-
          beyrauscht;
Oder der Ceres stärkender Saft, der süsser ihm
          dünket,
Als das perlende Naß von Cyperns Hügeln dem
          Schwelger.
Wenn der Jüngling, welchen der Trieb in den schat-
          tichten Wald rief,
Von dem Wege verirrt, jetzt über die brennenden
          Haiden,
Ganz ermattet vom Stral des Mittags wieder zu-
          rück eilt:
O! wie stärket ihn da der Aushauch duftender Kräuter,
Oder im frischen Gesträuch der Saft der labenden
          Erdbeer,
Welche weit um sich herum mit ihrem Geruch sich
          verkündigt.
Nicht Ambrosia könnte so sehr den Müden erquicken,
Wenn die erfrischende Kost, von einem Mädchen
          gepflücket,
Das hier, wie die Göttin des Waldes, ihm plötz-
          lich erscheinet,
Aus dem reinlichen Korb in seinen Jägerhut regnet.
Schöner scheinet ihm dann im braunen Kittel das
          Mädchen,
Und er vergißt die Beschwerden des Mittags, und
          folget ihr willig,
                              Nach

Nach dem niedrigen Dach, wo ihre gefälligen Eltern
Ihren zufriedenen Gast mit ländischen Speisen be-
wirthen;
Da das Mädchen indes sein Herz auf ewig ver-
wundet,
Und ihr reizendes Bild in seiner Seele zurückläßt.

In der bevölkerten Stadt herrscht nun das
Getümmel des Mittags.
Tausend Stimmen, vermischt mit dem Donner der
rasselnden Wagen,
Wallen über der Stadt, und sie verschlingen, wie
Wellen
Eines brausenden Meers, den angelandeten Fremd-
ling.
Alles rauscht in seinen Geschäfften mit fliegenden
Schritten
Bey einander vorbey; und selber der müßige
Stutzer
Geht vom Spiegel, und eilt, und suchet den An-
schein der Arbeit.
Denn entweder flattert er jetzt durch alle die
Strassen,
Wo ein schönes Gesicht den Fuß des Flüchtigen hin-
lockt;
Oder er setzet sich hin, und opfert dem Gotte des
Caffee,
Stammelt die Zeitungen durch, bestimmt das
Schicksal Europens,

E 2   Bis

Bis Gewinnsucht und Spiel zu ihren Altären ihn
                    fordern.
Auf der Börse versammlet sich jetzt der emsige Kauf=
                    mann.
Was die Handlung nur reicht, die schimmernden
                    Schätze von Ormus,
Von den Bengalischen Ufern, der caffereichen Le=
                    vante,
Vom unwirthbaren Nord, in köstliches Pelzwerk
                    verhüllet;
Von der westlichen Welt, wo unabsehlich der Plata
Wie ein Ocean sich in Königreiche dahinwälzt;
Da, wo Mexico prangt; wo Peru güldene
                    Flotten,
Nach dem Iberier schickt; der Reichthum südlicher
                    Länder,
Alles fliesset hieher. Britannien schauet monarchisch
Ueber das ihr gehorchende Meer; die siegende
                    Flagge
Weht an allen Gestaden der Welt. Der Ba=
                    taver eyfert,
Stiller wirkend, ihr nach, und ist das Wun=
                    der Europens.
Wird der Deutsche denn stets, von Vorurtheilen
                    geblendet,
An den Küsten des Meers den Vortheil zur Hand=
                    lung verschlummern?
Hält er es noch für zu klein, dem Meere Gesetze zu
                    geben!

Und

Und durch eigenen Fleiß der Erde Schätze zu
hohlen,

Die ihm Belgien borgt, das unser Silber berei=
chert?

Doch sieh! durch das staunende Meer ziehn Preußische
Flaggen,

Und wehn zu Germaniens Ruhm in jauchzenden
Häfen.

Laß mit eitelem Stolz das prahlende China sich
blähen,

Das sich mit furchtsamen Schritt nie von der Ge=
wohnheit entfernet;

Immer erfand, und weiter nie gieng; es rühmet
umsonst sich;

Japan zeiget umsonst auf seine thönernen Schätze;
Unser schöpfrischer Geist hat ihre Künste ver=
bessert,

Jetzt deckt sich mit meißnischem Thon die Tafel der
Grosen,

Eine schönre Natur scheint hier verbreitet. Die
Götter

Könnten auf bessern Gefässen nicht speisen. So
blühet die Rose

Kaum am Stock; kaum spielet so schön die bunte
Ranunkel

Auf dem künstlichen Beet, als hier mit höheren
Farben

Der durchsichtige Thon, von Meisterhänden be=
seelet.

E 3   O wie

O wie ungleich theilet die Hand der Vorsicht
die Gnaden

Unter die Sterblichen aus! hier sitzt der Günstling
des Glückes

Ganz vom Glanze bedeckt, an seiner prächtigen
Tafel.

Doch kaum scheint es ein Tisch; es ist sein herrlicher Garten,

Den die erfindsame Kunst für ihn ins Kleine gezogen.

Unter Orangen sitzen entzückt die schimmernden
Gäste,

Und wohlriechendes Naß steigt aus den sanften Fon-
tainen.

Meissen scheinet erschöpft von seinen irdenen Schätzen,
Eine so blendende Reih von Schüsseln bedecket die
Tafel.

Zwanzig Köche verbrachten den Morgen, Gerichte
zu schaffen,

Die sein Mund nicht versucht, und sein Verlangen
nicht aufdeckt.

Alle Weine der Welt bringt sein vergüldeter Schenktisch,

Wie er winket, hervor; Madera zinset ihm willig
Seinen Nektar, hieher schickt Cypern seine Tribute,
Porto, Champagne, Tokay, sind seine Tafelpro-
vinzen,

Und kaum wird ihn vom Rhein der Bacharacher
versuchen,

Läuf-

Läuffer, Lackayen, Heyducken, in Sammt und Silber
gekleidet,

Warten auf seiner Gäste Befehle; sie werden voll-
zogen,

Wie der Gedanke gewünscht, und winkende Blicke
gefodert.

Und so trinken sie, herrlich und groß, dem Abend
entgegen;

Wahre Zufriedenheit scheint auf ihre Stirnen ge-
zeichnet,

Und der Pöbel beneidet das Glück des mächtigen
Mannes.

Aber mit schärferem Blick sieht in der Ferne der
Weise,

Wie vergebens sich hier von allen Theilen der Erde

Theure Speisen zusammengedrängt, und wie er vergebens

Alle Weine versucht, um seiner Zunge zu schmeicheln.

Doch sein Gefühl ist dahin! Sein längst verdorbener Magen

Muß die Pariserpastete verschmähn, so sehr auch die
Reuter

Mit ihr durch Länder geeilt, um seinen Geschmack
zu vergnügen.

Und vor allem vergällt ihm sein Mahl die Furcht
und die Unruh,

Welche beständig um ihn die störenden Schwingen
verbreiten.

E 4　　　　In

In den Augen sitzet der Neid, und der Argwohn,
　　　und wachet
Auf die Blicke der andern; und späht die geheime=
　　　sten Mienen
So eilt traurig die Zeit mit schwerem Schritte
　　　vorüber;
Hier wird Freude zur Quaal, hier ist der Ueberfluß
　　　Mangel.

Wie viel glücklicher sitzet am Zaun auf blumich=
　　　ten Rasen
Jener, welcher sein Brod mit Schweiß und Arbeit
　　　verdienet!
Den sein Gewissen nicht nagt, und der mit fröhli=
　　　chem Herzen
Zum erworbenen Mahl, das Hunger und Arbeit
　　　gewürzet,
Unter die Schatten sich setzt von einer vertraulichen
　　　Linde.
Vor ihm hat die Natur die Wiese zum Teppich
　　　gebreitet,
Und der Himmel wölbet sich hier um bunte Gefilde,
Als die Decke des prächtigen Saals, in welchem er
　　　speiset.
Wann der Mittag bey ihm mit schwüllen Lüften
　　　vorbeygeht,
Und der murmelnde Bach, die immer summende Biene,
Ihn im Schatten der rauschenden Esche zum Schlum=
　　　mer verführet;

　　　　　　　　　　　　　　Sinkt

Sinkt ihm sorglos das Haupt; in einem erfreulichen
Traume
Sieht er sein fleißiges Weib sein Abendessen be-
reiten;
Oder er angelt im Traum am Ufer des mächtigen
Stromes
Einen zappelnden Fisch; fängt auf dem lockenden
Heerde
Vögel der seltensten Art, die er dem Städter ver-
kaufet.
Bis er vom nahen Geräusch der Mitarbeiter er-
wachet,
Und mit frischerem Muth in ihre Reihen sich
mischet.

Unzufriedener wälzet sich jetzt auf seidenen Küssen,
Da die Sonne tiefer nun sinkt, die weichliche
Schöne,
Mit bereitetem Haar, und künstlich blühenden
Wangen,
Und in reizender Mattigkeit gähnend, erwartet sie
seufzend
Einen schmeichelnden Schlaf, die langen Stunden
zu tödten.
Lange schon liegt sie, und spielt mit rosenfarbenen
Schleifen,
Die den wallenden Busen verschönern; auch blät-
tert sie öfters

E 5   In

In Romanen herum, und wird zur seufzenden
Heldin.

Bis ihr Blut sich erhitzt, und Luftgeschöpfe sich bildet
Von Arkadischen Schäfern, von süssen Platoni=
schen Nymphen;

Und sie Wollust mit Tugend vereint, und Stutzer
mit Treue.

Alsdann überläßt sie sich ganz den freyen Gedanken,
Welche nun wild durch alle Gebiete der Einbildung
schwärmen.

In dem öden Gemach, vom grünen sichernden
Vorhang

Melancholisch verhüllt, herrscht eine vertrauliche
Stille.

O! wann dann ihr kühner Amant den Eintritt
gefunden,

Und sie zu viel im erdichteten Schlaf dem Jüngling
getrauet:

Dann ist oft mit eilenden Flügeln, und weinen=
den Augen

Die beleidigte Keuschheit von ihr auf ewig ent=
wichen!

Wann der Mittag nun bald die höhern Be=
zirke verlassen,

Und dem kühleren Abend sich naht: dann dampft
die Levante

Ueber dem Caffeetisch auf; die Göttin der leeren
Gebräuche

Herr=

Herrschet nunmehr. Das schimmernde Kleid, der
rauschende Reifrock

Füllt nun Sänften oder Carossen. Mit tiefer
Verstellung

Eilt man zu dem Besuch; mit stetem gezwungenen
Lächeln,

Und verzognem Gesicht, wird jede Sylbe begleitet.

Schwüre von Freundschaft und Treu, und Reden
voller Verehrung,

Fliessen von trügrischen Lippen herab, und werden vergessen.

Alles ist eyfrig bemüht, den Stunden Flügel zu geben;

Thörichte Fragen, und leeres Gewäsch, erschallen im Zimmer,

Unter dem zierlichen Rauschen der Fächer. Sanft-
freundliche Stimmen,

Die voll Schmähsucht und Neid die reinsten Tugenden schwärzen,

Lautes Gelächter, und trockener Scherz voll Unsinn und Wortspiel,

Alles wird unter einander vermischt. Ein Chaos,
in Aufruhr,

Wo sich der Weise verliert, und nur der Dummkopf daheim ist.

Angenehmer fliessen dem Freunde der Musen
des Mittags

Schwüle Stunden im Büchersaal hin. Hier athmet er Ruhe,

Von

Von dem leeren Geräusch der eitlen Besuche ge=
sondert,
Und gestorben für Narren, und ungehirnte Ge=
schöpfe,
Unterhält er sich hier mit unterrichtenden Todten.
Bring, o Muse, mich jetzt zu jener hohen Ro=
tunde,
Zu der Zierde des Guelfischen Hauses, und laß
mich dort geizig
Schätze sammeln von Weisheit und Witz, die
Nahrung der Seele.
Laß die schöpfrischen Griechen dich unterrichten.
Vom Schönen
Hatte kein anderes Volk so viel Empfindung. Sie
sind es,
Unsere Meister, die uns mit allen Künsten berei=
chert,
Und, uns Söhne der Gothen, zur Spur des Er=
habnen geleitet.
Oder besuche das herrschende Rom, das unter
den Siegen
Nicht die Musen vergaß. Die hohen unsterblichen
Lieder
Eines Virgils entzücken noch jetzt; die Leyer des
Flakkus
Reißt uns jetzo noch hin mit ihren bezaubernden
Tönen.
Sey auch nicht zu verwöhnt, der alten germani=
schen Barden

Rauhe=

Rauhere Stimme zu hören; sie, die in der fin=
        steren Dummheit,
Die sonst Deutschland bedeckt, die sclavischen Fes=
        sel gebrochen,
Und mit ihrem Gesang barbarische Sitten gemildert.
Philomele singt so in tiefen schauernden Wäldern
Durch die Nacht der Wildniß ihr Lied, und trö=
        stet den Wandrer,
Welcher im Walde verirrt mit Kummer den Mor=
        gen erwartet.

Oft verfolg auch den Weg durch frische Wäl=
        der von Eichen
Bis zur Lindenallee, die nach Salzdalum *) dich
        leitet,
Wo die erschaffende Kunst in kühlen Gemächern
        und Hallen
Eine zweyte Natur, beseelt durch den Pinsel,
        dir aufstellt.
Welch ein Anblick! Das schwellende Herz scheint
        mächtger zu fühlen,
Wann es den opfernden Abraham **) sieht, der
        voller Entzücken
Seinen Isak umarmt, und mit dem sprechenden
        Auge
                                        Dank

*) Ein herzoglich Braunschweigisches Lustschloß; wegen
   seiner Gemäldengallerie merkwürdig.

**) Von Lievens.

Dank für seinen Geretteten weint.   Mit flammen-
                                  den Blicken
Hält hier Judiths blutige Hand des Assyrischen
                                  Feldherrn
Scheußliches Haupt. Dort stirbt in Cephalus
                              zitterndem Arme
Prokris; *) und die Schatten des Todes, Cleo-
                              patra **), decken
Dein erblaßtes Gesicht. Von Rubens männlichem
                                  Pinsel
Liegt mit den Nymphen des Waldes Diana schla-
                                  fend. Satyren
Und wollüstige Faunen belauschen die schlummern-
                              den Nymphen;
Bogen und Köcher hängen umher, und mancher-
                                  ley Wild liegt
Zu der Schlafenden Fuß, das ihre Pfeile getödtet.
Und du, herrliches Denkmal der Kunst, du,
                              siegend, als Venus
In der Medicis Saal; ja! du bist Eva! **)
                                  So reizend
Schuf dich des Allmächtigen Hand; so mahlte
                                  dich Milton,
Mit so holdem Gesicht, mit solchem reden-
                                  den Auge,

                                          Mit

*) Von Guido.

**) Ein vortreffliches Stück von dem berühmten van der
    Werft.

Mit so güldnem fliegenden Haar um blendende
Hüften.

Also wird dir der schwülere Sommer des Ta=
ges verschwinden,
In unschuldigen Freuden auf tausend Arten ver=
ändert.
Setze dich bald zum rieselnden Quell, der unter
dem Felsen,
Von bejahrten Eichen umhüllt, stets murmelnd
hervorbricht;
Oder folge dem silbernen Bach, so wie er sich
krümmend
Durch das Thal schleicht, bis er zuletzt zum ste=
henden See wird.
Oder ergötzen dich größere Scenen von weiterer
Aussicht,
So besuche den Strom, der auf dem schwellen=
den Rücken
Schiffe duldet, und Völker beglückt durch Segen
der Handlung.
So sah ich den schlängelnden Rhein, durch blü=
hende Länder,
Seinen ändernden Lauf nach Belgiens Küsten ver=
folgen.
Und so wälzt in trägerem Lauf der mächtige Mayn sich
Trüb und leimicht zum Rhein, und grüßt die
vollen Provinzen,

Wel=

Welche Bacchus und Ceres mit ihren Schätzen be=
reichern.

So hab ich im lachenden Thal im Schatten der Erlen

An dem Gestade der Weser gesessen, und frölich
die Blicke

In der Gegend umher an heitern Scenen geweidet.

Aber wie schwärzte sich bald die Aussicht mit trübe=
ren Wolken,

Als der schreckliche Krieg die flammende Fackel
erhoben.

Als das gallische Heer, auf allen Hügeln gelagert,

Wüsteneyen hinter sich ließ, so wie es den Weg
nahm;

Oder das brittische Roß, wildwiehernd, über
die Fluren,

Die es abgemäht, flog; und Seuche, Hunger
und Elend,

Ueber dem seufzenden Lande mit schwarzen Fittigen
schwebten.

Damals, o Elbe! flossest du auch mit traurigen
Wellen

Durch so manche verheerte Provinz; trugst eherne
Donner,

Statt der Waarebeladenen Schiffe, vor zagende
Städte,

Und sahst Gallier, Hungarn, und Britten an
deinen Gestaden.

Nur Hammonia stand, vom Sturm des Krieges
verschonet, _

Und

Und genoß im Schoose der Ruh des güldenen
Friedens.

Rufe dir, Muse, noch oft die glücklichen Stunden zurücke,

Wenn der laubichte Gang von hohen wölbenden
Schatten

Dich zum Ufer des prächtigen Stroms hinunter
geleitet.

Niemals wurdest du müde, die wälzenden Wogen zu schauen,

Und mit gierigem Blick dem schwellenden Seegel
zu folgen,

Das die Wellen durchschnitt, und Ueberfluß, Seegen und Reichthum,

Zu den Glücklichen brachte, die Freyheit und
Handlung bereichert.

Schnell verflossen dir da des Mittags brennende
Stunden,

Unter dem laubichten Dach der dich verhüllenden
Schatten;

Hörtest, Muse, nicht mehr die Kriegesfurien
brüllen,

Und warst glücklich im Schoose des Friedens, der
Ruh und der Freundschaft.

Dich zu betrachten, Natur! wird immer
mein Auge beschäfftgen.

Morgen, Mittag, und Abend, und Nacht hat
eigene Freuden,

Welche mich mehr als Ball, und Spiel, und
Theater ergötzen.

Und wie könntest du nicht der Ladung folgen, o
Muse,

Welche die freundliche Gegend dir schickt; indem
dir der Mittag,

Einen entfernteren Weg mit heiſſem Athem ver-
bietet.

Dort, wo waldichte Höhn den blauen Rücken
verbreiten,

Und ein friſcherer Weſt von ihrem Gipfel herab-
haucht,

Dorthin lenke den Schritt.　Folg immer dem
kühleren Thale

Tief in der Berge beſchattete Schoos, bis laubichte Krümmen

Dich zu der wilden Natur einſamen Theater geleitet.

Hier, wo über den Fels der Eſche ſilberne
Blätter

Lieblicher liſpeln ins Thal, und mahlriſch hangende Sträuche

Von dem Fuſſe des Bergs in ſpiegelnde Fluthen
ſich neigen;

Hier beut dir von blühendem Moos die Wildniß den Sitz dar,

Und eröffnet vor dir die ernſte ruhige Scene.

Von der ſtürmiſchen Welt iſt dieſe Wüſte ge-
ſchieden;

Hügel auf Hügel, und Felſen auf Fels, verhindern den Mittag,

Mit dem brennenden Stral, die tiefen Thäler
zu ſengen.

Einöde! ſey mir gegrüßt! du biſt die ſicherſte
Zuflucht

Vor dem Narren voll Witz, und vor der wilden Zerſtreuung,

Wel-

Welche beſtändig im Lärme der Stadt die Seele
　　　verfolget.

Hier iſt die Einſiedeley der Natur; hier iſt die
　　　Behauſung

Melancholiſcher Stille der Dichtkunſt treueſten
　　　Freundin.

Sey mir gegrüſſet, o Hain, ihr ſanften rieſeln=
　　　den Quellen

Dieſes ſilbernen Bachs, der von den Felſen her=
　　　abfließt,

Seyd mir gegrüſſet! Oft hab ich allhier begei=
　　　ſtert geſeſſen,

Von der Natur auf mein Blatt die lachenden
　　　Scenen zu ſtehlen,

Die ich zu ſchildern gewählt. Hier haſt du öf=
　　　ters, o Muſe,

Deinen Thomſon, die andere Natur aufmerkſam
　　　ſtudiret,

Oder in Miltons Geſang den blühenden Garten
　　　von Eden

Mit dem lieblichſten Paar, das je ein Dichter
　　　erſchaffen,

Vor dir geſehn. Hier folgteſt du Popen zur
　　　Hütte des Schäfers;

Saſeſt um Windſor im Hain; erforſchteſt mit
　　　ihm den Menſchen,

Oder hörteſt auf brittiſcher Leyer Mäonides Lieder.

Dreymal glückliches Eyland! auf welches
　　　die güldene Freyheit

Alle Schätze der Welt mit reichen Händen ver-
schüttet;
Wo jedwedes Verdienst von Kenneraugen ent-
decket,
Und von ihrem Mäcen jedwede Muse beschützt
wird!
Welchen mächtigen Schirm gabst du der himm-
lischen Dichtkunst!
Und wo fand sie, von andern verschmäht, so
sichre Zuflucht,
Als in deinen, ihr heiligen Grenzen? Dort grü-
net ihr Lorbeer,
So wie einst in Gräciens Boden, an gütigen
Sonnen.
Selber der Reichthum, welcher bisher partheyisch
sein Füllhorn
Vor dem Dichter verschloß, eröffnet es willig,
und streuet
Ruhm und Guineen zugleich auf deine bewunder-
ten Barden.

Aber noch leuchtet kein glücklich Gestirn dem
Liebling der Musen,
Deutschland, in dir! Noch bist du zu rauh, die
feineren Künste
Griechenlands Stolz, Italiens Ruhm, nach
Würden zu schätzen.
Wo sind deine Mäcene? Wo sind die erleuchte-
ten Colberts,
Welche jedes Talent nach seinem Werthe belohnen?

Noch

Noch gehn unfre Mufen befchämt um Almofen
betteln.

Oder find fie zu ftolz, die Thür der Grofen zu
ftürmen;

So bleibt oft der glücklichfte Geift in Armuth
vergraben,

Und der Unfterblichkeit Sohn fteht in Gefahr zu
verhungern.

Und doch bift du, Germanien, fchon ein Wunder dem Weifen,

Der mit ftaunendem Blick des Schickfals Wege
verfolget.

Nicht durch Augufte befchützt, durch keinen Ludwig belohnet,

Steigen doch unter der Laft des Mangels die
feurigften Geifter

Zu den Sternen empor mit ihren erhabnen Ge-
fängen.

Sie ermuntern fich felbft, und fehn mit edler
Verachtung,

Daß der Verfchnittne Taufende nimmt; daß
güldene Summen

In die Schürze der Tänzerinn regnen; und über
die Alpen,

Von Ducaten belaftet, die feile Sängerin heim-
ehrt.

Sie ertragen gelaffen den Hohn des glänzenden
Dummkopfs,

Welcher die himmlifche Kunft, die Sprache der
Götter zu reden,

F 3 Als

Als verächtlich, als unnütz verschmäht. Die Dicht=
　　　　　kunst so unnütz?

Wohl! belohnt sie nur so wie ihr den gaukelnden
　　　　　Tänzer,

Welcher dem Staat noch weniger nützt, die Tril=
　　　　　ler des Welschen,

Oder die englische Kuppel bezahlt.　Sind diese
　　　　　nicht unnütz;

O so sind es noch weniger Lieder, der Nachwelt
　　　　　Bewundrung,

Welche das schwellende Herz noch mehr zur Tu=
　　　　　gend erheben.

Und ihr Helden, ihr Grosen des Staats, so
　　　　　eifrig auf Nachruhm,

Wer kann euch Unsterblichkeit geben? Der Tän=
　　　　　zer, der Sänger,

Oder der Dichter, der sie schon oft den Helden
　　　　　verliehen?

Würden, ohne Mäonides Lied, Achill und Ulysses
Nicht in Vergessenheit trauren? Und wäre der
　　　　　Name Mäcenas

Ein beständiges Lob für alle Minister geworden,
Wenn nicht Virgil und Horaz den grosen Na=
　　　　　men verewigt?

Nie schwang sich ein würdiger Regent vom Stau=
　　　　　be der Fürsten,

Der nicht die Künste geliebt, und dich, o Dicht=
　　　　　kunst, belohnet.

Heiltge Namen den Musen, August, und Ludwig,
　　　　　und Friedrich!

　　　　　　　　　　　　　　　Frie=

Friederich, der du dein nordiſches Reich zum
        Wunder Europens
Umſchaffſt; jedes Verdienſt, das deinem Auge
        ſich nähert,
Aufnimmſt, ermunterſt, bereicherſt; der du den
        Milton der Deutſchen
Zu dir berieſſt; als König ihm lohnſt, als Ken-
        ner ihn ſchätzeſt.
Aber ach! daß traurig vom Thron des würdig-
        ſten Königs
Vor dem galliſchen Witz die deutſche Muſe zu-
        rückbebt!
Glaub es, erhabner Monarch, dem patriotiſchen
        Zutraun:
Selbſt in Deutſchland, in Preuſſen, entſtünde
        der deutſche Voltaire,
Welcher, wofern ihm dein Lob die Flügel zur
        Ewigkeit ſtärkte,
Dich, o Friederich, auch deutſch, der Unſterblich-
        keit würdig, beſänge.
Wo einſt Canitz geblüht, kann da kein Arouet
        werden?

Doch auch ohne der Groſen Ermuntrung,
        auch ohne die Ehre,
Welche den Römer erhob, und noch den Brit-
        ten erhebet;
Feurig allein durch eigenen Trieb, erhebt ſich
        der Deutſche

Mit

Mit gewaltigem Flug zur Spitze des heiligen
Berges.

Er besieget den Mangel, indem er nicht Dichter
allein ist,

Und zwingt durch noch andre Verdienste das
Glück ihm zu folgen.

So wie Achill, ergreift er nur dann die harmonische Leyer,

Wann er im stillen Gezelt von grbfern Geschäfften sich ausruht.

So hat Haller, wenn ihn nicht mehr Hygea gefesselt,

Dir, o Deutschland, zum Ruhm unsterbliche Lieder gesungen.

So nimmt Cramer, beseelt vom heiligen Feuer,
die Harfe,

Mit dem Davidischen Lied dem Menschenge-
schlechte zu predgen,

Wann er nicht mehr an heiliger Stätte, des
Ewigen Worte,

Vor den Grosen der Welt, ein andrer Chryso-
stomus, redet.

Und so rührt mein Gemmingen auch die silbernen Saiten,

Wann er zum stillen Gemach vom Tempel der
Themis zurückkehrt.

Selbst bey der Waffen Geräusch, im blutigen
Felde des Krieges

Schlug

Schlug in einsamer Zeit ein Kleist die Dorische
					Leyer.

O wie färbt sich die Wange mit patriotischer
					Freude,

Daß die Dichtkunst der Deutschen sich ihrem
					Mittage nähert!

Mancher feurige Geist erhebt die mächtigen
					Schwingen,

Und steigt über die niedere Schaar prosaischer
					Sänger

In die Wolken hinaus.   Umsonst versuchet die
					Dummheit,

Ihm die Stärke der Flügel, den wahren poeti-
					schen Ausdruck,

Zu beschneiden; er fühlet die Gluth, die Brit-
					ten beseelet,

Folget Albion nach, und läßt die Dunse der
					Deutschen

Wider den falschen Geschmack vergebliche Klagen
					verathmen.

Hagedorn, zwar du bist uns entflohn! Doch
					lebet dein Ruhm noch

Ewig bey uns! Du wurdest aufs neu der Opitz
					der Deutschen,

So geläutert, so sanft, floß dir das männliche
					Lied hin.

Schöpfrischer Milton, wer konnte bey uns dich
					schöner verewgen —

Als ein Bodmer und Klopstock durch ihre be-
					wunderten Lieder?

F 5					Die

Die unsterbliche Rowe singt aus dem fühlenden *
Wieland.

Gellert, der la Fontaine der Deutschen noch rei=
ner im Ausdruck,

Mehr noch voll vom mächtgen Gefühl der himm=
lischen Tugend,

Reißt in Entzückung uns hin mit seinem zaubri=
schen Liede.

Lichtwehr folgt wetteifernd ihm nach zur Ewig=
keit Tempel,

Gleim, der Deutschen Anakreon, singt, und al=
les empfindet

Wollust und Liebe. Neben ihm gehn mit harmo=
nischer Leyer

Utz und Jakobi. So rieselt kein Strom in Blu=
mengefilden,

Als ihr sanftes zärtliches Lied. Zu ihnen gesellt
sich

Gerstenberg; gauckelt und scherzt, gleich einem
Zephir, um Blumen,

Und erheitert des Traurigen Stirn. Arkadiens
Sprache

Redet der treue Myrtill, durch dich begeistert,
o Gärtner;

*) Als dies Gedicht zuerst abgedruckt wurde, hatte Herr
Wieland sich vornehmlich durch seine Briefe von Verstorbe=
nen berühmt gemacht. Durch wie viel andre poetische Mei=
sterstücke ist er nachher nicht Germaniens Ehre geworden!
Ueberhaupt hat sich die Reihe unserer glücklichen und
hoffnungsvollen Dichter seit dieser Zeit sehr vermehret.

Und

Und Schmidt malt in frommen Jdyllen die hei=
lige Vorwelt.

Er auch, der glückliche Geist, der mit der be=
zaubernden Prosa

Unter die Dichter sich mischt, und ihre Lorbeern
errungen:

Gesner schildert mit lachendem Pinsel die Freu=
den der Schäfer.

Ramler, gedrungen und rein in seinem feurigen
Ausdruck,

Schwingt sich, Flakkus, dir nach. Und du, der
würdige Bruder

Unsers Corneille; wie fließt, o Schlegel, das
glückliche Lied nicht

Deinem begeisterten Kiel! Wie bist du voller
Empfindung,

Giseke, wenn dich die Gluth des Dichtergottes
beseelet!

Dusch, im Lehrgedicht, stark, und du, freymü=
thiger Huber,

Ihr seyd auch Germaniens Ruhm. — Ihr Zier=
den der Bühne,

Leßing, der du so oft durch deine Sara die
Thränen

Fühlender Augen entlockst; und du, o mächtiger
Weisse,

Der die zartesten Saiten der Herzen getroffen;
ihr seyd es,

De=

Deren schöpfrischer Geist Germaniens Ehre be-
  hauptet.

Ihr auch, die ihr zu früh für unser Schauspiel
  gestorben,

Krüger und Cronegk! Wie herrschtet ihr schon in
  zärtlichen Seelen

Durch die zaubrische Macht, die euch die Musen
  verliehen;

Und kunnt ich dich, Ebert, vergessen? Du, der
  du die Sprache

Albions dir zum Eigenthum machst, und unsere
  Musen

Mit den herrlichsten Schätzen der dichtrischen Insel bereicherst;

Schau voll Mitleid mit mir auf alle die Reimer hernieder,

Welche die Prosa zur Göttin erheben; die Popen verkennen,

Youngs Gesänge verschmähn, und Miltons Lieder verachten.

Die du mir oft im heiligen Hain, im schattichten Thale,

Trübe Stunden versungen, und dich durch Dorische Lieder

Auf der harmonischen Laute zu höhern Gesängen
  bereitest;

                                    Muse,

Muse, prahle mit Recht, wenn du den gütigen
Beyfall

Dieser Kenner erlangst; doch prahle noch mehr
mit der Freundschaft

Dieser erhabnen Geister, die zu der Unsterblichkeit
eilen.

———

Der Abend.

Sieh! von sanfteren Himmeln, und rosenfar=
benen Gewölken,
Senkt sich der Abend herab. Aus seinen blu=
michten Haaren,
Und dem frischen Gewand, verbreiten sich stärkre
Gerüche
Ueber die Flur, den grünenden Wald, und duf=
tende Haiden.
Ein balsamischer Thau steigt von den dunkelern
Wiesen,
Zart und kühlend empor; und wie ein ruhiges
Eden
Lacht die gesammte Natur in ihrer neuen Er=
frischung.
Dir, mein Gemmingen, sucht das Dorische Lied
zu gefallen,
Höre mir zu! Dein Beyfall allein belohnet die
Muse,

Welche

Welche für dich die Leyer ergreift.　Versag ihr
dein Lob nicht,

Da sie mit feurigem Muth die Bande der go-
thischen Reime

Abgeworfen; und sich mit ungebundenen Schwingen

Von den Sklaven erhebt, die ihre Fesseln verehren,

Und vom spielenden Reim gezwungne Gedanken
erbetteln.

Sey jetzt dein, und heitre dich auf, indem dich
der Abend

Vom Archontischen Stuhl, und von dem Geräusche des Vorsaals,

In die dunklen Alleen entlockt; und Ruhe der
Seele

Von dem lachenden Himmel sich auf den Spazie-
renden ausgießt.

Wenn die Sonne nunmehr die müden schnau-
benden Pferde

Nach dem Ocean lenkt, und mildere Stralen
herabschießt;

Wenn der Wanderer bestürzt den langen gigan-
tischen Schatten

Vor sich erblickt, und dunkler die Wiesen, und
dunkler die Felder

Um das Dorf sich verbreitet: und ferne waldichte
Berge

Den verkürzten Prospekt mit blauem Rücken verschliessen:

Als-

Alsdann blicket der Abend bereits, mit seinem
         Gefolge,
An den Himmel hervor. In grauen dichteren
         Wolken,
Welche sich um den Gesichtskreis setzen, verbirgt
         er sein Zepter,
Bis die Monarchin des Tags die westlichen Fel-
         der des Himmels
Vor ihm verläßt, und eilt, sich in die Fluthen
         zu tauchen.
Dann er ertönet vom Thurm, den in der Ferne
         der Wandrer,
Wie von Golde schimmernd, erblickt, die Abends
         glocke.
Ihrem erfreulichen Schall antworten umliegende
         Dörfer,
Bis vom hellen Getös die ganze Gegend ertönet.
Plötzlich entsinkt die Hacke, das Beil, die blitzen-
         de Sense
Aus der ermüdeten Hand. Im Felde vernimmt
         es die Dirne,
Sammlet geschwinder den Klee in Haufen und
         eilet zurücke
Nach dem freundlichen Dorf. Nachläßig sitzet
         der Landmann
Queer auf seinem stolpernden Roß, das, müde
         vom Acker,
Vor dem knarrenden Pfluge sich schleppt, er sel-
         ber vertreibt sich,
So wie er fortzieht, die Zeit mit einem fröli-
         chen Liede,

                                 Oder

Oder er flötet der Nachtigall nach, und locket den
Vogel

Zu dem Wege herzu, und lacht des gelungnen Be=
truges.

Hurtiger treibet vom Berg der Schäfer auf steinig=
tes Brachfeld

Seine Heerde zur Hürde, die ihre Schranken ver=
schliesset.

Er lehnt sich aus irrende Haus, durchzehlet die
Heerden,

Bis der Abendstern winkt, und er zur Hütte hin=
einkriecht.

Ueber die Haide kommen vom Forst die Kühe, ver=
sammelt

Um den fleckigten Stier, und folgen dem Hirten,
beladen

Mit der süßesten Milch, dem wahren Reichthum
des Landmanns.

Auch der Bauer jaget nunmehr mit wiehernden Rossen

Jauchzend nach seiner Heimath zurück; die Dünste
des Bacchus

Sträuben sein Haar; Er drückt sich den Huth in
die Augen, und rollet

Ueber den Sand, und Wolken von Staub verfol=
gen den Wagen

Weit ins Feld. Die Bäurin, geschmückt mit Blu=
men und Kränzen,

Welche dem Städter das Kleid der Wollenheerde
verhandelt,

Sieht des Mannes verwegenen Muth, die fliegenden
Räder,
Und das schäumende Roß; sie wendet die ängstlichen
Blicke
Hinter sich, bis sie das Dorf mit klopfendem Herzen
erreicht hat.

Und nun rauscht in den Abendgefilden ein Vor-
hang von Wolken
Gegen mir auf, und öffnet mir schnell die prächtig-
ste Scene.
Tief am Himmel erscheint mit breitem zitternden
Antlitz,
Und mit sanfterem Stral die niedersinkende Sonne.
Ihren Wagen umringt ein Haufen geselliger Wolken,
Die ihr lieblicher Glanz mit tausend Verändrungen
färbet.
Kaum lacht so die streifichte Flur im blumichten
Frühling,
Wann sie vom fruchtbaren Regen erfrischt mit spie-
lenden Farben
Vor des Wanderers Blick am fernen Gehölze vor-
beyläuft,
Als die himmlische Flur in wechselnden Farben
jetzt schimmert.
Zwar die Sonne tauchet nun schon, die Räder des
Wagens,
Zu dem Ocean ein, doch gönnt sie dem blühenden
Erdkreis

Noch

Noch ihr holdes Gesicht bey ihrem lieblichen Ab=
schied.

Ungern scheidet sie sich; mit einem Auge voll Sehn=
sucht

Schaut sie öfters sich um nach ihrem verlaßnen Ge=
biete,

Welches hinter ihr, wie sie entweicht, der Abend
erobert.

Plötzlich gerathen dadurch die Vögel des Himmels
in Aufruhr,

Als wenn eine Posaune das Zeichen zum Aufbruch
gegeben.

Und das Abendroth steckt das winkende Purpurpanier
auf,

Welches von Westen sogleich tief in den Himmel hin=
abströmt.

Alles erhebt sich, und sucht die alte sichere Zu=
flucht

Vor der drohenden Nacht, die schon im Hinterhalt
lauert.

Schreyende Schaaren von Kibitzen steigen mit sil=
bernen Flügeln

Von dem sumpfichten Moor, und kehren sich gegen
die Sonne,

Laute Züge geschwätziger Dohlen begeben sich eilend

Nach der dampfenden Stadt, und lassen sich flat=
ternd hernieder

Auf das einsame Dach, und zur bewachsenen
Mauer

G 2   Eines

Eines verfallenen Thurms, von deſſen kahlen Rui-
neu

Traurig das fremde Gebüſch zum fernen Erdreich
herabgrünt.

Andres Gefieder wendet ſich nun zur ſchirmenden
Wohnung

In dem dichten Gebüſch, und in den dornichten
Hecken,

Oder im wölbenden Baum, und in aufgeborſtenen
Felſen.

Rings um ſchweigt der grauende Wald; die einſame Luft ſelbſt

Hört nicht mehr der Lerche Geſang, und ſcheint
nun entvölkert;

Auſſer daß hier noch und da der melancholiſche Rabé,
Mit arbeitendem Flug, nach alten mooſichten
Eichen.

Seine Reiſe beginnt, und auf ſchnell pfeifendem Fittig

Zum einheimiſchen Teich die Ente wieder zurückkehrt.

Und zum letztenmal blickt die abſchiednehmende
Sonne

Ueber die Flur; ſie zittert, und ſinkt! Nun iſt ſie
verſchwunden,

Plötzlich verſchwunden! — Zwar ſterbende Farben
verweilen noch etwas

Ueber der dämmernden Welt; doch nimmt das
Abendroth endlich

Seine

Seine Standarte hinweg, und steckt die nächtliche
　　　　　Fahne
An die Zinne des Himmels; sie wirft den dichteren
　　　　　Schatten
Ueber die ganze Natur, es sinkt der verhüllende
　　　　　Vorhang,
Und das bunte Theater des Tags verändert sich
　　　　　plötzlich
In viel blässere Scenen, viel tiefer und dunkler
　　　　　schattiret.

In der bevölkerten Stadt ist alles in Eil und
　　　　　in Aufruhr.
Wagen auf Wagen rollen heraus mit donnernden
　　　　　Rädern
Ueber die rasselnden Brücken, die unter dem Don=
　　　　　ner erbeben.
Wolken von Menschen dringen herein; ein buntes
　　　　　Gewimmel
Wallet unter dem Thor; ein summendes lautes Getöse
Tausend verschiedner kreischenden Stimmen, vom
　　　　　Wiehern der Rosse
Fürchterlich wild untermischt, verwirrt und betäu=
　　　　　bet die Ohren.

Rette dich aus dem Getümmel der Stadt, und
　　　　　der rauschenden Freuden,
Zu Ermüdung für uns, wann wir sie lange genossen.

　　　　　G 3　　　　　Wie

Wie ein tobendes Meer hat dich das wilde Gedränge
An ein sichres Gestade geworfen. Die ruhige Land‍schaft
Reicht dir den offenen Arm, und lacht dir voll An‍muth entgegen.
Wende dich, Muse, mit mir zu Riddagshausens Gefilden,
Wo um den Hain die sanfteste Stille des Abends sich aufhält.
Sieh! Wie liegt es versenkt im Kreise der schwei‍genden Wälder,
Welche kein Westwind bewegt. Die dunkeln thau‍ichten Wiesen
Kleidet ein tieferes Grün; sie hauchen dir stärkre Gerüche.
Ueber den Teichen schwebet kein Wind; wie trübere Spiegel
Liegen sie, ruhig und still, weit in die Felder verbreitet.
Ernst steht in des Alterthums Pracht das einsame Kloster
In der Wälder verborgenem Schoos; und Birken und Linden
Lassen es fern vom Geräusch in ihren Umarmungen ruhen.
Und mich dünkt, es winket dir zu. Ein heiliger Schauer,
Welcher mich mächtig ergreift, führt mich mit zau‍bernder Kraft fort

In

In den geweihten Bezirk zur Andacht heiligen
Wohnung.

Folge dem inneren Ruf, und geh in einsamen Gängen

An den Teichen umher, in süssem Tiefsinn
versunken!

Wo mit zackigtem Zweig der melancholische Wachol-
der

Nach dem weiblichen Baum sich mahlrisch traurig
herabneigt;

Oder sind dir Gedanken von ernsterer Art nicht zuwider;

So geh unter das prachtlose Dach, und athme begierig

In den Gängen die Klosterluft ein, die öfters der
Seele

Heilsamer ist, als keuchender Brust die reinere Land-
luft,

Wann uns ein schleichendes Gift die tobenden Adern
entzündet.

Hier kanst du die Schwachheit der Tugend mit To-
desgedanken,

Mit dem Balsam der Frömmigkeit heilen, wofern
du nicht völlig

Unter den Freuden der Welt die göttliche Weisheit
verlohren.

Und sey ja nicht zu stolz, dem Mönch zur Hora zu
folgen,

Wann der silberne Schall zur Abendfeyer ihn
rufet!

G 4   Niedrt=

Niedriger Stolzer! sie ruft auch dich! Kann jemals
der Menschenstaub
Gegen den Herrscher der Welt genug zur Erde sich
neigen?
Sey mir gegrüßt, eröffneter Tempel! Ich segne dich,
Stunde,
Da ich mein stilles Gebeth mit zu den Hymnen ver-
sammle,
Welche der Gottheit zum Ruhm hier seit Jahr-
hunderten tönen.
Hör ich es? Oder betriegt mich ein Traum? Indem
ich begeistert,
Und in Andacht versenkt, hier auf dem ländlichen
Altar
Mit freywilliger Hand mein Abendopfer verbrenne:
Da eröffnen sich stralende Wolken mir über dem
Haupte,
Und der Himmel steiget herab. Die Schaaren der
Engel
Mischen ihr jauchzendes Lied zu unsern antworten-
den Ehren.

Eine balsamische Luft sinkt von dem Fittig des
Abends
Auf die Erde herab, und macht die dämmernden
Stunden
Bis zum völligen Einbruch der Nacht dem Wande-
rer schätzbar.
Laß sie doch nicht in der Stadt, im dumpfichten
Zimmer verfliessen;

Ob

Ob dir gleich die todte Tapete nachahmend die Flur
                    zeigt,
Und ein munterer Wald an deinen Wänden sich
                    ausstreckt.
Eine Tapete, viel höher gefärbt mit lebendigen Far=
                    ben,
Hat die reiche Natur auf jede Wiese gebreitet:
Jedes Ufer des Bachs mit Blumenschmelze zieret,
Und den frischesten Hain um liebliche Hügel gezogen.
Folge dem aromatischen Hauch des heitersten A=
                    bends,
Und geh tief in das Land. Verfolg entweder den
                    Feldbach,
Welcher sich still in die Au mit krummen Mäandern
                    hinabschlängt;   .
Oder begieb dich zum innersten Forst, wo stark,
                    wie Orangen,
Und gesunder dem Haupt, die Kräuter des Wal=
                    des dir duften.
Nimm auch öfters den Weg zu jenem buschichten
                    Hügel,
Den dir von fern die zackichte Tanne bezeichnet.
                    Vom Abhang,
Laß die Blicke von da weit in die Gegenden schwei=
                    fen,
Die mit dem letzten scheidenden Stral die Sonne
                    vergüldet.
Welch ein holder Prospekt! Tief in dem freundli=
                    chen Schutze

               G 5   Hoher

Hoher vertraulicher Linden entdeck ich ruhige Dörfer;
Und der Meyerhof guckt nur halb aus Erlenge=
busschen.
Dort dehnt sich die prächtige Stadt am schlängeln=
den Strom aus,
Und verhüllet ihr Haupt in dunkler werdenden Wol=
ken.
Einzelne Rosse waiden nur noch auf sumpfichten
Wiesen,
Und ihr Hüter entweicht zu einem schirmenden Eich=
baum,
Wo er nunmehr den schlafenden Funken zur lo=
dernden Gluth weckt,
Und sich die schleichende Zeit mit einem Gesange
verkürzet.
Liebst du vielleicht noch tiefere Stille: so steige her=
unter
In das melancholische Thal, wo hangende Felsen
Ueber den See sich geneigt, und Eschen am bhen
Gestade
Mit dem Westwind in stetem Geschwätz, die Stun=
den dir kürzen.
Ein gesicherter Ort vor aller Verfolgung der Thoren,
Und die Zuflucht für die, die gern die Einöde lie=
ben,
Und, in ruhigen Tiefsinn versenkt, der unsterbli=
chen Seele
Unterredungen hören von Grosmuth und himmlischer
Tugend;

Wenn

Wenn nicht etwan ein weiſer Geſang von würdigen
Dichtern

Ihr Gedächtniß erfüllt, und ſie in ſüſſer Entzükung
Engelsſtimmen vernehmen, die ihre Geiſter erheben.

Dieſen entlegenen Ort liebt auch der traurige Jüngling,

Welcher ſein Mädchen beweint, zu früh vom Tod
ihm entriſſen.

Die romantiſche Gegend, die tiefe ſchauernde
Stille,

Ladet voll Mitleid ihn ein, und ſchmeichelt ſeiner
Betrübniß.

Dann erſcheinet vor ihm der Theureſten Todten-
urne,

Die er umarmt mit ſtürmiſchen Thränen und zärtlichen Seufzern.

Oder er hört noch entzückt die ſüſſe harmoniſche
Stimme,

Und ſieht ihre verklärte Geſtalt ihm lächelnd vorbey-
gehn,

Biß das Traumbild entflieht, und ſeine Vernunft
ſich erhellet.

Und doch iſt er glücklicher noch, als jener Verlaßne,

Welcher noch mehr als den Tod — die Untreu des
Mädchens beweinet!

Sein gefoltertes Herz ſcheint in der traurigen Wüſte
Einige Ruhe zu finden; ihm ſind die hangenden Felſen,

Und

Und das grausende Thal, ein sympathetischer An:
blick,
Denn ein Eden würde noch mehr in Schwermuth
ihn stürzen.

Unter dem Einfluß von gütigen Sternen ist
jener gebohren,
Welchen, mit seiner Geliebten vereint, ein hei:
terer Abend
Unter die Schatten begleitet, wo Ruh und Si:
cherheit lauschen.
Welche Zärtlichkeit blickt aus ihren begeisterten
Augen!
Dieser harmonische Zug, der ihre Seelen gefesselt,
Steigt in die Mienen empor, und lispelt aus jeg:
lichem Worte.
Auf sie schüttet der spielende West die reinesten
Düfte;
Lieblicher hauchen die Rosen um sie, und liebli:
cher liegen
Alle Hügel umher, die ihre Schritte besuchen.
Aber wer kann die Wollust beschreiben, nur Sterb:
lichen fühlbar,
Deren erhabner Geist aus feinerem Aether geformt ist?
Leihe mir deinen Gesang, du, die du jetzt unter
den Schatten
Mit dem zaubrischen Lied die einsame Gegend er:
freuest.

Könnt

Könnt ich, Philomele, wie du, mit mächt'gen
 Accenten,
Welche die Liebe beseelt, die glückliche Liebe besingen!
Wie entzückt dein holder Gesang ein fühlendes
 Herz nicht,
Wann du am Abend aus schlummernden Lauben
 dem horchenden Westwind
Deine Seufzer verhauchst, und tief im ruhigen
 Walde
Den erwachenden Wiederhall lehrst, bis schmach-
 tende Triller
Immer sterbender sich mit lispelnden Lüften ver-
 mischen.
Alsdann drückt mit frohem Entzücken der glückliche
 Jüngling
Seiner Schöne die Hand, und kennt nichts, was
 er beneidet.

Jetzt, da die ganze Natur ein herrlicher Gar-
 ten geworden,
Will ich geizig den Duft der Felder voll blühen-
 der Bohnen
Einziehn. Welch ein Geruch! Wie streut in gol-
 denen Sälen
Das mit Kräutern gefüllte Gefäß die Düfte nur
 schwach aus,
Die ich hier athme. Der Lenz, die Stille des
 Abends, die Ruhe

Meines

Meines zufriednen Gemüths, erfüllt mich mit
    Wonn und Entzückung.
Alles lacht Anmuth für mich. In lieblicher Däm=
    merung liegen
Weite Wälder vor mir. Ein blauer Gürtel von
    Bergen
Mischt sich unter die Wolken, und schließt die
    langen Prospekte.
Und vor allem entdeck ich von fern, ehrwürdig
    im Dunkel,
Den gebirgichten Harz, und mit der Wolken be=
    nachbart,
Sein vorragendes Haupt, den prächtigen Melibokus.

  Laßt uns dort das rauhere Thal, o Muse, besuchen,
Und am hangenden Fels, in langen schrecklichen
    Wäldern,
Kühn einhergehn, und mit zur fröhlichen Knapp=
    schaft uns mischen.
Ein zufriedenes Volk, obgleich ein sparsamer Him=
    mel
Ueber den traurenden Thälern hängt; die selten
    die Sonne
Gütig besucht; in welchen noch nie der ackernde
    Landmann
Furchen gezogen; die Ceres vergißt, und Bacchus
    nicht kennet.
Von dem Marmorgestein neigt sich die zitternde
    Tanne

        Ueber

Ueber die schreckliche Tiefe herab, und höret die
Bude

Unten im steinichten Thal die schallenden Fluthen
ergießen.

So wie sie verödete Berge wohlthätig vorbeyfließt,

Läßt an ihren Gestaden der Genius über die Gruben

Mühlen, und Hütten, und Puchwerk entstehn.
Vom Rasseln der Räder,

Von dem Pfeiffen der Bälge, vom wilden Donner des Hammers,

Schallt ein lautes vermischtes Gebrüll in die hoh-
ten Gebirge,

Und die Gegend umher erfüllt ein betäubender
Nachhall.

Nie ermüdet Vulkan, den hohen Ofen zu
feuern,

Welcher in unaufhörlichen Strömen von glühenden
Eisen

Sich ergießt. Indeß daß bey der versengenden
Hitze

Munter der Hüttenmann geht. Ihm fahren die
sprühenden Funken

Um das blasse Gesicht, und Flammen folgen dem
Fußtritt.

Knieend, stöhnend, gewinnt der Bergmann in
tiefen Gebirgen

Flimmerndes Erzt; läßt, dunkelgewöhnt, die
Freuden des Tages,

Und

Und den Wechsel des Jahres vergeblich über sich
wandeln.

Ihn besucht nicht der Glanz des lieblichen Morgens. Der Abend

Steigt nicht in die Tiefe hinab. Das Grubenlicht
streuet

Seinen sterbenden Schein durch unterirrdische
Dämpfe

Freudenlos um ihn herum, und mit unsäglicher
Arbeit

Sucht er im harten Gestein die oft verschwindenden
Gänge.

Glücklich, wenn ihn nur nicht die schädlichen Wetter ersticken,

Oder der Gruben giftiger Dunst zum Schatten ihn
dörret!

Oftmals stürzt er herab von halbvermoderten Far-
then;

Eine verräthrische Wand schießt ein; begräbt ihn
im Erzte,

Oder zu früh entzündetes Pulver erschlägt ihn mit
Felsen.

Alles dies hindert ihn nicht, die finstre Grube zu
lieben,

Und zu sparsamem Brod oft nur die Quelle zu trinken:

So viel wirkt Erziehung in ihm, und Liebe zur
Freyheit.

Kaum gebohren, wandert er schon als Knabe,
zufrieden,

Ob-

Obgleich barfuß, über den Schnee, und bettelt
mit Liedern,

Welche die rauhe Musik der einfachen Zyther be=
gleitet.

Ziert der Schachthuth ihn dann, so wählt er sich
unter den Nymphen

Seiner Gegenden die, die seine Begierden ent=
zündet;

Lebt zufrieden mit ihr, obgleich sein dürftiger
Lohn ihm

Kaum das Nöthigste reicht. Ist dann die Stunde
der Arbeit

Bey ihm vorbey; so eilet er schnell zum fröhli=
chen Wirthshaus,

Nimmt da jauchzend das Horn, die Geige, Schall=
mey, und die Zyther,

Singt sein Berglied dazu, und läßt den taumeln=
den Becher

Niemals leer von stärkender Gose; so daß die
Gebirge

Weit um ihn her von Musik, und Tanz, und
Jauchzen erschallen.

Mit dir, Gifeke, war mir im Harz ein län=
gerer Abend

Nicht zuwider, wenn über dem Hain schneeschim=
mernder Tannen

Freundlich der silberne Mond sich erhub; und
lautet die Bude

Hinter uns rauschte. Dann strichen wir fort durch
steinichte Haiden,

Oder durch finstres Fichtengebüsch, zum Dorfe
hernieder,

Welches mit mosichten Hütten im einsamen Thale
zerstreut lag.

Da empfieng uns mit freundlichem Blick die treue
Gefährtin,

Die dir der Himmel geschenkt. In ihrer Liebe be=
glücket

War dir die schreckliche Gegend so schön, als ir=
gend ein Tempe.

Eine Forelle hatte der Bach zu Tisch dir geliefert,
Oder der Forst ein leckeres Wild. Vertraute Ge=
spräche

Würzten den blinkenden Wein, den keine Gewinn=
sucht geschwefelt.

O! wie waren wir da im öden Thale zufrieden,
Wenn auf hellem Gewölk die Freundschaft über
uns schwebte,

Und der laute sichere Scherz sich zu uns gesellte!
Mancher Abend flog da, mit allzueilenden Flügeln,
Ueber uns weg; uns fehlte da nichts zu gröserm
Vergnügen,

Als die Gesellschaft der Freunde, von denen das
Schicksal uns trennte.

Tiefere Schatten fallen nunmehr in dichteren
Zirkeln

Ueber

Ueber die Fläche der Dinge, die immer dunkeler
werden.

Nach und nach verschlinget die Schoos gethürme-
ter Wolken

Auch die letzten Stralen des Lichts; die dickere
Dämmrung

Menget Felder und Hain und Wiesen unter einander.

Kühner leitet der Hirsch aus dicken Wäldern die
Rudel

Ueber die Haiden zur grünenden Flur. Umsonst
hat der Landmann

Seine Saaten umzäunt, und sie mit Federn umzogen,

Oder ein Schreckbild von Stroh in seinen Gefilden errichtet:

Sie verachten die leere Gestalt, und wandeln gemächlich

In dem Acker herum, und richten die künftigen
Erndten,

Mit so vieler Arbeit erpflügt, auf einmal zu
Grunde.

Laßt doch diese die Jagd mit allem Donner verfolgen,

Wenn sie, zu häufig vermehrt, des Landmanns
Reichthum verwüsten!

O! wie wird der Unterthan nicht, ihr Fürsten,
euch segnen,

Wenn am Abend der Wald von euren Jägern
umringt wird;

Feuer

Feuer die Fliehenden jagt, und durch ein glückliches Treiben

Euer von Wänden umzingelter Forst die Brüllenden einschließt.

Wenn Aurora darauf die östlichen Wolken bepurpert:

Alsdann lasset von Thal zu Thal das Jagdgeschrey
   tönen,

Bis die schüchterne Schaar vor eurem Gezelte
   vorbeyfliegt,

Und sie ein tödlicher Regen von pfeifenden Ku-
   geln ereilet,

Oder die borstige Sau in blinkende Lanzen sich stürzet.

Wann dann Reh, und Keiler, und Hirsch; im
   schweisichten Grase

Liegen, und fröhlich die Reih der Jäger vom
   Holze zurückkömmt;

Wann das Hifthorn ertönt; die Hunde bellen;
   und Echo

Ringsum das wilde Geschrey der horchenden Gegend verkündigt:

Dann ist diese sonst grausame Lust die edelste
   Wohlthat,

Welche den Landmann beglückt, und eurer Hoheit gemäß ist.

Von den günstigen Schatten gelockt, begiebt
   sich das Raubthier

Aus dem gesicherten Bau in unabsehlichen Wäldern.

Hungrig trabet der Wolf zu nahgelegnen Gefilden,

          Und

Und belauschet die Heerde von fern, mit blutgem
                    Vergnügen.

Doch bald fällt ihm der Muth. Er hört die
                    wachsamen Hunde

Laut anschlagen, und oft um die niedere Hürde
                    herumgehn.

Im verschlossenen Stall, und hoch auf sichern
                    den Balken,

Sitzt, vertraulich umringt von seinen Weibern,
                    der Haushahn.

Merkt er unten den lauschenden Fuchs, den die-
                    bischen Marder;

Alsdann hebt er sein Feldgeschrey an, das öfters
                    die Räuber,

Die ihn mit Neid in Sicherheit sehn, vom Hofe
                    verscheuchet.

Aus der dumpfichten Kluft, den Felsenritzen, dem
                    Schorstein,

Schwinget die Fledermaus sich auf dünnem rusich-
                    ten Fittig;

In die niedere Luft. Mit weit verspreiteten
                    Schwingen

Rauscht die Eule vom Thurm, und heult vom
                    einsamen Kirchdach

Ihren gefürchteten Todtengesang. Die schwache
                    Matrone

Zittert voll Ahndung, und dünkt sich schon am
                    Rande des Grabes.

Aber der klügere Wirth verachtet ihr ächzendes
                    Klaglied,

                H 3   Und

Und verschanzet mit gröserem Fleiß die Wohnung
der Tauben.

Denn sie ist immer die Feindin der Unschuld, und
hat oft den Gatten

Von der Seite der Täubin geraubt; mit stürmi=
schen Flügeln

Schoß die erschrockene Schaar aus ihrer entweih=
ten Behausung,

Und kam lange nicht wieder zurück, bis Locken
und Schmeicheln

Die Verjagten aufs neu zum vorigen Aufenthalt
brachte.

Jetzt entfaltet das Nachtinsekt die mehlichten Flügel,

Schießt nach der brennenden Kerze des einsamen
Weisen, und gauckelt

Um die Flammen herum, bis seine Schwingen
versengt sind.

Längst des Jünglings ähnliches Bild, der gau=
ckelnd und flatternd

Um die Wollust sich dringt, bis ihn Verderben
ergriffen,

Und er zum Elend hinab, verbrannt und flügellos
stürzet.

Und nun entsinkt aus läßiger Hand dem
Künstler der Hammer;

Und die erfindsame Nadel, und jedes geschäfftige
Werkzeug

Wird bey Seite gelegt, da frohere Stunden er=
schienen.

Jetzo

Jetzo trinkt er die freyere Luft des heiteren Abends,
Schaut neugierig umher, verhüllt von virginischen
　　　　　Dämpfen;
Oder er wandelt auch fort zu einer vertrauten
　　　　　Versammlung,
Wo bey schäumendem Bier der schwerere Bacchus
　　　　　das Wort führt;
Wo der politische Thor in Staatsgeschäffte sich
　　　　　mischet,
Feldherrn tadelt, und Schlachten gewinnt, und
　　　　　Länder erobert;
Da indessen sein Weib die Nachbarinnen besuchet,
Wo ein plaudernder Kreis sich um die Schwätzerin
　　　　　schliesset,
Welche die Schmähsucht erhitzt. Wann dann der
　　　　　Regen den Abend
Noch langweiliger macht, und jede Verleumdung
　　　　　erschöpft ist:
Dann geht oft die Gespenstergeschichte, mit man-
　　　　　cher Erdichtung,
In der Gesellschaft herum, bis schnell ein pani-
　　　　　sches Schrecken
Näher zusammen sie bringt, und Schauder über
　　　　　sie ausgießt.

Laß nur immer den westlichen Sturm auf
　　　　　brausenden Schwingen
Ueber uns schweben; auf Müßige nur strömt Un-
　　　　　muth und Gähnen
Aus dem geöffneten Horn der Langenweile hernieder.

　　　　　　　　Nie

Nie wird über die Länge des Abends der Glück=
                        liche murren,

Welcher sich selber Gesellschaft, und mit den Mu=
                        sen bekannt ist,

Oder bey Zeiten gelernt, mit weisen Todten zu
                        reden.

Oefters sollen alsdann die Stunden mit Freun=
                        den verfliessen,

Deren harmonische Seelen zu meiner Seele ge=
                        stimmt sind.

Unser ernstes Gespräch soll bald die Schönheit der
                        Tugend,

Und das Lob der Weisheit erhöhn; bald soll uns
                        die Freundschaft

Unter geselligem Scherz, zu blühenden Lauben
                        begleiten,

Wo sich die Freude die Wohnung gewählt. Hier
                        wollen wir singen,

Und zufriedener seyn, als arme Reiche bey
                        Schätzen,

Und der vergüldete Thor in unschmackhafter Zer=
                        streuung.

Dann, mein Kirchmann, kömmst du zu mir, mit
                        redlichem Herzen,

Munterem Witz, und erfüllt von allen Schätzen
                        der Weisheit.

O wir Glücklichen dann! Wie floß vertraulich
                        der Abend

Ueber uns weg, indem uns Gespräche voll feuri=
                        ger Freundschaft

                                    Unter=

Unterhielten. Da hörteſt du oft mit Beyfall der
        Muſe
Furchtſames Lied; dann führſt du mich, auf blü-
        michten Wegen,
Zu dem geheiligten Tempel der ewigen Wahrheit.
        Wie plötzlich
Iſt dies Glück mir entflohn! Dir winkt die Vor-
        ſicht, du eilteſt
In der Unſterblichkeit Schoos, und wurdeſt be-
        lohnet. Ihr Thränen,
Fließt voll Wehmuth nicht mehr! er wurde be-
        lohnet! Du, Aſche
Seiner Gebeine, ruh ſanft! Umſchattet ſie, rau-
        ſchende Linden!

Laß, o ewige Vorſicht, mir noch die weni-
        gen Edlen,
Welche die Ehre der Freundſchaft ſind, damit
        ſie die Bahn mir
Dieſes flüchtigen Lebens erheitern. Du Gärtner,
        und Ebert,
Laß uns noch oft des Abends genieſſen, eh un-
        ſer Geſchick uns
Von einander getrennt. Was hat die Erde für
        Glück nicht
Durch die Freundſchaft! Eilig entfliehn die trau-
        rigen Stunden,
Wenn ſie uns lacht; dann ſind wir zufrieden,
        und ſpotten der Sorge.

Oft

Oftmals wollen wir auch in unsere geheime Versammlung

Fremde laden, die immer für uns zum Vergnügen bereit sind.

Ohne Zauberstab führen wir sie zurück von den
Todten.

Uns wird nicht hier der Grieche verschmähn; auch
wird sich der Römer

Gern gesellen zu uns. Doch soll uns vor allen
der Britte

Mit dem erhabnen Gesang zu gleichen Versuchen
begeistern.

Milton schlage für uns die hohe harmonische
Harfe;

Pope soll unter uns lehren; und jener würdige
Barde,

Young, auch in dem deutschen Gewande den Kenner entzücken.

Da indeß der malende Thomson, ein mächtiger
Zaubrer,

So, wie ich will, im Gemach mir alle Zeiten
des Jahrs schafft,

Und bem Winter zu stürmen, dem Lenze zu lächeln, gebietet.

Oft soll auch mit Rosen gekränzt der fröhliche
Becher

Unsern Abend erheitern, wenn wir mit freyem
Gelächter

Ueber den Narren voll Witz die traurigen Sorgen
vergessen.

Rau-

Rauschende Freuden beginnen nunmehr im
Saal der Grosen;
Unter dem Glanz unzähliger Kerzen entstehet ein
neuer
Hellerer Tag. Der Stolz und die Pracht, und
trunkene Wollust,
Herrschen in jedem Gemach. Die Maskerade ver-
sammelt
Schwärmende Larven zum Tanz. Das Spiel
erhebet sein Zepter,
Und schnell sind die Tische besetzt. Der rauschen-
de Reifrock,
Ernste Perücken, das Kriegergewand, die blitzende
Weste,
Alles bringet herzu. Sie führt die blasse Gewinn-
sucht,
Und die Hoffnung zu Gold. Verzweiflung schleu-
dert die Karten
In das Gemach; die Beutel sind leer; die quä-
lende Reue
Naht sich herzu; und Fluchen und Klagen erschal-
len im Zimmer.

In der reicheren Stadt steckt auch am Abend
das Schauspiel
Seinen Federbusch auf, und ruft zur Schule der
Sitten.
Hermann hängt im Triumph, die überwundenen
Adler,

Un

An die heiligen Eichen der deutschen Freyheit
zum Opfer.

Dido *) weint vergebliche Klagen. Die sterbende **) Sara

Schwellt das Mitleid herauf zu unserm thränen-
den Auge.

Lorchen ***) und Caroline bezaubern mit aller
der Anmuth,

Die dem erhabnen Gemüth die edelste Tugend
ertheilet.

Und der deutsche Myrtill ****) und Sylvia reden die Sprache

Einer geläuterten Liebe, des alten Arkadiens würdig.

Doch wie selten vergbnnt uns diese Freuden das
Schicksal,

Welches noch immer mit eiserner Hand den Deutschen zurückhält,

Und auch jetzt noch zum Sklaven ihn macht von
allem, was fremd ist!

Unter viel hundert mächtigen Städten, die alle
sich schmeicheln,

In der begüterten Schoos die feineren Sitten zu
nähren;

Ist

*) Trauerspiele vom verstorbenen Professor Schlegel.

**) Von Herrn Leßing.

***) Die zärtlichen Schwestern, vom Herrn Professor
Gellert.

****) Die geprüfte Treu, vom Herrn Professor Gärtner.

Ist kaum Eine, die kühn genug ist, die eigene
Bühne

Zu ermuntern, zu schützen, und zu belohnen.
Wie elend

Irrt die verlassene Schaar, die mit geschickten
Talenten

Unser Lachen erweckt, und unsere Thränen ent-
locket,

Durch ganz Deutschland umher; und wird durch
Mangel gezwungen

Wider ihr beßres Gefühl des Pöbels Geschmacke
zu fröhnen.

Ist denn keiner von euch,- ihr Fürsten Germaniens? keiner,

Der die verachtete Kunst durch seinen mächtigen
Beystand

Zu ermuntern gedächte? Wie? Ihr, Germaniens Zierden,

Die ihr so oft der Gallier Heer durch Deutsche
geschlagen,

Deutsch so würdig oft denkt, und, deutsch auch,
edel euch ausdrückt;

Wie? Ihr schämt euch, Deutsche zu seyn; und
holet den Fremden

Ueber den Rhein und die Alpen herzu, um euch
zu vergnügen?

Gebt nur die Hälfte von Lob, die Hälfte der
güldenen Summen,

Die ihr bisher an Fremde vertheilt, Germaniens
Kindern;

Und

Und bald wird die ermunterte Kunst sich muthig
erheben.
Eine Gossin wird bald auch unter den Deutschen
bezaubern,
Ein le Kain wird entstehn, und mancher glückli-
che Geist wird
Wie ein Schlegel, und Lessing, und Weiß, die
Talente gebrauchen,
Welche bisher, von keinem beschützt, vergessen
geschlummert.
Unsere Bürger werden alsdann nicht nur blos die
Augen,
An dem Bunten der Scene vergnügen. Ihr wer-
det die Seelen
Ihnen erhöhn, die Herzen erweitern, die Sitten
verbessern;
Und Gefühl und Geschmack wird alle Stände be-
leben.

Welch ein glänzender Pomp, welch eine
schimmernde Scene
Oeffnet sich unter dem prächtigen Schall der rauschenden Saiten?
Dies ist die Stimme der Oper; ihr Land, voll
süsser Bezauberung,
Wo der Sieger, der rauheste Held, verliebt ist,
und singet.
Schon bin ich, o mächtige Musik, ganz Ohr,
dir gewidmet!

Was

Was auch immer die stolze Kritik für Regeln
        ersonnen,

Handle dawider! Wofern du mich nur bewegst,
        und bezauberst.

Und mich dünkt, ich sehe dich selbst auf stralen=
        dem Throne

Von den Musen umringt, die mit verwundernden
        Blicken

Deine Zaubermacht hören, und alle gefällig dir
        dienen.

Orpheus, mit dem Gefolge der Flötenspieler der
        Alten,

Steht in Erstaunen entzückt; die einfache Leyer
        entsinkt ihm,

Die er ehmals gerührt; er giebt den Neuern den
        Vorzug.

Doch ihr Meister der Kunst, die ihr mit mächti=
        gen Tönen

Unsre begeisterten Seelen erhebt; ihr, die ihr
        den Augen

Oftmals Thränen entlockt; wenn ihr die inneren
        Saiten

Unsers Gefühls zu treffen gewußt; sagt, muß
        denn die Stimme

Des erregten Affekts in krausen Verzierungen
        klagen?

Muß der Gefangene, der Sterbende, noch in
        Stunden des Abschieds

Durch die verrathene Kunst den süssen Betrug
        uns entreissen,

                    Wel=

Welcher schon anfieng, das Herz zum zärtlichen
Mitleid zu schmelzen?
Und muß stets nach einerley Schwung, in einer=
ley Umlauf,
Ewig sich gleich die Arie seyn? — Ihr künftigen
Hassen,
Folgt dem Vorurtheil nicht! Folgt nicht dem
Einfall des Sängers,
Folgt der wahren Natur! Sucht unsre Herzen
zu rühren!
Und ihr rührt sie gewiß, wofern ihr selber ge=
rührt seyd.

Wenn der Abend lange dich schon an den
einsamen Schreibtisch,
Oder auch an das lehrende Buch bezaubernd ge=
fesselt:
Dann erheitre den Geist, der anfängt, matter
zu denken,
Durch die mächtge Musik. Auf einer Stelnert=
schen Geige
Zeig entweder die Kunst in langsam seufzenden Noten,
Die wie Farben in Farben sich in einander verlieren:
Oder ergreif die gauckelnde Flöte. Harmonische
Sprünge,
Schnelle Triller, und hüpfende Töne, wie rie=
felnde Wellen,
Schallen im Saal, und reizen von fern den hor=
chenden Nachhall.
Aber vor allem setze dich hin zum hohen Klaviere;
Denn

Denn hier bist du allein dir selber ein ganzes
Orchester.

Auch erwähle vor allen, die Schöne, den silbernen Flügel.

Wenn sie es will, so ertönt die Ouvertüre der Oper

Durch ihr schallend Gemach, in ganzer voller
Begleitung.

Und dann rauschet der Vorhang empor; die Arie
singet

Durch die silbernen Saiten; und hat sie selber
gelernet,

Ihre Stimme zu biegen, und von dem Welschen
zu borgen;

So wird unser Vergnügen durch zärtliche Worte
vermehret,

Wenn der bezaubernde Mund mit wahrer Empfindung sie singet;

Ihre Fertigkeit wird ein Kreis der Bewun-erer
preisen.

Und hier wolle die Muse Germaniens Ehre
behaupten,

Das durch eignes Verdienst den musikalischen
Lorbeer

Um die Schläfe sich beugt, und mehr, und
größere Namen,

Unter der Menge von Meistern erblickt, als Frankreich und Welschland.

Zachariä poet.Schr.II.Th.   I   Jener

Jener Orpheus der Britten in Vauxhall und Ma-
nelagh bewundert,

Der im Tempel entzückt, und auf dem Theater
geherrscht hat;

Dieser gehörte zu uns. Der Marmor, welchen
die Ehrfurcht

Ihm errichtet, ist auch ein Ehrengedächtniß für
Deutschland.

Und durch ihn ward Deutschland nicht arm.
Der glückliche Hasse,

Allezeit glücklich im Ausdruck, und neu in seiner
Erfindung,

Hat nicht Germanien nur in hohes Erstaunen
gezwungen;

Welschland selber hat sich nach seinem Muster
gebildet.

Und sang nicht der gründliche Graun die zärtlich-
sten Lieder,

Mit dem größten Genie auch nach den strenge-
sten Regeln,

Regeln, die niemals ihm Schwung, und Feuer,
und Kühnheit, benahmen?

Aber wer ist der Greis, der mit der leichtesten
Feder,

Voll von heiliger Gluth, den staunenden Tempel
entzücket?

Höre! wie rauschen die Wogen des Meers! wie
jauchzen die Berge

Und das Land dem Herrn! Wie fällt mit heiligem Schauer

Ehr

Ein harmonisches Amen die fromme Seele! Wie
zittert,
Von dem geheiligten Schall, der Hallelujah der
Tempel!
Telemann, niemand als du, du Vater der heili-
gen Tonkunst,
Dessen erhabnen Gesang der Gallier selber be-
wundert,
Kann mit irdischen Tönen, die Chöre der Engel
entzücken.

Und wie viel der würdigsten Geister umrin-
gen die Muse,
Welche für ihre besondere Kunst den Lorbeer ver-
langen!
Von der geheiligten Orgel bis auf die Flöte,
sind Meister,
Die kein anderes Volk in solcher Vollkommenheit
darstellt.
Welche Namen sind Bach, und seine melodi-
schern Söhne,
Sie, die der Hand, sonst lahm zum Klavier,
mehr Finger gegeben.
Matheson, dieser gründliche Greis, und Mar-
purg, erhellen
Durch die leuchtende Fackel der Wahrheit die
Nebel des Irrthums,
Welche bisher die Tonkunst umhüllt. Ein Wä-
genseil schweifet

Wil-

Wild und bezaubernd durch mächtige Saiten. Der
         würdige Bruder
Unſers unſterblichen Grauns wird ewig durch ei-
         genen Lorbeer;
Und Agricola ſtimmet das Herz zu ſanftem Ent-
         zücken.
Schwauenberg kömmt mit gründlicher Einſicht,
         mit reicher Erfindung,   -
Ueber die Alpen zurück.   Sack, Fleiſcher, und
         Nichelmaun zaubern
Auf dem beſeelten Klavier; und Benda, vom
         ewigen Nachruhm,
Faßt den gewaltigen Bogen. Die Herzen ſchmel-
         zen, und neidiſch
Hören die Welſchen ihm zu.   Quanz macht die
         ſcherzende Flöte
Zu der Kenner Erſtaunen, und ward der Lieb-
         ling der Tonkunſt,
Der dich, groſer Friederich, gelehrt. Der glück-
         liche Rolle
Folgt Grauns blumichter Bahn. Nied, Schaf-
         rath, Hertel, und Schale
Reiſſen uns hin; wie du auch, o Kunz; manch
         zärtliches Lied fließt
Von melodiſchen Lippen, das ihre Begeiſtrung
         erfunden.
Dich deckt Staub des Pantalons Schöpfer, doch
         lebſt du ewig
Bey der Nachwelt; auch du; o Weiſe, du mäch-
         tiger Zaubrer

                             Auf

Auf nun faſt vergeſſener Laute. Mit frohem Entzücken
Sieht die Muſe Schaaren bey Schaaren, und
                  ſegnet die Namen,
Deren zu viel ſind, als daß ſie die Grenzen des
                  engeren Liedes
Faßten; die aber dereinſt, mit güldnen unſterb-
                  lichen Lettern,
Das Gerücht an die Pfeiler im Tempel der
                  Ewigkeit eingräbt.

Du, des Tages gefälliger Herbſt, der du
                  mich reizeſt
Mit dem wolkigten Himmel, mit ſanften gemäſ-
                  ſigten Schatten;
Der du lauter mit ſich der Seele zu reden ver-
                  gönneſt;
Holder Abend, dem meine Geſänge zum öfter-
                  ſten ſchallen;
Schütte den Einfluß harmoniſcher Sphären, und
                  blinkender Sterne,
Die zum mäandriſchen Tanz du itzo am Himmel
                  heraufführſt,
Ueber meinen Geſang, damit er in flieſſenden
                  Tönen
Von der Leyer erſchalle, die jener zaubernde
                  Britte
Ueber ein ähnliches Thema mit größerem Feuer
                  geſchlagen.

Recke

Recke den Zauberstab aus, und laß die Gefilde
der Thorheit,
Und der vergänglichen Freuden vor meinen Au=
gen verschwinden.
Höhere Scenen erwarten mein Lied. Schon seh
ich von fernher
Deine Schwester, die Nacht, in majestätischer
Stille;
Und die Muse versammelt die Kräfte zum künft=
gen Gesange.

Die Nacht.

Melancholische Stille, von schwärzeren Stunden
begleitet,
Schwebt die Himmel hindurch. Tiefschweigend
liegen die Himmel
Dick in Wolken gehüllt, und feyerlich harret die
Erde.
Sie erscheint, die heilige Nacht, in strallosem
Pompe,
Majestätisch, und ernst, auf ihrem behangenen
Wagen.
Vor ihr wandelt ein säuselnder Wind, und wi-
ckelt die Wolken,
Wie sie winket, zusammen. Von ihrem holden
Gesichte
Nimmt sie den Schleyer hinweg; die Hörner des
wachsenden Mondes
Glänzen mit flimmerndem Stral aus ihrer leuch-
tenden Krone.

I 4   Und

Und ihr Mantel mit Sternen besät, fließt weit
in die Lüfte.

Dir, ehrwürdiger Greis, auf deſſen ſilberne
Locken
Die dir günſtige Nacht ihr heiliges Salböl ge=
ſchüttet,
Der du, von ihr zum Liebling geweyht, ihr
Heiligthum ſaheſt,
Und mit brittiſchem Schwung ſie unnachahmlich
geſungen;
Young, wie wünſchte mein Lied von deinen Ge=
ſängern entzündet,
Dir zu tönen, ſo ſchwach auch der Schall der
Laute dir klänge!
Höre denn du mich, Ebert, für ihn! Du, der
du zuerſt mich
In den unſterblichen Kreis von Albions Barden
geführet,
Und Youngs Muſe zuerſt dem Blick Germaniens
zeigteſt.
Dir nur konnt es gelingen, indem du die Kla=
gen des Weiſen
Ganz verſtanden, und ganz gefühlt. Den hei=
ligen Dichter
Sah oft die einſame Nacht, die ſeinen Geſang
ihm begünſtigt,
Mit den Sternen vertraut; allein nicht minder
begeiſtert,

Sah sie auch dich, wann stilles Entzücken bey
seinen Gesängen

Deine Wangen gefeuert, und sympathetische Nei=
gung

Melancholisch, gleich ihm, dich unter die Gräber
geleitet.

Gönne mir jetzt aufmerksam dein Ohr! Noch hat
dir die Muse

Nächtliche Scenen zu zeigen, nicht alle vom
Britten geschildert.

Ringsum liegt die Natur in tiefer trauren=
der Stille.

Feyerlich zittert, im stummen Gehölz, ein heili=
ges Schrecken;

Und das grausende Thal, das dichte Finsterniß
decket,

Schlummert nun schweigend und todt. Der schwarze
Schleyer der Schatten

Hat die himmlische Schönheit, und alle Farben,
verhüllet.

Jetzo spreitet das nächtliche Grauen ihr dunkles
Gezelt aus;

Alles fliehet vor ihr; sie hat die Herrschaft be=
hauptet,

Und das tröstende Licht und alle Wonne verjaget.

Ach! wie bist du so plötzlich von uns, o Tochter
des Himmels,

Gütige Sonne! so plötzlich entflohn! Wo schim=
merst du jetzo

Fer=

Fernen geliebteren Völkern, die deinen prächti-
        gen Aufgang
Mit lautschallendem Chor, mit Cymbeln und
        Reigen begrüssen?
Da du entflohst, da hast du von uns die Freude
        genommen,
Welche die Felder beseelt; nun starren sie dun-
        kel und traurig.
Doch was klag ich, den Thörichten gleich, die
        Freuden nicht schmecken,
Wenn sie nicht immer für sie in blendende Far-
        ben getaucht sind?
Hat nicht die Nacht vor dem Blick des Weisen und
        Dichters noch Scenen,
Welche das fühlende Herz mit gleichem Vergnü-
        gen betrachtet,
Als die lachenden Scenen des Tags? Mit er-
        öffnetem Auge
Sieh jetzt auf zum Throne der Nacht! In
        thauenden Wolken
Steht er still; sie streckt ihr schweres anarchisches
        Zepter
Ueber den Erdkreis. Verhüllt in leichte Kleider
        von Schatten,
Sendet sie uns, wohlthätig, den Schlaf zur
        Erde hernieder.
Sein beflügelter Fuß durcheilt die Wolken; ein
        Mohnstrauß
In der zitternden Hand, streut Schlummerkör-
        ner. Die Träume
                Folgen

Folgen ihm nach; zur Linken die Schaar der trau-
		rigen Schatten;
Schreckliche wilde Figuren, mit Rabenflügeln und
		Klauen;
Oft mit Dolchen bewehrt; sie schwingen, wie
		Furien, Schlangen
Ueber der Sterblichen Haupt, und peitschen die
		Ruhe des Schwelgers.
Heitere Träume flattern dem Gott zur Rechten,
		und tragen
Kronen und Zepter für Sklaven, und Indiens
		Schätze für Bettler.
Aber indem sich der gauckelnde Schlaf zur Erde
		hinabschwingt,
Rauschet er oft die Schlösser vorbey, und sinket
		auf Hütten;
Oder er schickt zum prächtgen Palast die schreck-
		lichen Träume,
Und die guten folgen ihm nach zur Hütte des Hirten,
Oder des schnarchenden Landmanns, dem keine
		feurigen Weine,
Und kein Indisch Gewürz, sein reines Geblüte
		verdorben.

Sey mir willkommen, o Hayn, voll me-
		lancholischer Gänge,
Nimm mich in deinen geruhigen Schoos, und
		lisple mir Muth zu.
Fürchterlich schallet durch dich mein irrender nächt-
		licher Fußtritt,

		Welcher

Welcher umsonst die Spuren des Freundes, die
     Spuren von Menschen

In der erstorbenen Flur, in wüsten Gegenden
     aufsucht.

Unter die heilige Linde, die ihren waldichten
     Wipfel

Hier in traurige Schatten verbirgt, und Schre-
     cken herabrauscht,

Will ich mich setzen. Verwaißt, gleich einem
     Lande des Todes,

Liegt die Gegend um mich. In bunten wechseln-
     den Farben

Wallet nicht mehr das finstre Gewand der schla-
     fenden Erde.

Nun liegt Garten und Au, nun liegen Schlösser
     und Hütten

Vor den Augen des Wandrers versteckt; er sucht
     sie vergebens.

Bist du es noch, glückseelige Flur, in der ich
     die Ruhe

Unter dem Strohdach umarmt? und dich, Zu-
     friedenheit, sitzend

An des Landmanns offener Thür? Bist du es, o
     Gegend,

Wo die Freude mich oft, gleich einer arkadischen
     Nymphe

Ueber Wiesen und Thäler geführt; indem mir
     die Dryas

In dem innersten Hayn voll Wollust zu wandeln
     erlaubte?
          Ach!

Ach! ich kenne dich nicht! die Stimme der
Sänger des Waldes,

Die mich hier öfters entzückt, scheint nun auf
ewig verstummet.

Ist die Schöpfung nun todt! Wo ist die Zierde
der Erde,

Der monarchische Mensch? — Ich bin allein
nur noch übrig,

Nicht vom Schlafe besucht, um dich, o Nacht,
zu besingen.

Du verdienst es, so sehr, als der Tag. Laß
immer den Morgen

Ueber die fröhliche Flur die Kränze von Rosen
verstreuen;

Laß des Mittags eröffnetes Horn die Sterblichen
speisen,

Und mit säuselndem West den Abend den Weltkreis erfrischen.

Du, holdseelige Nacht, reichst uns nicht schlech-
tre Geschenke,

Da uns der stärkende Schlaf auf deinem Wagen
gebracht wird.

Von den Gebrüdern, welche die Reiche des Tages beherrschen,

Bist du die ältere Schwester. Du throntest lange vor ihnen

Ueber des Chaos verwirrtes Gebiet, und sahst
sie entstehen,

Als sich die Erde zuerst um ihren Mittelpunkt drehte.
Sel-

Wie ein Bodmer, und Klopstock und Wieland.
    Wenn anders noch Tugend
Kommende Zeiten entzückt, so werden sie kom=
     mende Zeiten,
Als die Prediger der Tugend, den spätesten En=
    keln erheben.
So kam ehmals die himmlische Muse zu Milton
    hernieder,
Wann du den Weltkreis bedeckt. So wie du
    die Augen des Dichters
Auch am Tage mit Blindheit verhüllt: so wuchs
    in der Seele
Desto stärker der Tag der innern mächtgen Er=
    leuchtung.
Young, begeistert durch dich, sang dir so wür=
    dige Lieder,
Daß der Himmlischen Schaar den Klang der ir=
    dischen Leyer
Mit Entzücken und Beyfall gehört; und würdige
    Seelen,
Ihrer Bestimmung bewußt, ihn voller Bewunde=
    rung segnen.
Und wann kann sich der Mensch mit seinem ge=
    heimen Gebethe
Mächtger erheben zu Gott, als wann vor alle
    Zerstreuung
Da den Vorhang gezogen, und aller Orten der
    Weltkreiß
Eine Kammer für Bethende scheint, wo englische
    Flügel

             Unsre

Unsre Seufzer erwarten, sie über die Sterne zu
tragen?

Niemals müsse dein Wagen, o Nacht, die Erde
besuchen,

Daß mein stilles Gebeth nicht, auf den Flügeln
der Andacht,

Sich zum Himmel erhebe, der jetzt durch Heere
von Sternen

Mit noch hellerm Beweis den König der Geister
verkündigt!

Und nun, da ich am Ufer des Hayns in Gedanken versenkt bin:

Hör ich hinter mir dunkles Gemurmel, und flü-
sternde Winde,

Die durch rauschendes Laub der zitternden Eschen
sich kräuseln.

Jetzo pfeiffen sie schärfer durch zackigte Tannen und
Kiefern,

Und nun taumelt der Sturm lautheulend über mein
Haupt hin,

Wie ein Ocean tobet der Wald; die rauschenden
Bäume

Neigen die Wipfel, der niedrige Strauch wallt
über dem Boden.

Zehnmal schrecklicher hüllet die Nacht den stürmischen Himmel

In aufrührische Wolken, die wie Gebirge sich wälzen.

Haufen auf Haufen jaget der Sturm vom Weltmeer herüber;

Zachariä poet. Schr. II. Th.   K   Sie

Sie durchseegeln die Luft, und drohen im Flie-
                        hen vergebens
Ueberschwemmung und Donner aus schwangeren
                        Schläuchen zu giessen.
Von den Winden gepeitscht, entweichen sie über die
                        Himmel,
Eh noch der Engel des Sturms die Regenurne
                        verschüttet.
Plötzlich ruhet der Wind. Die weiten azurnen
                        Gefilde
Flimmern auf einmal umher mit schärferstralenden
                        Sternen.

Und nun steiget der Mond, halb von den
                        Gewölken verschleyert,
Ueber die Erde herauf, und blickt mit ruhigem Antlitz
In die erstorbnen Gefilde, die traurig liegen und
                        schlummern.
Klagender rollt der rieselnde Bach die silbernen
                        Wellen,
In dem blinkenden Schein durch stille Wiesen und
                        Thäler.
Seufzender bebet auch jetzt der matte nächtliche
                        Zephyr
Durch der Espen erzitterndes Laub. Ein heiliges
                        Grauen
Wandelt im Hayn, und kömmt mir entgegen mit
                        stillem Geliospel.

                                        Geh

Geh ich ins Dunkle hinein, da, wo die zackigte
Tanne

Halb im Mondenglanz steht, und halb mit schwär-
zerem Grüne

Unter die Schatten der Nacht sich mischt, und
freudenlos trauert?

Oder soll ich die Ebne besuchen, die jetzo mir da
liegt,

Wie das traurige Land, das nach der Sage der
Dichter

Sich im Reiche der Nacht um Lethens Ufer erstrecket?

Schlummernd raget das Dorf aus waldichten Linden und Ulmen

Dunkel hervor; ein ungewohntes groteskeres Ansehn

Giebt ihm der Mond; es scheinet nicht mehr die
lachende Wohnung,

Welche der heitere Tag mit Arbeit und Freude
belebte.

Dort steht einsam am Ende die Kirche, von welcher der Schatten

Halb den Kirchhof verhüllt. Dahin, o ernstere
Muse,

Laß uns wandeln, und dort Gedanken der Sterblichkeit athmen.

Feld des Todes, o sey mir gegrüßt! Ihr
nächtlichen Schatten,

Die

Die ihr unter Cypressen hier wohnt; und ihr, o
ihr Schrecken
Dunkler Begräbnisse, seyd mir gegrüßt! Mit be-
benden Füssen
Steh ich auf Gräbern; die Gräber bedeckt kein
prahlender Marmor,
Und kein Stein von Rednerfiguren erhebet den
Landmann,
Welcher kein Lob sich erkauft, und ohne Denkmal
hier schlummert.
Hier und da steht etwan ein Kreuz, ein Büschel
von Wermuth,
Frisch mit Thränen benetzt; und auf dem Grabe
des Mädchens,
Oder des Jünglings, etwan ein Kranz von Flit-
tern und Blumen.
Eine Linde beschattet mit ihren Zweigen den Kirchhof,
Und senkt Stille herab. Ich will mich unter sie
setzen,
Und mit muthigem Blick die verödete Gegend
durchirren.

Hier ists also, wo Staub zu Staub, wo
Erde zu Erde
Sich zusammen gesellt? Hier ists, wo über die
Scene,
Ueber das Schauspiel des Lebens, der Vorhang
niedergelassen,

Und

Und das schimmernde Kleid dem Spieler wieder
	geraubt wird?
Alle verschlingt der räubrische Tod! Der niedrige
	Landmann
Füllt ihm nicht schlechter den Schlund, als Sieger,
	Monarchen, und Helden,
Unsere Hoffnungen alle sind aus; mit grausamen
	Lächeln
Stürzt er die Schlösser der Luft vom kindischen
	Ehrgeitz errichtet,
Unter einander; er fordert den Greis; er hauchet
	die Rose
Blühender Schönheit zu Staub, die Stärke der
	Jugend zu Erde.
Schreckendes Grab! Du letzte Behausung für
	Götter im Leben,
O wie beugst du den träumenden Stolz! Hier,
	sterblicher Stolzer,
Hier am Rande der Gruft, betrachte die mor=
	schen Gebeine,
Welche vielleicht mit eben der Jugend, mit eben
	der Schönheit,
Und dem Ansehn, trotzten, wie du. Wo sind
	die Entschlüsse,
Die wir im Leben gemacht? Wo sind die Hoff=
	nungen alle,
Bunte flatternde Schaaren, die uns betrügrisch
	umtanzen?
Ist noch Eine zurück, der zeitlichen Hoffnungen Eine,

Wel=

Welche nicht treulos von dir am Rande des Gra-
　　　　　　bes davon flieht?

Rufe sie alle; sie hören dich nicht; mit rauschen-
　　　　　　den Flügeln

Fahren sie auf in die Lüfte, zerflattern, und las-
　　　　　　sen dich sterben.

Eine nur nahet sich noch, den Tugendhaften zu
　　　　　　stärken,

Wenn sein Auge sich schließt! doch ist sie auch
　　　　　　göttlich von Abkunft,

Und sie wartet nicht hier auf ihre gewünschte Be-
　　　　　　lohnung.

Sie, die tröstende Göttin, auf ihren Anker ge-
　　　　　　lehnet,

Sitzt am Grabe des Weisen, des wahren christ-
　　　　　　lichen Weisen.

Und mich dünkt, ich höre bereits die silberne
　　　　　　Stimme,

Wie der Himmlischen Stimme, mit diesen Wor-
　　　　　　ten ertönen:

Zittre nicht furchtsam zurück, du, der du den
　　　　　　christlichen Namen

Durch dein Leben geehrt, du wirst nicht sterben
　　　　　　im Grabe.

Diese schauernde Gruft läßt deinen irdischen Körper

Nicht auf immer im Staub! Er wird sich wieder
　　　　　　erheben

Aus der Vergessenheit Nacht, und seine reinere
　　　　　　Seele

　　　　　　　　　　Schwingt

Schwingt sich über die Luft, und kostet Olympische Freuden,

Freuden, von denen die kleinsten mit höherer Anmuth entzücken,

Als die prächtigsten Freuden der Welt. Die Chöre
der Engel

Warten auf ihn, mit Palmen und Kronen, den
Sieger zu schmücken.

O wie glücklich ist der, dem sie, die olympische Hoffnung,

Dieses Todtenlied singt! Vergebens schüttelt das
Schrecken

Auf dem Helme den scheußlichen Kamm; vergebens beweinet

Schwacher Sterblichen Thräne die aufgeschwungene
Seele.

Sanft und gelassen schließet der Christ sein brechen-
des Auge,

Und steigt, so wie die Flamme, mit brennender
Andacht gen Himmel.

So starb Hagedorn jüngst, und fügte zu seinen
Verdiensten

Noch das größte Verdienst, den Ruhm des sterbenden Christen.

Ruhiges Land! Hier findet mein Herz die
einsame Stille,

Welche die Stadt uns versagt. Sogar dein
schattichter Kirchhof

K 4   Scheint

Scheint mir sichrer zum Schlummer, als die um
entheiligte Dome,
Wo sich Frechheit zum Laster gesellt. O möcht ich
hier ruhen,
Hier im Schatten geheiligter Linden! O möchte
die Freundschaft
Hier mein Grab mit Blumen bestreun, und et=
wan die Thräne
Einer Geliebten mich hier in einsamen Stunden
beweinen!
Geht ein Wanderer dann, ein Freund der himm=
lischen Musen,
In der vertraulichen Gegend vorüber, der nahe
der Gruft sich,
Welche den Dichter bedeckt, und ehre des Schlum=
mernden Asche,
Welcher nichts größers gekannt, als dich, o
Tugend, zu preisen.

Welch' ein schwarzer Gedanke verhüllt mir
plötzlich die Seele,
Und spricht laut in mir selbst? Warum ergießt
sich der Thränen
Mächtiger Strom? Was zwinget mein Herz zum
traurigen Anblick
Rührender Bilder der Phantasey? Ich sehe die
Ruhstatt
Meines Vaters, um welchen noch oft mein Auge
sich netzet.

Bester

Beſter der Väter! O daß ich dir nicht mit der zärt=
lichen Rechte
Unter dem ſterbenden Haupte gelegen! O daß ich
dein Auge
Nicht noch einmal mir lächeln geſehn! O daß dir
mein Herz nicht
Nur noch einmal gedankt für alle zärtliche Sorge!
Nur noch einmal die Hand dir geküßt, und wei=
nend den Seegen,
Den du entfernt mir ertheilt, von deinen Lippen
empfangen!
Dir ſingt dankbar dies nächtliche Lied. Die trau=
rige Muſe
Streut dir den Weyhrauch hier aus, den ſie dir
ſchuldig geworden.
Wer verdient ihn mehr noch, als du? Du gabſt
mir die Leyer
Schon in die kindiſche Hand, und hörteſt oft gü=
tig die Töne,
Welche der Knabe dir ſang, und deinen Beyfall er=
hielten.
Kehr ich einſt zur Gegend zurück, wo deine Gebeine
Seelig ſchlafen: ſo ſoll ſich mein Fuß in kindlicher
Wallfahrt,
Vater, zu deinem Grabe begeben. Dann will ich
es ſegnen,
Dich beweinen, und ſagen: Hier ruht der Beſte
der Väter!
Und die Reihe der andern Verwayßten ſoll um mich
verſammelt

K 5   Stehn,

Stehn, und weinen, und sagen: er war der Be=
ste der Väter!

Nun hat auch die lärmende Stadt die präch=
tigen Thürme
Tief in die Schatten gehüllt, und süsser Schlum=
mer, und Ruhe
Sinkt vom Himmel herab. Die tiefe nächtliche Stille
Wandelt die Strasen umher, und findet sie einsam
und öde:
Zwar ertönt noch in dem Palast die Stimme der
Freude
Unter der Saiten Gesang, und taumelnde volle
Pokale
Klingen noch durch die entheiligte Nacht, und
rauschende Tänze
Jagen die Larven im Staube herum, dem Morgen
entgegen.
Aber die Muse verschmäht die Reigen schwärmender
Thoren,
Welche den Tag und die Nacht durch ihre Getüm=
mel verkehren.
Würdiger sitzt der Dichter und Weise bey nächtli=
cher Lampe
Tief in lehrende Schriften versenkt, indem die Ge=
stirne
Sanfter über ihn gleiten, und ihren kräftigsten
Einfluß

Ueber

Ueber sein Haupt verschütten, damit er den Welt=
kreis erleuchte,

Oder im hohen Gesang die Wege der Allmacht er=
zehle.

Jetzt weckt ihn ein stilles Getümmel aus seiner Be=
trachtung,

Und die Leyer hält ein mit ihrem süssen Gesange.

Feyerlich rollt mit eisernen Rädern der Leichenwa=
gen

Durch die Strasen einher; die wiederhallenden
Strasen

Seufzen ihm nach, und hüllen sich hinter dem
nächtlichen Aufzug

Schwarzer dampfender Fackeln in zehnmal dickeres
Dunkel.

Ihn umringt ein traurig Gefolge. Die Stimmen
der Klagen

Weiner ihm nach. Der Zug geht fort, und fürch=
terlich steht er

Vor dem Palast des schwelgenden Reichen. Das
Krachen der Räder

Schallt wie ein Donner der Mitternacht ihm im
horchenden Ohre;

Und der dampfende Schein der Leichenfackel ver=
dunkelt

Seiner Kerzen verblendeten Glanz. Er kann sich
nicht fassen,

Fährt schnell athemlos auf, und setzt den blin=
kenden Becher

Auf

Auf die Tafel, schaut aus, und erblaßt, und fühlet
sich sterblich.

Doch bald kommen die frecheren Gäste mit prahlenden Worten,

Spotten der kindischen Furcht, und gießen ihm
Muth in die Seele.

Und sobald der traurige Zug sich weiter entfernet,

Flieht das Schrecken sogleich von seinen erstorbenen
Wangen.

Fröhlicher eilt der Becher herum; man lacht der
Thorheit,

So verzagt, so seltsam den Tod gefürchtet zu haben.

Alle Gedanken entfliehn von einer drohenden Zukunft,

Und sie dünken voll Stolz aufs neu sich unsterblich
wie Götter.

Doch dem Weisen verschwindet nicht so der erste
Gedanke,

Den der erweckende Pomp aus seiner Seele herauf-
rief.

Sein beherzter Blick geht mit dem Trauergefolge

Bis zur wartenden Gruft; das fürchterlich dum-
pfe Gepolter

Des hinunterrollenden Sargs erfüllt ihn mit
Schauer.

Aber nicht lange, so hebt der Andacht feuriger
Flügel

Seine Seele zum Himmel empor, und zeiget ihm
Scenen,

Un=

Unaussprechliche Scenen, die dort der Seeligen
warten.

Wann jetzt die Stadt und das Land, in tiefer
Stille begraben,
Sorgenlos schläft, dann wachet noch oft die Frech-
heit zum Schaden.
Daß der blutbegierige Löw in schrecklichen Wüsten
Seine Beute verfolgt, daß aus dem Innern der
Wälder
Heulende Wölfe nach Raub die einsamen Hayden
durchirren,
Dies vergiebt die Natur dem angebohrnen Instinkte;
Doch, daß Menschen noch wüthender sind, als
rasende Thiere,
Was entschuldiget dies? Ists möglich, können die
Laster
Ganz der Menschheit Gefühl aus menschlichen Her-
zen verbannen?
Mit der Finsterniß wagt sich nunmehr der kühnere
Räuber
Aus dem tiefsten Gehölz; er streift durch öde Ge-
filde,
Naht sich dem schlummernden Hof, und wachsam
bellen die Hunde
Durch das horchende Dorf. Die zarte verlassene
Schöne
Zittert in tödtlicher Angst die schwarzen Stunden
vorüber.

Jedes

Ganze Hügel von Schnee zerschmelzen im reissenden
               Waldstrom,

Welcher entwurzelte Tannen und halbe Thäler des
               Harzes

In die Ebenen schwemmt; auf schwarzen brüllenden
               Wogen

Sitzt die Todesgefahr, und unter den Wellen sind
               Brücken,

Pfad und Stege verschlungen. Den Reuter fasset
               am Ufer

Plötzlicher Schauder; er hört das Getös der brau-
               senden Wasser,

Voll von innerer Angst, und unter ihm zittert er-
               schrocken

Sein sonst muthiges Roß. Von schwärzer Ahn-
               dung getroffen,

Und von seinem schützenden Geist sanftlispelnd ge-
               warnet,

Zieht er die Zügel zurück; doch endlich stählt er von
               neuem

Sein ermuntertes Herz; vertraut sich der Kännt-
               niß des Pfades,

Und trabt blind in die Fluth. Die Fluthen ergreif-
               fen ihn mächtig,

Führen ihn fort; vergebens bestrebt das schnaubende
               Roß sich,

Ihn mit Schwimmen zu retten; umsonst! der reis-
               sende Waldstrom

Rollt mit gewaltigem Schuß sie kläglich unter ein-
               ander.

                       Seuf-

Seufzend begibt sich sein Engel zurück vom öden
        Gestade,
Und sein Leichnam treibet dahin; mit häufigen
        Zähren
Wartet sein Weib die schreckliche Nacht; oft schaut
        sie vergebens
In die Finsterniß aus. Viel traurige Tage ver-
        streichen,
Eh sie die Nachricht erhält von seinem entsetzli-
        chen Tode.

Weniger schrecklich erscheinet die Nacht, wenn
        unter dem Froste
Selber der Waldstrom erstarrt, und über be-
        schneyte Gefilde
Tausend Sternchen und Flittern im hellen Mon-
        denglanz schimmern,
Und der Himmel geschmückt mit allen seinen Ge-
        stirnen
Heller jetzt scheint, und gütig dem Pfade des
        Wanderers leuchtet.
Dann erklinget der Schnee scharf unter dem
        nächtlichen Fußtritt,
Und der schneidende Nord jagt ihn mit pfeifen-
        dem Athem
Seinen Gegenden zu; indeß vom Himmel die
        Kälte
Immer schwerer und heftiger fällt; die rieselnden
        Bäche

Laſſen die Wellen im Eis; das Kunſtrad drehet
sich langsam,
Bis es im letzten vergeblichen Schwunge gefrie=
ret, und still steht.
Manche kandirte Figur hängt an den glänzenden
Tannen,
Und der rauhere Reif bläßt Schnee, mit Eiſe
vermiſchet,
Ueber Wälder und Hayn im feſtlichen Schmucke
liegt alles
Am erwartenden Morgen, und ſchimmert im weiſ=
ſen Gewande.

Vor mir liegt der nächtliche Himmel in al=
ler der Schönheit,
Die des Ewigen Hand auf seine Fluren geschüttet.
Welch unzählige Mengen von güldnen blitzenden
Spangen
Werden zum Hauptschmuck der Nacht, und gieſ=
ſen gemilderte Stralen
In das Auge des nächtlichen Schauers, der vol=
ler Entzücken
Unter dem Bogen der Luft in starrem Wunder
vertieft steht.
Diese Schönheit des Sternengewölbes bezauberte
vormals
Auf Chaldäischer Flur und in Arabiens Wüſten
Einsame Schäfer, die hier sich mit den Gestirnen
ergötzten.

Ihnen

Ihnen brachte zuerst die Nacht in himmlischer
Anmuth

Dich, o Astronomie, noch in der Schönheit der
Jugend.

Deine Kindheit spieltest du da mit Hirten vorüber,

Schufest Namen den Sternen, und theiltest in
Bilder den Himmel.

Damals rollte der Wagen zuerst die glänzenden
Räder

Um den Nordpol herum; und um den staunenden Thierkreis

Nahm die Sonne den Weg; die güldene Leyer,
des Himmels

Klang zu der Sphären Gesang; jetzt wand die
Schlange sich krümmend

Durch die Gestirne hindurch; die stürmischen trüben Plejaden

Schütteten Regenurnen herab. Mit schädlichem
Einfluß

Brannte Sirius über dem Haupt. Die hohen
Planeten

Wurden nach Influenzen beschaut; aus ihrer Be-
gegnung

Rieth manch thörichter Traum das künftige Schicksal der Menschen.

Bis die spätere Kunst in rauhen nordlichen Ländern,

Dir zum wichtgen Geschenk ein zauberndes Seh-
rohr verliehen.

Du kamst von dem Olymp mit seltnen Ent-
deckungen wieder;

L 2   Man

Mancher schöpfrische Geist berechnete Fernen und
Größen;

Kühn befreyte Copernik zuerst die belästigte
Sonne

Von dem beschwerlichen Weg um unsern gerin=
geren Erdball;

Ließ sie nun wieder im Mittelpunkt ruhn, und
besser die Erde,

Zu den Planeten gesellt, sich um die Sonne be=
wegen.

Auch eroberte Hevel den Mond; sah Alpen und
Seen

Auf der fleckigten Kugel, und nannte die Länder
mit Namen.

Galiläi erblickte zuerst die Jupitersmonden,

Und Saturns Trabanten und Ring Huygen und
Cassini.

Newton verfolgte so gar den Lauf des schnellen
Kometen

Ueber die fernesten Gränzen des Weltgebäudes
hinüber;

Nahm die nichtigen Schrecken, vom Aberglauben
erdichtet,

Seinem Haupthaar und Schweif; gieng mit den
elliptischen Kreisen

Seiner verworrenen Bahn, und prophezeyte den
Zeitpunkt

Seiner Zurückkunft mit mehr als eines Sterbli=
chen Kräften.

Welt=

Welche Gedanken von Gott und seinem herr=
                        lichen Weltbau

Denkt sich, nach so mancher Entdeckung der stau=
                        nende Christ nicht!

Wer kann jemals ermüden, mit mehr als mensch=
                        licher Einsicht,

Mit der Einsicht der Engel sich unter die Ster=
                        ne zu mischen?

Wer ist niedrig genug, im Schlamme der Laster
                        zu wühlen,

Seine Geburt zu entehren, und zu den Thieren
                        zu sinken,

Wenn der Himmel auf ihn mit allen leuchtenden
                        Augen

Achtsam schaut, und den Lauf von seinem Wan=
                        del betrachtet?

Tauche nur immer, o Sonne, dein Haupt in
                        westliche Fluthen!

Jetzt führt tausend Sonnen die Nacht in mäan=
                        drischen Tänzen

An dem Himmel für Weise herauf; die klingen=
                        den Sphären

Schallen im hohen Olymp; der Morgensterne
                        Gesänge

Reissen die Seele hinauf zu ihrem allmächtigen
                        Schöpfer.

Ist ein andrer Gedanke so fähig, die staunende
                        Seele

Mit dem größten Begriff von Gottes Hoheit zu
                        füllen,

Als

Als die unendliche Zahl von Erden, Monden
und Sonnen,

Die in harmonischen Kreisen nach seinem Winke
sich lenken?

Muse, du zitterst mit Recht, eh du mit wagen-
den Flügeln

Unter tausend und tausend Systeme von Welten
dich stürzest.

Denn wer zählt sie? Du reisest ohn Ende von
Sternen zu Sternen;

Sinkst, und würdest versinken im Abgrund der
göttlichen Tiefe,

Wenn nicht die Allmacht zurück nach deiner Hey-
math bich führte.

Darf das irdische Lied dich noch erheben? Dich,
Schöpfer,

Vater, Erhalter, König und Herr? da Himmel
an Himmel

Lobgesänge dir weihn? und deine Werke verkündgen?

Da ich von Sonne zu Sonne die güldene Leiter
hinauf stieg,

Bis zum stralenden Thron der Gottheit, von
welcher die Erde

Kaum die unterste Staffel mir schien; wie sank
da der Hochmuth

Welcher vermessen geglaubt, so viele Himmel
und Welten

Wären allein für Sterbliche da. Mein Antlitz,
geblendet,

Mei-

Neiget sich, HErr, in den Staub, denn ich bin
Staub und von Erde.

Wie verächtlich entfliehn die leeren irdischen Freuden,

Bey mir vorbey, sie alle von ihrem Flittergold
glänzend!

Wie vergebens winket der Ruhm mit welkenden
Lorbeern,

Und der Wolluft geschminktes Gesicht! Wie prah-
let vergeblich

Reichthum mit dürftigem Gold, und nichtigen
Schätzen von Perlen!

Mein sind Welten! Mir schenkt sie der Glaube.
Schon hör ich die Stimme,

Welche vom Himmel erschallt; dies alles will
ich dir geben,

Wenn du tugendhaft bist, und deine Bestimmung
erfüllest,

Und dies Glück ist Christen gewiß; mit güldenen
Lettern

Hat die Allmacht ihr Wort auf ewige Tafeln
gegraben,

Ihr Versprechen mit Eiden beschworen, mit
Blute besiegelt.

Zweifelt noch einer von uns? Kann einer noch
unter uns anstehn,

Solche Reiche zu erben, auf solchen Thronen zu
sitzen?

Und

Und nun ist es geschehn! Die dichsten schwärze-
sten Schatten

Hüllet die Nacht um die Erde herum, und herrschet allein nun

Ueber die schlummernde Welt mit ihrem bleyernen Zepter.

Völlig ist nun die prächtige Scene des Tages
geschlossen!

Morgen ward vom Mittag verschlungen, der
Mittag vom Abend,

Alle von der gebietenden Nacht, die ehmals
vor ihnen

Ueber die Erde geherrscht, als keine Sonne noch
stralte.

O wie todt sind Fluren und Hayn! wie todt die
Gefilde!

Und wie todt ist das Dorf! wie todt die pran-
genden Städte!

Schreckliche Pause der bangen Natur! Erweckeu-
des Vorbild,

Von der entsetzlichen Nacht, die einst nach tausend Aeonen,

Wann sich nun der gröseste Tag zum Ende ge-
neiget,

Alle Himmel und Welten verschlingt, und über
die Trümmer

Eben so herrscht, wie über das Reich des finste-
ren Chaos.

Nahe dich hier, o du, du melancholische Muse,

Die

Die du so gern in heiliger Nacht die silbernen
       Saiten

In der Einsamkeit rührst, und dich mit irrendem
       Fuße

Nicht den Gräbern zu nahen gescheut; wo Dun-
       kel und Schrecken

Um dich flossen, und kalte Schauer des Todes
       dich faßten.

Schaue hinab in die Nacht der allgemeinen Ver-
       wüstung,

Wo am Rande der kühnste Gedanke mit Grau-
       sen zurück bebt;

Und wogegen die Nacht des Grabes wie Mittag
       zu rechnen!

Wage den einsamen Flug! Du bebst? Wer sollte
       nicht beben,

Hinter dem Vorhang der Nacht den Weg zum
       Himmel zu finden.

Ach! was hilft es uns nun, daß man uns Kro-
       nen versprochen,

Und ein schöneres Eden, als jenes Eden auf Er-
       ben,

Da der Leitstern uns fehlt durch diese Cimmeri-
       schen Nächte.

    Doch, was seh ich? Wer ist die himmlisch-
       glänzende Göttin,

Welche sich dir zur Führerin beut? Sie schwingt
       in den Händen

                                Eine

Durch dich werden wir mehr als Stoiker unter
den Martern,

Und noch reiner in Tugend, als alle weltliche
Weisen.

Und vor allem leitest du uns auf sicheren Wegen
Ueber die Bäche des Todes, und machst den
Menschen zum Engel.

Ihn erwartet der goldene Stuhl, die ewige
Krone;

Ihn erwartet das jauchzende Chor der englischen
Harfen,

Und er wird sich unter sie mischen, und feurige
Hymnen

Dem Allmächtigen singen, und seinem allmächti=
gen Sohne.

Dann ist niemals mehr Nacht. In allen Bezir=
ken des Himmels

Wird Ein ewiger Tag den Ewigglücklichen leuchten.

Ende der Tageszeiten.

Die

Die vier Stufen

des

weiblichen Alters.

Vorbericht
zu den vier Stufen des weiblichen Alters.

Dieses Gedichte entstand auf einer Reise, wo ich von ohngefähr in einem kleinen Buchladen die vier Stufen des menschlichen Alters unter dem Titel: Quatuor humanæ vitæ ætates Turici MDCCLIIII. zu Gesichte bekam. Ich las die fliessenden lateinischen Verse mit großer Begierde einigemal durch, und hielt sie, da ich auf den kurzen Vorbericht nicht aufmerksam gewesen, für das Original selbst. Nachdem aber meine vier Stufen des weiblichen Alters im Druck erschienen, wurde mir von dem wahren Erfinder mein Irrthum benommen. Ich kann die Leser nicht besser hievon unterrichten, als wenn ich Ihnen den Brief dieses würdigen Mannes an mich abschreibe, und auch das Lob nicht unterdrücke, so mir derselbe darinn ertheilt; da Beyfall und Lob von edlen Gemüthern, und Kennern, unstreitig die angenehmste Belohnung ist, die ein Dichter sich wünscht. Er schrieb mir von Zürich folgendes:

Mein

Mein Herr!

Ich habe mit entzückenden Freuden die vier Stufen des weiblichen Alters gelesen, öfters gelesen, und stets bewundert. Nicht ein verwelklicher Lorbeer, sondern die Krone von Germaniens würdigen Töchtern, eine Frau, Ihrem Gemälde gleich, müsse die Belohnung seyn für das edle Denkmal, welches sie der schönen Hälfte unsers Geschlechts gestiftet haben, Sie verdienen es mit Recht, mein Herr. Aber was hat ein redlicher Schweitzer bey Ihnen verschuldet, daß Sie seine Arbeit einem Italiäner beylegen, und der Welt wollen glauben machen, daß der Bibliothekar der Ambrosianischen Bibliothek zu Mayland, ein Geistlicher, sich bemüht habe, Charaktere für freye Schweizer zu schreiben, ihre Knaben zur Tugend anzufeuern, und ihren Jünglingen patriotische Gesinnungen beyzubringen? Denn das ist und bleibt ausgemacht, daß die Bilder in den vier Stufen des menschlichen Alters einzig und allein für freye Staaten passen, die so eingerichtet sind, wie der unsrige; und daß die Moral, die dem Herzen eines Deutschen, eines Franzosen und Italieners, eingeprägt werden soll, mit den Landesgesetzen, und mit dem Climat übereinstimmen müsse, wenn jeder seinem Vaterlande nützliche Dienste leisten soll. Und wo finden sie sonst, mein Herr, als bey den Schweitzern, eine solche Staatsverfassung, wo der Bürger zugleich Gesetzgeber, Soldat, Richter und Unterthan ist? Allein ihre eigene Einsicht

über-

überzeugt sie hievon; ich muß Ihnen also, mein
Herr, nur noch sagen, wie ich auf den Einfall ge=
rathen, die vier Stufen zu schreiben.

Vor einigen Jahren hat ein gewisser Zufall
mich genöthigt, mein Zimmer zu hüten, und da
die Morgenstunden einsam vorüber giengen, so habe
ich, um meinem Sohn, einem Knaben damals von
sieben Jahren, einen kleinen Begriff von einem recht=
schaffenen Republikaner zu geben, diese Charaktere
zu Papier gebracht. Alle Nachmittag besuchten mich
meine Freunde. Herr Kanonikus Breitinger kam
einsmal unvermuthet und sehr früh; er fand meine
Arbeit auf dem Tisch, alle meine Vorstellungen waren
fruchtlos; ich lag im Bett, er nahm sie weg, und
ich sahe sie nicht wieder, bis sie gedruckt, und ehe ich
sie verbessern konnte, gedruckt waren. Ein Jahr her=
nach übersandte mir ein Mayländer, der sehr wohl
deutsch redet, und mein Freund ist, das Manuscript
von der zierlichen poetischen Uebersetzung des Herrn
Doktor Oltrotschi, welche dann auch mit einer Vor=
rede vom Herrn Kanonikus Breitinger hier gedruckt
wurde. Hätten Sie, mein Herr, die vier Stufen
des menschlichen Alters einem andern Schweizer, aus
welchem Canton es auch immer gewesen seyn würde,
zugeschrieben, mir wäre es gleichgültig gewesen:
denn um die Autorschaft bekümmere ich mich nicht
viel; mein Pult verschließt, was ich zu meiner Be=
lustigung schreibe. Aber einem Italiener, obgleich
seine fliessende römische Poesie, mein Werkgen

Zachariä poet, Schr, II.Th.   M   ganz

ganz verschönert hat, habe ich die vier Stufen
des menschlichen Alters nicht überlassen wollen.

Verzeihen Sie mir also, mein Herr, daß ich
Sie mit diesem Bericht bemühet habe. Mein
Dank, daß Sie auf meinen Gedanken ein so vor=
treffliches Gedicht gebauet, ist so groß, als meine
Hochachtung. Könnte ich es Ihnen, mein Herr,
in der That beweisen, so wäre mein Vergnügen
vollkommen. Ist unser Land gleich felsicht und
hart; so gießt doch der Himmel Freyheit, Ruhe
und Frieden, auf uns herab. Fürchtet sich Ihre
Muse vor dem Schwarm der Franzosen: hier ist
eine Zuflucht für sie. Hier rührt man die Trom=
mel nur zur Freude, und die Ufer der See, die
Hügel und Thäler wiederschallen frohlockend dem
Donner der Kanonen. Liebreich und zärtlich wür=
den Breitinger, und Bodmer, und Geßner, und
andre würdigen Freunde sie umfangen, und ich
würde einen der größten meiner Wünsche erfüllt
sehn 2c.

Johann Rodolf Wertmüller,
des grosen Raths der Republik Zürich,
und Stadtfändrich.

Das

Das Mädchen.

Muse, begeistert durch dich, sang von dem
menschlichen Alter
Uns Wertmüllers glückliche Leyer. Mit römi-
scher Anmuth
Wiederholte sein Lied Oltrotschi. Vergaßen die
Dichter
Ganz die andre schönere Hälfte des Menschenge-
schlechtes?
Singe du sie Germaniens Töchtern! Sie lieben
Gesänge,
Welche mit lehrendem Reiz die einsamen Stun-
den verkürzen,
Und das fühlende Herz zur himmlischen Tugend
erheben.

Liebliches Mädchen! nahe dich mir! — Wie
gleicht sie der Mutter
Mit dem feinsten Gesicht! Ihr braunes offenes
Auge

lächelt

Lächelt schon Sieg. Schon glühen die Lippen
in höhrem Purpur,
Und zerstreute Rosen bedecken die zärtlichen Wan-
gen.
Aber noch warten des gelblichten Haares sanft-
wallende Locken
Auf die siegende Farbe der Nacht, die künftig
die Schönheit
Ihres blendenden Halses erhöht. Es flattert im
Winde,
Wenn sie mit kleinen geflügelten Füssen die Mut-
ter ereilet,
An das lange Gewand sich hängt, und stam-
melt, und schmeichelt,
Bis ihr die Mutter zurückgefolgt. Jetzt setzt sie
die Puppe
Vor den Theetisch, und wartet ihr auf. Mit
kleinen Gesprächen
Unterhält sie sie lange, die Antwort erwartend,
und weinet
Ueber ihr eigensinniges Schweigen; sie giebt ihr
die Lehren,
Welche die Mutter ihr gab, zurück. Der Va-
ter bemerkt es,
Lächelt von seinen Büchern empor; erinnert sie
wieder,
Daß die Puppe nicht spricht, und tröstet die
kleine Betrübte.
Dann kömmt auf dem muthigen Stecken ihr jün-
gerer Bruder

Ueber

Ueber den Saal her geritten. Sie sieht mit
furchtsamen Augen

Zärtlich ihm nach, und warnt ihn; umsonst, der
völlige Knabe

Zeigt sich bereits in jeglichem Schritt der kindischen Spiele.

Pferd' und Wagen ergötzen ihn nur, und der
blinkende Degen,

Und der männliche Huth. Er kennet die Furcht
nicht, und jauchzet,

Wann die kriegrische Trommel erschallt. Doch
weibliche Sanftmuth

Herrscht ganz in dem fühlenden Mädchen. Jetzt
nimmt sie den Bruder

Mit sich allein, und flehet ihn an, sein Leben
zu schonen,

Und nicht der wallenden Fahne zu folgen. Der
muthige Knabe

Wird von den Thränen erweicht, legt seine lärmende Trommel,

Und sein blankes Husarenschwerdt ab, und spielt
mit der Schwester

Stillere Spiele; wird Kutscher und Koch, und
läßt sich gefällig

Zu des Mädchens Geschmacke herab. Dann folgt
sie der Mutter

Häußlichem Schritt, und ahmet ihr nach in kindischer Wirthschaft;

Oder ergreift mit zitternder Hand die Nadel der
Mutter,

M 3   Und

Und glaubt Blumen und Laub in ihren Versü=
		chen zu sehen.

Oftmals nimmt sie der liebende Vater mit zärt=
		lichen Freuden

Auf den schmeichelnden Schoos, und lehrt sie
		zeitig Begriffe

Von dem gütigen Schöpfer der Welt. Steigt
		über die Wellen

In Triumph die Sonne herauf; und hänget am
		Abend

Ueber dem Walde der silberne Mond: so breitet
		die Andacht

Schon den kindischen Arm voll Inbrunst gegen
		die Himmel.

Hüllt sich der Tag in die düstere Nacht, und
		rollet der Donner

Ueber dem Haupt; so bewahrt er ihr Herz beym
		dunkeln Gewitter

Vor der sklavischen Furcht; gewöhnt sie, eben so
		zärtlich

Ihren Schöpfer zu lieben, ihn eben so edel zu
		fürchten,

Wann er im Zephyr erfrischt, als wann er in
		Stürmen einhergeht.

Jedes zarte Gefühl, das in der empfindlichen
		Seele

Sich entwickelt, das bildet er sanft, und edel
		und menschlich.

So schlägt sanfter ihr Herz. Der Grausamkeit
		kleineste Spuren

Wer=

Werden darinne vertilgt. Oft blinken ihr Thrä-
                      nen im Auge,

Wann vor dem tödtenden Messer des Kochs die
                      Taube dahin fällt,

Oder der Henne sperbrichtes Kind. Sie lernet
                      bey Zeiten

Andrer Elend zu fühlen; sie wird die christlichste
                      Tugend

Zur Vollkommenheit bringen, und sollten sie wi-
                      der Verschulden

Feinde hassen, die Feinde sogar als Menschen
                      noch lieben.

Wie erröthet ihr offnes Gesicht, wofern sie nur
                      muthmaßt,

Ihren Vater beleidigt zu haben! Mit welchem
                      Erschrecken,

Welcher besiegelten Angst, umfaßt sie ihn schluch-
                      zend das Knie ihm,

Wann sie wirklich gefehlt! Ihr rollen die bren-
                      nenden Thränen

Lange vom Auge, sie kann sich nicht trösten ob
                      ihrem Vergehen.

Kann Versuchung wohl je solch eine Seele
                      verführen,

Welche, so früh mit der Tugend bekannt, ihr
                      immer getreu bleibt,

Und den Namen sogar des niedrigen Lasters ver-
                      abscheut?

Nein! ihr redender Blick, die lächelnden purpur-
                      nen Lippen,

M 4   Sind

Sind nicht Betrüger. Die innere Schönheit der
     weiblichen Seele
Wächst mit der Anmuth der Jugend zugleich.
     Ihr schützender Engel
Schwebet um sie auf güldenen Flügeln; er
     wacht für die Unschuld
Ihres unsterblichen Geistes, und hilft die Rosen
     der Schönheit
Auf den Wangen entfalten. Ihr leichter ätheri-
     scher Schlummer
Fliegt mit der Morgenröthe dahin. Liebkosend
     erweckt sie
Ihren Vater, und faltet mit ihm die Hände
     zum Himmel.
Ihre stammelnden Seufzer erschallen umsonst
     nicht; die Engel
Tragen sie über die Wolken. — Dann lernt sie
     in kleinen Geschichten
Und anmuthigen Fabeln die Tugend. Mit feu-
     riger Neugier
Fragt sie nach allem; verschlingt die Worte des
     gütigen Lehrers,
Lernt der Christen wohlthätig Gesetz; bewundert
     der Vorsicht
Mächtige Hand in frommen Geschichten, und
     preißt mit Entzückung
Jede vortreffliche That. Oft auch versucht sie im
     Tanze
Voller Anmuth zu schwimmen, und biegsame
     Glieder zu üben.

         An

An ihr hanget das Herz der Eltern. Der Vater vermisset
Ihrer Spiele Geräusch, und wünschet sie um
sich zu sehen,
Ob er gleich in Arbeit versenkt, in Büchern vertieft ist.
Eingeholt unter den zärtlichen Küssen der liebenden Mutter,
Kommt sie zum Vater zurück; er küßt sie. Stilles Entzücken
Strömt aus seinen Augen. Er sieht die Reize
der Mutter
Hier im Kleinen. Prophetische Blicke durchdrin-
gen die Zukunft
Und von schmeichelnder Hoffnung gestärkt, wahr-
sagt er ihr künftig
In der Liebe das Glück, das ihn jetzt selber beseeligt.

Sinkt mit dem Abendroth nun die erste ru-
hige Stille
Auf die thauigte Welt; so neiget sie unter den
Seufzern
Kindischer Andacht ihr Haupt zu sanftem Schlum-
mer. Gespenster,
Melancholische Schatten, und blasse schreckende
Larven,
Flattern nicht um ihr heiteres Lager. Wohlthä-
ge Geister

M 5

Füh-

Führen die güldnen Träume zu ihr. Sie lächelt
　　　　　voll Unschuld
Auch im Schlaf, und trägt im Gesicht den offe-
　　　　　nen Himmel.
Also entschläft auf Rosengewölk ein reisender Engel
Der auf des Ewgen Befehl die weite Schöpfung
　　　　　durchwandert.

　　Weicht nicht, ihr Beschützer der Unschuld,
　　　　　ihr treuen Gefährten
Menschlicher Tugenden; himmlische Schaaren, o
　　　　　weichet nicht von ihr!
Tragt sie auf euren olympischen Flügeln, damit
　　　　　nicht ein Unfall
Ihre blühenden Jahre verkürze! Sie wächset an
　　　　　Alter
Und an Schönheit und Tugend empor. O glück-
　　　　　liche Mutter,
Die dich, holdseeliges Mädchen, gebahr! O
　　　　　glücklicher Vater,
Welcher dich einst des edelsten Jünglings Umar-
　　　　　mungen zuführt,
Und von dir ein zahlreich Volk von Enkeln ent-
　　　　　stehn sieht!

Die Jungfrau.

So wie am Morgen die schönste der Rosen
    mit Perlen geschmücket,
Ihren verschloßnen jungfräulichen Busen dem
    Strale der Sonne
Schamhaft eröffnet; sie steht, die höchste Zierde
    des Gartens,
Unter schützenden Dornen; bey jedem Schmei-
    cheln des Zephyrs
Schauert sie in sich zurück, und erröthet mit
    höherem Feuer;
Sanfte Gerüche duftet sie aus; sie ist die Mon-
    archin
Aller Blumen, der Flora Geliebte, das Bildniß
    der Unschuld:
So entfalten sich auch die wachsenden Reize der
    Jungfrau,

                     Die

Die jetzt mächtger sich fühlt.　Mit braunen
　　　　　　　schwimmenden Locken
Spielt der gauckelnde West, und von dem zier-
　　　　　　　lichen Bogen,
Der mit der Farbe der Nacht ihr siegendes Au-
　　　　　　　ge bezirket,
Schauen die Liebesgötter herab.　Die stralenden
　　　　　　　Pfeile
Treffen die Herzen gewiß.　Auf ihren reifenden
　　　　　　　Wangen
Lächeln die Grazien.　Anmuth und Hoheit eröff-
　　　　　　　nen die Lippen
In den höhesten Purpur getaucht; wie Perlen
　　　　　　　dazwischen
Steht die blendende Reih der Zähne.　So rein,
　　　　　　　wie der Aether,
Ist ihr lieblicher Hauch; und weisser als Lilien-
　　　　　　　blüthe,
Hebt sich die schwellende Brust.　Die junge Schö-
　　　　　　　ne bemerkt es
Schamhaft; erröthet, und breitet die Blumen
　　　　　　　am Busen noch mehr aus,
Ihre verräthrischen Reize zu decken.　Mit zierli-
　　　　　　　chem Anstand
Geht sie wie eine Göttin dahin.　Des Jünglin-
　　　　　　　ges Augen
Schauen ihr nach, und kommen so frey nicht
　　　　　　　wieder zurücke.
Sie ist ihrer Gespielinnen Krone, die Schönste
　　　　　　　der Schwestern,
　　　　　　　　　　　　Nicht

Nicht ein einziger stolzer Gedanke, nicht eine
Begierde
Niederer Wollust, befleckt die immer heitere
Seele.
Neben ihr geht, wie ein schützender Engel, in
weißem Gewande,
Sicher die Unschuld einher; die unbeleidigte Keusch=
heit
Krönt sie mit einem blühenden Kranz. Ihr
Antlitz erheitert,
Wenn sie lächelt, die Nacht, und würde Bar=
baren entwafnen.
Mit aufwallender Brust bemerken die glücklichen
Eltern
Ihren einsamen Wandel, den sie mit Thaten
der Tugend
Heimlich bekrönt, den Augen der Welt im Stil=
len verborgen,
Doch nicht dem Himmel, der acht auf sie giebt.
Ihr frommes Gebeth steigt,
Wie am Morgen ein Opfer ihm dampft, hoch
über die Wolken.
Bald schwingt sich der Seraphim schönster, ihr
liebender Schutzgeist
Von dem Olymp, und schwebet um sie; sein
mächtiger Blick scheucht
Jede Verführung von ihr, verscheucht die eitle
Begierde
Zu ausschweifendem Putz, und Schmähsucht, und
alle die Laster,

Die

Die oft hinter dem Reiz der blendenden Schön-
       heit versteckt sind.
Niemals läßt sie umsonst die müssigen Stunden
       entfliehen,
Denn sie beschäfftigt die Sorge der Wirthschaft; sie
       scheut nicht der Küche,
Von den Schönen gefürchteten, Rauch. Bald
       eilt sie zum Garten,
Und begießt mit dem silbernen Quell ihr Bild-
       niß, die Rose,
Oder die bunte Ranunkel, und nennet mit Na-
       men die Nelken.
Oft auch sitzt sie am Rahm, und schafft auf dem
       Leeren der Leinwand
Helle Gefilde, den schattichten Wald, und far-
       bichte Blumen;
Oder sie windet die glänzende Seide zum einfa-
       chen Hauptschmuck
Ihres Kastanienhaars, und macht sich allen den
       Putz selbst;
Ungekünstelt, natürlich und schön, den ihre Ge-
       spielen
Wundernd beneiden, gezwungen erheben, nie sel-
       ber erfinden.
Sinkt nun vom Abend die Ruh und die Stille
       zum Erdkreis herunter;
Und der freundliche Mond hängt über den einsa-
       men Thälern:
So tönt oft, am hohen Klavier, und zur silber-
       nen Laute,

                             Ihr

Ihr bezauberndes Lied. Dann horchen die schwei-
genden Linden
Um ihr stilles Gemach; wetteifernd singet dazwischen
Philomele, der murmelnde Bach fließt sanfter;
der Westwind
Lauscht auf Rosengewölk; die angelockten Naja-
den
Recken ihr Haupt aus der Fluth, und tanzen in
fröhlichen Reigen
Nach dem harmonischen Schall, und heller und
freundlicher blinket
An dem Himmel der Mond, der ihre Tänze be-
schauet.

Oft ergreift sie ein lehrendes Buch, und
höret die Lieder
Eines unsterblichen Dichters, die grosen harmonischen Lieder
Tugendlehrender Barden. Ihr tönen nicht Les-
bische Leyern,
Oder das Tejische Lied. Der Sionitischen Musen
Göttlichen Harfenklang hört sie entzückt, und
liebt die Gesänge;
Dir, ehrwürdige Tugend zum Ruhm; nicht jene,
voll Wollust,
Oder taumelnd von Wein, die wilden entheilig-
ten Saiten
In die bezaubernden Herzen entströmen. Nicht
schaale Romane

Ein

Stecken sie an mit der Pest der lachenden Wol-
            lust. Pamela,
Nur die heldenmüth'ge Clarissa, die würdige
            Byron,
Werden zu ihrem Umgang gerufen. Zwar haben
            die Musen
Mit dem kastalischen Quell sie selber getränket;
            ihr selbst fließt
Oft ein glückliches Lied aus ihrer schöpfrischen Feder;
Aber sie läßt sich zu leicht nicht blinde Schmeich-
            ler verleiten,
Vor den Augen der Welt sich auf dem Pindus
            zu zeigen,
Und den erzwungenen Kranz sich um die Schläfe
            zu winden.

      So fließt sanft ihr Leben dahin, an schuld-
            losen Freuden,
Und an stillen Ergötzungen reich. Die rauschen-
            den Feste
Schwärmender Thoren sind nicht für sie. Sie
            liebet den Tanz zwar,
Doch nicht die Mummereyen der Nacht, wo wil-
            de Centauren
Frech durch Bosheit, und Wollust und Wein, die
            Unschuld entführen.
Auch läßt sie die blutige Jagd dem härtern Ge-
            schlechte;
Stürzt nicht mit wüthendem Bley die fliehende
            Hindin im Walde,

                                    Und

Und überholt nicht mit Donner den Flug der stei-
        genden Lerche.

Sie besteigt nicht das muthige Roß; der drohende
        Mannshut

Deckt nicht die offene Stirn.   Warum soll weibliche
        Sanftmuth

Furchtbar den Augen erscheinen, und glänzend in
        Waffen daherziehn?

Ist ihr Reiz nicht mächtig genug? Was sollen ihr
        Waffen?

Ihr bescheidnes Gewand erhebt die weibliche Schön-
        heit

Mehr, als der drohende Hut mit Straußengefie-
        der bedecket.

So mit Tugend geschmückt, im stillen sittsa-
        men Anstand

Sieht sie ein edelmüthiger Jüngling, die einzige
        Hoffnung

Eines glänzenden Hauses.   Er fühlt die süsse Be-
        zaubrung

Ihres siegenden Augs. In seinen anbethenden Blicken

Redet die treueste Liebe für ihn.   Die Schöne be-
        merket

Seine verborgenen Flammen; die junge glühende
        Wange

Stralet mit höherem Roth, und zärtliche holde
        Verwirrung

Hebet jeglichen Reiz, indem er mit feurigen Lippen

Ganz in Entzückung die Hand ihr küßt. Sie wen=
              det ihr Antlitz

Schamhaft zur Seite; dann bebt ihr Verehrer er=
           schrocken zurücke,

Glaubt sie beleidigt zu haben, und kennt nicht seine
           Triumphe.

Aber sein schmeichelndes Bild schwebt stets der Schö=
          ne vor Augen.

Wenn am Abend zum öden Gemach die Schwer=
          muth sich nahet,

Die zu Liebenden gern sich gesellt, und unter den Lauben

Sich ihr irrender Schritt voll süsser Gedanken verlieret;

Dann erblickt sie, getäuscht von wachenden Träu=
          men, den Jüngling

Vor sich stehn, und hört noch entzückt die schmei=
          chelnden Reden

Seiner Bewundrung; dann steigt in der Brust der
          heimliche Wunsch auf,

Ganz die Seine zu werden. Der traurige Jüng=
          ling indessen

Bleibt lang ungewiß über sein Glück, und hoffet
          vergeblich

Lange dunkele Tage mit fester Treue vorüber.

Endlich erklärt sich die Lieb im Triumph. Der fröh=
          liche Hymen

Schwinget die Fackel; in Thränen der Freude zer=
          fliessen die Eltern,

Und in Entzückung versenkt, sehn die Verliebten am
          Altar

Nun auf ewig ihr Bündniß verknüpft. Es träufeln
die Himmel

Ueber sie Seegen und Wonne. Die frohen jauch=
zenden Reigen

Schallen umher, und sagens der Stadt; bis end=
lich die Liebe

Von dem Abendstern winkt, und von jungfräulichen
Locken

Ihr, nicht ohne Thränen und Weigern, der Braut=
kranz geraubt wird.

—————

Die Frau.

Wohl dem Manne, dem Gott zum Geschenk ein
tugendhaft Weib gab!
Freude beseeligt sein Herz; und Reichthum füllet
sein Haus an.
Sieh! wie reizend tritt sie einher in heiterer An=
muth,
Gleich der Unsterblichen einer. Vor ihrem zau=
bernden Blicke
Weichen die Sorgen, wie Nebel entfliehn vorm
Strale der Sonne.
Um sie hängen sich liebliche Kinder, wie Liebes=
götter
An dem Gürtel Cytherens. Die süsse harmonische
Rede
Dringt mit Schmeicheln ins Herz des Mannes; er
hebet sein Aug auf,
Preißt sich beglückt, und danket der Vorsicht sein
irdisches Eden.

Schön

Schön ists, wer an mächtigen Flüssen die ei=
gener Segel

Ueber den Ocean sendet, und an den fetten Ge=
staden

Mengen von Heerden ernährt; schön ists, die Schaa=
ren der Schnitter

Mähen zu sehn, auf eignem Land von Seegen be=
decket;

Oder die eignen ergiebigen Berge zu Schätzen zu
schmelzen.

Schön ists in dem Schoose des Ruhms, im Zir=
kel von Freunden,

Aus Kryftallen zu trinken; befreyt von der Sorge
des Königs,

Königsgnaden erzeigen zu können, — und doch ist
es schöner,

In den Armen der weiblichen Tugend dem Himmel
zu danken.

So wie Aurora die Wellen verläßt, verläßt sie
das Lager

Ihres Gemahls, und geht, wie die Sonne, dem
frohen Gesind auf.

Keine gekünstelten Wasser benetzen die blühenden
Wangen,

Sondern sie taucht ihr rofes Gesicht in den laute=
ren Quell ein,

Und sie ist schön, wie Venus im Bade. Nicht
Stunden verfliessen

Ueber dem Putze des fliegenden Haars. Sie stralet
nicht prächtig

Im Japanischen Stoff; die reine weissseste Lein=
wand

Fließt um die marmornen Glieder, und eine thauig=
te Blume,

Nur halbaufgeblüht, schmücket die Stirn. So
weckt sie den Gatten

Mit dem frischesten Morgenkuß auf. Am reinli=
chen Theetisch

Sitzt sie mit ihm, und versammelt um sich die lieb=
lichen Kinder.

Ruft die Sorge des Staats den Mann zu frühen
Geschäfften:

So entweicht sie unter die Schatten des ländlichen
Gartens,

Näht in der schattichten Laube von Linden; indes
daß der Knabe

Blumen sammelt, die Schwester zu kränzen im
thauigten Grase

Hinter dem Frosch her setzt, und nach dem Schmet=
terling haschet.

Oder sie wandelt auch über den Hof, betrachtet die
Schaaren

Ihrer weissen gekrönten Hüner; indes daß die Tauben
Rauschend vom Dache sich stürzen, und ihre Ge=
biethrin umringen.

Dann

Dann ertheilt sie der Küche Befehl, und steigt auch
                   wohl selber
Zu den Gewölben des Weingotts hinab, und sorgt
                   für die Aufsicht
Ihrer Schätze vom Rhein, und für die Tokaysche
                   Traube.
Sie lehrt ihre Knaben die Tugend; das zärt=
                   liche Mädchen
Unschuld und Sittsamkeit, ihres Geschlechts er=
                   habensten Vorzug.
Nicht dem dienenden Pöbel, und abergläubischen
                   Ammen,
Läßt sie die Sorge! das fühlende Herz der Jugend
                   zu bilden;
Sondern sie schildert ihnen beredt erhabene Thaten,
Grose Geschichte, welche die Seelen zur Tugend
                   begeistern.

O wie lebt sie ihr Leben beglückt! wie liebt sie
                   den Mann nicht
Unaussprechlich! Ihm werden die Jahre zu flüchti=
                   gen Tagen,
Und die Stunden zu schnellen Minuten. Der Ei=
                   fersucht Fackel
Hat sein Herz nie entflammt, nie hat ein quälen=
                   der Zweifel
Ihrer Keuschheit und Treu sein sanftes Lager um=
                   flattert.

Goldbedeckte Verführer der Unschuld, und witzige
Narren,

Plaudrer ohne Gehirn, umgeben nie ihren Caffeetisch.

Sie auch bläht sich im Canapee nicht bey heiligen
Schwestern,

Welche mit Bethen den Vormittag schänden, mit
Lästern den Abend.

Sie weint gern mitleidige Zähren beym Schicksal
Zayrens,

Oder sie lacht des phlegmatischen Orgons. Auch
spielt sie am Flügel

Ihrem Mann Entzückung ins Herz. Mit kleinen
Geschichten,

Die sie mit Anmuth zu schmücken, und mit Geschmack
zu erhöhn weiß,

Lockt sie oft über die Stirne des Mannes zufriedenes Lächeln.

Er verehrt sie, er bethet sie an; mit jeglichem Tage

Scheinet ihr Aug ihm mächtger, und ihre Tugend
ihm schöner.

Seine Liebe vergrößert ihr Glück; sie lebet in ihm
nur,

Und kein Wunsch herrscht stärker in ihr, als ihm
zu gefallen.

O! welch eine Wolke von Thränen bedeckt ihr Antlitz,

Wenn ihr die Pflicht den werthen Gemahl aus den
Augen entreisset!

Wei=

Weinend sieht sie ihm nach, und hängt mit dü-
                    steren Blicken
Lang am rollenden Wagen, bis ein beneidetes
                    Thal ihn
Einschlingt, oder ein waldichter Berg sich hinter
                    ihm aufthürmt.
Traurig hofft sie alsdann die langsamen Stunden
                    vorüber,
Und kaum kann ihr den Schmerz die Schaar der
                    Kinder versüssen.
Aber endlich erschallet das Horn, das Knallen
                    der Peitsche;
Und das rasselnde Rad steht still. Sie fliegt ihm
                    entgegen,
Drückt ihn vest an ihr schlagendes Herz, und
                    bringt im Triumphe
Ihn den versammelten Kindern zurück. Gleich
                    fröhlichen Festen
Gehn die Tage vorbey. Sie heftet die zärtlichen
                    Blicke
Fest auf ihn, und kann sich nicht sättgen am wer-
                    then Gesichte.

Lange genießt sie des himmlischen Glücks der
                    treuesten Liebe.
Frische Gesundheit kränzet ihr Leben; von gütigen
                    Himmeln
Strömt der reichste Seegen auf sie. Ihr Mann
                    ist die Stütze

Von dem dankbaren Staat; die ihn umringenden
Ehren
Stralen auf sie auch zurück. Gleich jungen En-
geln erwachsen
Schöne Kinder um sie; gerechte Hoffnungen füllen
Ihre Seele, die oft mit Vergnügen in schmei-
chelnder Aussicht
Künftiger Zeiten sich sieht, und ihrer Familie Glück
denkt.
Auf sie blickt der Seraphim Chor, denn ihre Ge-
bethe
Steigen oft über die Wolken; ihr Herz schlägt
feurige Seufzer,
Hohe Gedanken, zu GOtt empor; sie erhöret
die Allmacht,
Und neigt ihren Seegen herab zu dem Flehen der
Mutter.
Wie ehrwürdig hebt sie sich auf vom geheimen Ge-
bethe,
Und wie heiter lächelt ihr Blick, durch Thränen
der Andacht
Aufgeklärter! Wie zärtlich umarmt sie den theu-
ren Geliebten,
Jetzt aufs neu von der Gottheit erfleht! So leben
sie lange,
Sind den verdorbenen Zeiten ein Beyspiel von zärt-
licher Eintracht,
Und beständiger Treu. Sie ist die Krone der
Frauen,

Bey-

Beyfall folget ihr nach.   So kömmt sie dem Abend
des Lebens

Immer näher und näher; sie wird in traurigen
Stürmen,

Welche sich über sie ziehn, nicht Muth und Stärke
verlieren.

———————

Die Matrone.

Schlage nun sanfter die Leyer, o Muse! Dein
einsames Lied auch

Athme stille Melancholey, und Ruhe der Seele,

Und Entfernung vom Wirbel der Welt. Wie
Tage des Herbstes

Nicht mit dem Glanze des Sommers geschmückt,
die Erde besuchen,

Doch fehlt Anmuth auch nicht dem grauen wolkigten Himmel,

Welcher das Antlitz der Sonne verdeckt; die ganze
Natur scheint

In sich gekehrt, und voll Ernst, und majestäti-
schen Tiefsinns:

So verfliessen die Tage der frommen Matrone.
Die Thränen

Frischer Wehmuth strömen nicht mehr um die Urne
des Mannes;

Aber mit stillerer Schwermuth, und melancholi-
schen Stunden

Wölkt sich ihr Leben. Mit silbernen Locken bedecket das Alter

Ihr

Ihr ehrwürdiges Haupt. Die alles zerstörende
　　　　Zeit hat

In dem Gesicht noch blendende Trümmer von
　　　　Schönheit gelassen.

Ordnung und Reinlichkeit herrschen um sie, und
　　　　der Anblick des Alters

Wird dadurch milder und sanft. Ihr stiller be=
　　　　scheidener Anzug

Trauert noch immer geheim um den Mann. Ent=
　　　　fernt vom Getümmel,

Und dem wilden Geräusche der Welt, verhüllt sie
　　　　ihr Leben

Vor dem Schwarme der thörichten Freuden, vor
　　　　leerer Gesellschaft,

Und der Eitelkeit scheckigtem Zug. Nie hat sie der
　　　　Tadel

An dem Spieltisch gesehn, und unter den nächt=
　　　　lichen Reigen,

Wo so viel verblühte Gesichter ihr Alter entehren.

Still und einsam lebt sie dahin. Die würdigen
　　　　Töchter

Hat sie schon lang an Männer gegeben, und lan=
　　　　ge schon Enkel

Von den Söhnen gesehn. Ihr reiches gesegnetes
　　　　Haus liegt

Tief in glücklicher Ruhe vergraben. Die heilige
　　　　Schmähsucht

Bethender Furien murmelt nie drinn; auch schallt
　　　　nie die Stimme

　　　　　　　　　　　Pra=

Pralender Andacht in horchende Gaſſen, und fröh-
                net dem Himmel.

Majeſtätiſch und ernſt ſitzt ſie am ruhigen Abend

Mitten unter dem Kreis der horchenden Enkel,
                und lehret

Die noch ungebildeten Herzen mit Lehren der Tu-
                gend,

Die ihr eigenes Beyſpiel beſtärkt. Sie weiß die
                Geſchichte

Lange verfloſſener Zeit. Der Kreis umringet ſie
                näher,

Und hängt am erzählenden Munde, bis über die
                Erde

Tiefe Mitternacht fällt, und ſüſſer Schlummer
                herabſinkt.

Mit dem Tode bekannt, und mit der Zukunft
                beſchäfftigt,

Bethet ſie oft, und beſuchet voll Andacht die Tem-
                pel der Chriſten.

Ueber ihr graues Haupt ſind ihr in langer Erfah-
                rung

Jahre, nicht immer mit Freuden bemerkt, vor-
                über gefloſſen.

Doch auch Unglück machte ſie weiſer; ſie iſt das
                Orakel

Ihrer Gegenden. Blühender ſtehn die Wieſen am
                Waſſer,

Und voll reicherer Aehren die Aecker. Am lachen-
                den Hügel

                              Beugt

Beugt sich ihr Weinstock mit volleren Trauben; sie
　　　　fürchtet den Höchsten,
Und der Himmel erhöret ihr Flehn. Oft hat sie
　　　　dem Ehmann
Eine zärtliche Gattin gerettet, in traurigen Nächten
Sie mit Trost und Beystand gestärkt, wann unter
　　　　den Schmerzen
Ganz sie erlag, und die Freude nicht fühlte, nun
　　　　Mutter zu heissen.
Klüglich weiß sie zu rathen, wenn, in den Sor-
　　　　gen der Wirthschaft
Unerfahren, die jüngere Frau in Fehlern verstrickt
　　　　ist.
Bald gewinnt das verworrene Haus ein glücklicher
　　　　Ansehn
Durch die Ordnung der klugen Matrone. Die
　　　　muthigern Rosse
Ziehn mit dem Tage zum Acker. Die Hände der
　　　　fleißigern Mägde
Füllen nun wieder die staubichte Spindel, und
　　　　machen die Anger
Ringsum mit blendender Leinwand bedeckt. Die
　　　　feißteren Heerden
Kommen mit vollen Eutern zurück: und der treue-
　　　　re Schäfer
Läßt die Scheere mit Jauchzen erklingen, und
　　　　füllet die Böden
Mit der längeren köstlichen Wolle. Es seufzen die
　　　　Speicher

　　　　　　　　　　　Unter

Unter der Laſt des güldnen Getraides. So brin-
get ſie Arbeit
In des Müßiggangs Wohnung, und hilft durch
Ordnung dem Fleiß auf.

Ihre Schätze verroſten nicht unter dem Riegel,
ſie braucht ſie,
Und ſie gehören den Armen. Sie ſah ein beſchei-
denes Mädchen
Jung und ſchön. Es ſtand in Gefahr, in bitte-
rer Armuth,
Einem Verführer zur Beute zu werden, da nahm
ſie es liebreich,
In ihr Haus auf zur Tochter, und gab ſie mit
reichen Geſchenken
Einem redlichen Mann, der ihr nun ewig ſein
Glück dankt.
Sie forſcht nach dem beſcheidneren Elend, das
tiefer in Nöthen
Unbekannt traurt, im Kummer verſchmachtet; ſie
weiß es zu finden,
Und entreißt es der Schaube des Bettelns. Der
feurige Dank weiß
Seine Wohlthäterin nicht, ſie thats verborgen
und edel.
Alſo krönt ſie ihr Leben mit edelmüthigen Thaten.

In der einſamen Nacht, wenn ihre göttliche
Seele

Ueber

Ueber das Grab sich schwingt, und nach der
                    Ewigkeit aufschaut,

Hört sie oft in frommer Begeistrung seraphische
                    Stimmen,

Die zum Himmel sie fodern; auch dünkt ihr öf=
                    ters, sie sähe

Mit olympischem Schimmer geschmückt, den Schat=
                    ten des Mannes,

Der vor ihr her in die Ewigkeit gieng, und jetzo
                    die Gattin

Unter die himmlischen Lauben beruft. Ihr wal=
                    let das Herz auf:

Und nicht lange, so sinkt aufs letzte Lager ihr
                    Haupt hin,

Und sie bestimmt sich die Stunde des Todes pro=
                    phetisch. Die Töchter

Weinen um sie; auch sitzen am Fuß des trauri=
                    gen Lagers

Ihre würdigen Söhne, die Zierden des Staats,
                    und benetzen

Ihre Hände mit Thränen. Sie sieht die Schaa=
                    ren der Enkel

Um ihr Bette versammelt, und alle treue Be=
                    diente

Ganz in Wehmuth versenkt. Dann stärkt sie noch
                    einmal mit Muth sich,

Hebt die Hand auf, und segnet sie alle. Mit
                    heiterm Gesichte

Sieht sie den Todesengel sich nahn. Er ist ihr
                    nicht schrecklich,

Sondern fodert sie auf, und ihre willige Seele
Scheidet sich sanft vom Körper, und folgt ihm
über die Sterne
Zu den Schaaren der jauchzenden Engel, die
jetzt im Triumphe
Zu dem Throne der Allmacht sie führen. Die
glänzende Krone
Wird ihr geschenkt. — Indessen erhebt sich die
Stimme der Klage
Laut durch die Stadt. Die Thränen der Armen,
die Thränen der Waisen
Mischen sich zu den Thränen der Kinder und
Enkel. Die Glocke
Seufzt durch nächtliche Schatten. Der rollende
Leichenwagen
Eilet langsam aus Grab; die langen verschleyer-
ten Reihen
Folgen ihm nach. Die kühle Gruft empfängt
jetzt den Körper;
Ihr Gedächtniß aber blüht ewig. Der prächtige
Marmor
Sagt nicht ihr Lob, dies sagen die Herzen, in
denen sie lebet.

Die
Schöpfung der Hölle.

Nebst
einigen andern Gedichten.

———————

D 2

Schreiben

an den

Königl. Preuſſiſchen Oberamtsrath

Freyherrn

von Zedliß

in Breslau.

Jetzo wirklichen Staats- und dirigirenden
Minister in Berlin.

Mein theurester Freyherr,

Kaum kann ich hoffen, daß Sie, mitten in den Unruhen der Waffen, und unter so vielerley Bekümmernissen und Gefahren, noch Zeit oder Neigung haben sollten, Gedichte zu lesen. Ich wage es indessen, Ihnen ein Geschenk, aber ein sehr geringes Geschenk, von einigen poetischen Versuchen zu machen, die mich dazumal, als ich sie schrieb, nicht so sehr an das Unglück des Krieges denken liessen, ob es mir gleich sehr nahe war. Vielleicht vergessen Sie gleichfalls, bey Lesung dieser Gedichte, auf einige wenige Stunden die Sorgen, die Sie in diesen unruhigen Zeiten beständig umringen; und dies allein schon würde ich für eine angenehme Belohnung meiner Arbeit halten.

Die beyden ersten Stücke dieser kleinen Sammlung sind Fragmente, die ich mit der Zeit in ein grösseres Gedicht einzuschalten dachte. Als ich mich vor einigen Jahren mit der Uebersetzung der ersten Gesänge des verlohrnen Paradieses beschäfftigte, fühlte ich meine Einbildungskraft von dem grosen Genie Miltons so erhitzt, und angefeuert, daß ich der Versuchung nicht widerstehen konnte, mich einmal in das Feld der ernsthaften epischen Poesie zu wagen, und besonders eine Materie auszuarbeiten, die bloß Erdichtung wäre. Wie wenig ich mit mir selbst zufrieden gewesen bin, werden Sie daraus urtheilen, daß ich nach diesen Versuchen sogleich das Vorhaben, dieses ernsthafte epische Gedicht zu schreiben, aufgab, und Ihnen diese Fragmente nur darum zu lesen gebe,

D 4   um

um Sie zugleich zu versichern, daß Sie keine weitere
Fortsetzung zu fürchten haben sollen.

Die Vergnügungen der Melancholey sind aus dem
Englischen des Herrn Thomas Warton übersetzt, und
werden Sie das Original in der Collection of
Poems im IV, Tom. Seite 214. finden.

Die Unterhaltungen mit der Seele sind gleichfalls
nur eine Probe von der Englischen Versart mit Reimen. Sie werden verschiedne Stellen aus den Plea-
sures of Imagination darin nachgeahmt finden.

Bey dem allgemeinen Gebeth habe ich Popens allgemeines Gebeth vor Augen gehabt.

Kaum darf ich mich also unterstehn, theurester
Freyherr, Ihnen eine Sammlung von lauter Frag-
menten und Versuchen zuzueignen. Ich schmeichle
mir indessen doch, daß Sie nach der besondern Ge-
wogenheit und Freundschaft, mit der Sie mich beeh-
ren, diese kleine Sammlung von einem Dichter geneigt aufnehmen werden, der sich die größte Ehre daraus macht, daß er auf dem berühmten Carolino zur
Bildung Ihres so vortrefflichen Herzens und richtigen
Geschmacks etwas beygetragen hat; und der niemals die Stunden vergessen wird, die Sie in seiner
Gesellschaft zuzubringen würdigten.

Ich habe die Ehre mit der größten Hochachtung zu seyn

Ew. Hochwohlgebohrnen

Braunschweig
den 24. Sept. 1760.   unterthäniger Diener
               Friedrich Wilhelm Zachariä.

Die
Schöpfung der Hölle.

— — in drey erschrecklichen Nächten
Schuf er sie, und verwandte von ihr sein Antlitz auf
ewig.
Meſſias Geſ. II. 26ꝗ.

Raphael ſchloß: Ich habe dir, Adam, nach
    deinem Verlangen,
Dinge, die ſonſt dem Menſchengeſchlecht verbor-
    gen geblieben,
Offenbart; den ſchrecklichen Zwiſt, die Schlach-
    ten im Himmel
Zwiſchen den engliſchen Mächten; den Fall der
    Rebellen, die thöricht
Nach der Gottheit geſtrebt, und ſich mit Satan
    empöret,
Mit dem Verworfnen, der jetzt dein irdiſches
    Glück dir beneidet,

Und drauf sinnet, wie er auch dich vom Gehor-
         sam verführe,

Daß du seine schreckliche Strafe, sein ewiges
         Elend,

Theilen möchtest mit ihm. Dies wär' ihm die
         herrlichste Rache,

Dich zum Gefährten dereinst in seiner Verdamm-
         niß zu haben,

Und dem Allmächtgen so Hohn zu sprechen; doch
         folge du niemals

Seiner Versuchung! Bewahre dein Herz; du
         hast es vernommen

Durch dies schreckende Beyspiel, wie Ungehorsam
         belohnt wird.

Unüberwindlich konnten auch sie im Guten ver-
         harren.

Aber sie fielen! Denke daran, und fürchte zu
         sündgen!

So der Gesandte von Gott! Er ließ in der
         staunenden Seele

Des aufmerksamen Adams Entsetzen, und tiefe
         Verwundrung

Ueber so fremde Geschichte zurück. Ein kühner
         Gedanke

Flog jetzt vorüber; er folgt ihm nach; drauf
         wagt' er, voll Ehrfurcht

So zum Engel zu sagen; Du hast uns, himm-
         lischer Fremder,

                      Unbe

Unbegreifliche Dinge vertraut; du hast uns ge=
                    warnet
Vor den Strafen der Sünden, und vor dem Ort
                    der Verdammniß,
Wo jetzt Satan, mit allen Rebellen hinunterge=
                    stürzet,
Ewigkeiten in Quaalen vollbringt.   Doch darf
                    ich es wagen,
Dich der schrecklichen Scene aufs neu zu erin=
                    nern; und darf ich
Auch die Schöpfung der Hölle von deinen Lippen
                    zu hören,
Mich erkühnen? — Sie schuf der Zorn des All=
                    mächtgen unfehlbar
Fürchterlich prächtig, des Richters und der Ge=
                    richteten würdig.
Sträfliche Neubegier nicht, vielmehr die reine
                    Begierde,
Auch in den dunkeln Wettern des Zorns dem
                    Richter von ferne
Nachzuschauen, erweckt den Gedanken, mit tiefer
                    Anbethung
Gottes Gerichte zu hören.   Erfülle den lauteren
                    Wunsch dann!
Noch hat die einsame Nacht, mit ihrem langsa=
                    men Wagen,
Nicht die Hälfte des Himmels erreicht; der sil=
                    berne Mond hängt
Ueber Eden; die ganze Natur schweigt feyrend,
                    und Stille,
                            Heili=

Heilige Stille beherrscht den um uns schlafenden
Erdkreis.

Also ersuchte den himmlischen Gast der Vater der Menschen,

Und mit traurigem Ton gab ihm der Engel zur
Antwort:

Adam, was legst du mir auf? Und was
verlangst du zu hören?

Du befiehlst mir, den Schmerz zu erneuern, der,
unaussprechlich

Meine Seele zernagt, wenn ich ihn denke; Mit
Abscheu

Fahren die schwarzen Gedanken zurück, so oft sie
von neuem

Jenen grimmigen Tagen der feurigen Rache sich
nahen,

Welche den flammenden Abgrund erschuf; ihn
erschuf, Myriaden

Unglückseeliger Geister (ach! ehmals auch unsre
Gefährten!)

In ihn nieder zu donnern. Zwar bey der Schöpfung der Hölle

War ich selbst, mit dem göttlichen Heer im Felde des Krieges,

Wider Satan gelagert; doch, nach dem siegenden Einzug

Unserer Schaaren im Himmel, hab ich vom Seraph Eloah

In vertraulichen Stunden die schaudervolle Geschichte

Von dem schrecklichsten Werke gehört, das jemals
die Allmacht

Als ein ewiges Denkmal des Zorns im Chaos
gegründet.

Seraph Eloah, er fuhr mit hinab, und sah das
Gefängniß,

Für

Für die rebellischen Engel erschaffen; ein flam-
　　　　　　mender Kerker

Unermeßlich.　　Doch kaum weiß ich noch Bilder
　　　　　　zu finden,

Fürchterlich, schrecklich, scheußlich genug, dir
　　　　　　Dinge zu zeichnen,

Nie von seeligen Geistern gedacht — dir die Hölle
　　　　　　zu zeichnen.

Doch ich wag' es; mit Grausen, mit kaltem
　　　　　　mächtigen Grausen

Höre die Rache des HErrn, und neige dein An-
　　　　　　tlitz zur Erde!

　　Satan, (du weißt es) er hatte die Standarte
　　　　　　des Aufruhrs

Wider Gott, und wider den Sohn des Ewgen
　　　　　　erhoben;

Und schon sandte der Himmel sein Heer unzähli-
　　　　　　cher Starken

Gegen ihn aus. Ich selbst in schimmernder krieg-
　　　　　　rischer Rüstung

Führte die Myriade zum Streit dem Empörer
　　　　　　entgegen.

Himmlische Thronen, und Fürsten, und Mächte,
　　　　　　so bald sie den Kriegshall

Der Posaunen vernahmen, verliessen die golde-
　　　　　　nen Stühle,

Machten, wie ich, sich auf, und folgten mit
　　　　　　muthigem Herzen,

Ihres Sieges gewiß, den hierarchischen Fahnen,
　　　　　　　　　　Die

Die hochwallend die Himmel durchströmten. Das
              Heiligthum Gottes
Blieb indessen nicht leer von treuen englischen
              Schaaren
Unverführter Geister. Bey tausend, und tausendmal tausend,
Standen sie um des Ewigen Thron; olympische
              Harfen
Sangen noch immer entzückt, mit Hallelujagesängen
Gott und seinen Gesalbten; es dampfte heiliges
              Rauchwerk
Vor den Altären, wie sonst, als noch der Name des Krieges
Nicht im Himmel erscholl. Indessen schaute der
              Ew'ge
Von dem Throne herab, und zählte die zahllosen
              Schaaren,
Welche Satan verführt; er sah die eisernen Stirnen
Trotzig empor sich heben, und ihre verruchten
              Gemüther
Aller Reue verschlossen, und aller Beßrung; und
              ewig
Unglückseelig. Da gab er sie hin dem gesuchten
              Verderben,
Und verhüllte sein gnädiges Antlitz. Die goldenen Lampen,
Welche beständig vor ihm in seinem Heiligthum
              brennen,

                                        Wur

Wurden mit Wolken bedeckt, und dunkel und
                 schreckliche Nacht hieng

Um den erschütterten Thron. Da fielen die Hei=
                 ligen nieder

Auf ihr Antlitz, und betheten an; die Cherubim
                 deckten

Ihre Gesichter mit allen Flügeln; die Harfen
                 verstummten,

Und das Chor der Seraphim schwieg. Aus dam=
                 pfenden Wolken

Sprachen jetzt laute Donner und Stimmen, und
                 leuchtende Blitze

Schossen umher. In bängen Erwartungen lagen
                 die Engel

Bis das dicke Dunkel sich trennte; die Wolken
                 entwichen,

Und hoch stand in flammenden Wolken des Höch=
                 sten Gerichtsstuhl

Sichtbar dem ganzen versammelten Himmel. Doch
                 welches Erstaunen

Faßte sie, da sie die Augen erhuben, und um
                 den Gerichtsstuhl

Furchtbare Reihen von Geistern, zuvor nie gese=
                 hen, erblickten,

Die aus Wettern Jehovah geschaffen, und welche
                 den Wolken

Jetzt sich erhuben, und dankbar ihr erstes Da=
                 seyn erkannten.

Ihrer Flügel Getös war wie das Rauschen von
                 Wassern,

                         Und

Und sie waren von GOtt mit allen Schrecken
gerüstet.

Flammen waren die Augen, und ihre tönende
Stimmen

Laute Donner. So standen sie da, und umring=
ten anbethend

Gottes Gerichtsstuhl. Indem die tiefe starre
Verwundrung

Aller Augen emporhielt, durchstralte die Herrlich=
keit Gottes

Alle Himmel; der hohe Gerichtsstuhl erzitterte
dreymal,

Dreymal bebte der Grund des schütternden Em=
pyreum,

Und der Allmächtige sprach: Ihr Himmel, ver=
nehmet die Worte

Eures Königs! Ich, GOtt, der ich vom Anfang
gewesen

Euer Schöpfer, und Vater, und HErr; ich,
Richter, ich lasse

Heute zu euch mich herab; und will vor meinen
Geschöpfen

Mich vertheidigen. Kommt, ihr Heere des Him=
mels, und zeuget

Zwischen dem, frechen Empörer, und mir! —
Ich hatt' ihn an Ansehn,

Und an Hoheit und Macht, vor allen Geistern
erhoben.

Uebertraf nicht sein herrlicher Glanz die Morgen=
sterne,

Und

Und sein Schimmer den himmlischen Tag? Wie
             stolz und erhaben

Zog er nicht aus und ein zu den Thoren des
             Himmels; verehret

Von der Unsterblichen Schaar! Er saß am Thro-
             ne der nächste

Auf dem goldenen Stuhl, und seine Krone war
             herrlich;

Herrlich vor allen Kronen der Engel; mein gött-
             liches Antlitz

Wandt' ich vorzüglich auf ihn, und ruhte mit
             größeren Gnaden

Auf dem Erschaffnen; dies sah das Chor der
             jauchzenden Engel,

Und pries seelig sein Loos. — Und dannoch hat
             er, der Verruchte,

Wider mich selbst und meinen Gesalbten, sein
             Herz empöret,

Es auf ewig empört, und mit dem grimmigsten
             Hasse

Scheußlich entstellt. Die frechen Gedanken sind
             nicht mehr Gedanken

Eines Engels; Er hebet voll Stolz die eiserne
             Stirn auf,

Trotzt auf seine feurige Wagen, auf Waffen
             und Schilde

Seiner Myriaden, und will selbst Gott seyn.
             Vernehmt es,

O Ihr Himmel vernehmts! Er will selbst Gott
             seyn! Er, den ich

Zachariä poet. Schr. II. Th.   P   Wie

Wie seit gestern erschaffen, und mit den mächti=
gen Armen

Aus den Wolken gehoben, der will selbst Gott
seyn! — Die Rache

Folget ihm schon, ihr Auserwählten; sein herrli=
cher Name

Werde nicht mehr im Himmel genannt! sein Na=
me sey Satan!

Wider ihn hab' ich mein Kriegsheer geschickt;
mit mächtigen Flügeln

Schwebt vor ihnen der Sieg; doch meine Rache
bewahr ich

Dir, o mein Gesalbter, allein, du sollst sie voll=
enden.

Sey der Herr von Leben und Tod! — Gefürch=
teter Name

Tod! — Zuerst jetzt im Himmel gehört, und du
Myriade,

Todesengel! Ihr Söhne der Rache, geschaffen
aus Wettern,

Euer flammendes Schwerd soll künftig getaucht
ins Verderben,

Satan verfolgen, und unter Geschöpfen, die
stolz mich verkennen,

Tödten, vom Aufgang zum Niedergang tödten;
und Jammern und Winseln

Wird weit in die Himmel ertönen. Im hohen
Triumphe

Wird es Satan vernehmen; doch endlich werden
die Tage

Seines

Seines Maaßes vollendet! Dann soll mein Sohn,
und Gesalbter

Ihn, und den Tod, in Ketten gefangen zum
Abgrunde führen,

Und den Abgrund auf ewig versiegeln. — Be=
steig dann, Geliebter,

Mein allmächtiges Wort, besteig den Wagen der
Allmacht

Unter der Cherubim Flug, der Todesengel Be=
gleitung;

Eile hinab; erschaffe die Hölle nach meinen Ent=
würfen,

Denn bald sollst du die stolzen Rebellen, so sagt
Jehovah!

Niederdonnern in ewige Nacht, in den ewigen
Abgrund.

Schauder faßte der Himmlischen Schaar, in=
dem der Allmächtge

Dieses geredt. Indes sie noch alle tief staunten,
und schwiegen,

Wälzten sich dichte goldne Gewölke mit schim=
mernder Klarheit

Um den Gerichtsstuhl. Es lagen darauf geschlos=
sene Bücher

Voller unsterblichen Namen; von einem brausen=
den Sturmwind

Thaten die flatternden Bücher sich auf, und wall=
ten wie Fahnen

P 2   Hoch

Hoch in den Wolken. Der furchtbare Richter
auf seinem Gerichtsstuhl

Winkte dem ersten der Todesengel; er machte
sich feyrend

Zu dem Gerichtsstuhl, von da an die Bücher
des Lebens. Der Ewge

Sprach: was siehst du? Er sprach: ich sehe
Bücher des Lebens,

Voller stralenden Namen. Da sprachen schreckliche Donner:

Es sind Namen verruchter Verbrecher, verworf-
fene Namen,

Tilge sie aus, ihr Gedächtniß sey im Himmel
verfluchet!

Und der Engel des Todes trat zu, und strich
durch die Namen

Mit dem flammenden Schwerdt; die stralenden
Lettern verloschen,

Und die Wolken verfinsterten sich; da ward das
Entsetzen

Allgemeiner. — Der Sohn des Allmächtgen erhub sich indessen

Von dem Thron; indem er herabstieg, sangen
die Chöre

So ihm nach: Wie furchtbar ist deine schreckliche
Rache,

O Jehovah! Richter der Geister! Wie tödtet dein
Antlitz

In den Tagen des Zorns! Vergieb uns, Richter, und Rächer,

Diese

Diese wehmüthigen Klagen; sie sind gefallen,
gefallen,

Die du geschaffen mit uns, mit uns zum Leben
geschaffen,

Und sie sind auf ewig gefallen! Dein göttlich's
Erbarmen

Ist fern, fern von ihnen auf eilenden Flügeln
entflohen,

Und sie stürzen in ewige Pein. Ihr thörichten
Stolzen!

Wider wen lehnt ihr euch auf? Ihr seht nicht
die feurigen Wetter,

Welche sich über euch thürmen; ihr geht mit klin=
gender Rüstung

Trotzig im Panzer daher, und deckt euch mit
himmlischen Schilden.

Aber der Herr wird die Panzer zersplittern, die
Schilde zerbrechen,

Und die Räder der Wagen zerschmeißen. Mit
tiefem Geheule

Wird das Reich der Nacht euch empfangen; die
jauchzenden Himmel

Werden sagen: der HErr, der HErr, ist GOtt!
Halleluja!

Also klagte das Chor den Fall verworfener
Brüder.

Und des Allmächtigen Sohn berief der Cherubim
Schaaren!

Und die Todesengel um sich.　Drauf stieg er, gerüstet

Mit der Allmacht des Vaters, auf seinen flam=
mended Wagen,

Und zog hin in die Tiefen des Chaos, die Hölle
zu schaffen.

Tausend Cherubim flogen voraus, den Weg zu
bereiten;

Tausendmal tausend umringten den Wagen; und
zahllose Heere

Flosen hinter ihm her.　Die furchtbaren Engel
des Todes

Führten auf ihren stürmischen Flügeln den schim=
mernden Wagen,

Schneller als Blitze.　Die Ebnen des Himmels
verwandten ihr Antlitz

Vor dem schreckenden Zug, und wurden dunkel,
und traurten.

Und nun empfieng ihn der Abgrund weit offen.
Das stürmische Chaos

Brüllte voll Wuth, es braußte die Tiefe mit
heulenden Wogen,

Und sie sanken in schreckliche Nacht.　Doch die
Herrlichkeit Gottes

Und der ätherische Glanz so vieler himmlischen
Schaaren

Drang durch die Nacht, und ließ weit hinter sich
leuchtende Spuren

Ihres mächtigen Wegs durch alle heulende
Tiefen.

　　　　　　　　　　　　　　Als

Als des Allmächtigen Sohn den äuſſerſten Gren-
    zen des Chaos

Jetzt ſich genaht, ſtand plötzlich ſein Wagen.
    Die Cherubim alle,

Dicht verſammelt um ihn, ergriffen die hellen
    Poſaunen

Und verkündigten rings um ihn her des furchtba-
    ren Schöpfers

Gegenwart. Plötzlich erſcholl ein tauſendſtimmi-
    ges Echo

Aus den hallenden Tiefen herauf; die ehernen
    Wellen

Dieſes ſtürmiſchen Oceans wallten mit lautem
    Getöſe

Völlig in Aufruhr. Der Schöpfer gebot dem
    brüllenden Sturmwind

Ueber die Waſſer zu fahren; er fuhr mit düſte-
    ren Flügeln

Ueber ſie hin, da braußten die Waſſer mit wil-
    deren Wogen,

Unter einander. Da ſprach der Allmächtge: das
    Chaos gebähre

Welten voll Jammers und Nacht! Er ſprachs,
    das ſchwangere Chaos

Borſt mit ſchmetterndem Krachen. Zehntauſend
    finſtere Kugeln

Giengen hervor aus dem Chaos; ſie wälzten ſich
    unter einander

In verſchiednen harmoniſchen Sphären; doch
    waren die Flächen
    P 4   Wüſt

Wüst und leer. Auf einigen lagen wie hohe Ge-
　　　　　　　　birge
Nächtliche weinende Wolken, und dicke dampfen-
　　　　　　　　de Nebel;
Andere waren umhüllt von dicken stürmischen
　　　　　　　　Seen,
Und noch andre lagen bedeckt mit drohenden
　　　　　　　　Felsen,
Und weit überhangenden Bergen. So eilten sie,
　　　　　　　　öde,
Finster, und wild, die traurige Laufbahn. Die
　　　　　　　　Chöre des Himmels
Sangen den ersten Morgen. Gott hatte beschlos-
　　　　　　　　sen, die Hölle
Nur in Nächten zu schaffen; die erste schreckliche
　　　　　　　　Nacht war
Jetzo vergangen, obgleich im Abgrund der himm-
　　　　　　　　lische Morgen
Schwach nur anbrach. Die Seraphim sangen
　　　　　　　　dem schaffenden Richter:
Furchtbarstrafender GOtt! HErr, der du gerecht
　　　　　　　　und allmächtig
Deine Feinde verfolgst; der du im Schlund des
　　　　　　　　Verderbens
Ihre Kerker bereitest, sie dort mit ewigen Ket-
　　　　　　　　ten
An die Felsen zu fesseln; gerecht, HErr, sind
　　　　　　　　sie die Wege
Deines Zorns; wer darf sie tadeln und fragen,
　　　　　　　　was machst du?
　　　　　　　　　　　　　　Vor

Vor dir schaudert die Tiefe zurück; das brausen=
de Chaos
Stößet Welten voll Elend hervor; nach deinen
Befehlen
Drehn sie sich unter einander, und warten auf
ihre Bewohner.
Ach! daß doch die stolzen Empörer die trotzigen
Waffen
Von sich würfen! O beugt euch vor ihm, ihr
stolzen Empörer!
Aber du hast sie dahin gegeben, die Flügel der
Rache
Stürmen schon hinter ihnen einher; und ewigs
Verderben
Schlinget sie ein.   Erbarmen wird nicht, nicht
Hoffnung, den Abgrund
Jemals besuchen, den jetzo für sie die Rache be=
reitet!

So verflosen im Chaos tief unter dem see=
ligen Himmel
Ihre Stunden in klagenden Liedern, und heiligen
Hymnen.

Und nun, da die zweyte der Nächte mit
gräßlichen Schwingen
Brütend über dem Abgrund saß; stand unter
den Welten,
Majestätisch und ernst, der Sohn der Allmacht.
Sein Antliz

P 5   Schau=

Schaute gefürchtet umher. Jetzt faßte die schreckliche Rechte

Tausend zusammengekettete Donner; er warf sie
auf einmal

In die Welten hinab; die alles zerschmetternden
Blitze

Fuhren mit seelenbetäubendem Knall in die zitternden Erden,

Daß die Engel, vom Krachen betäubt, mit wankenden Knieen

Kaum sich hielten vor Schrecken und Furcht. Die
bebenden Welten

Rauchten, von mächtigen Blitzen gespalten, und
wirbelten Flammen,

Dicke Säulen vom Dampf und schwarze Wolken vom Rauche,

Hinter sich her. Sie hatten sogleich die Laufbahn verändert,

Und bewegten sich nun in langen elliptischen
Kreisen

Unter einander. Die feurigen Schweife durch-
kreutzten sich öfters,

Und es schien, als ob sich die Laufbahn näher
und näher

Gegen einander geneigt; und nun noch näher.
So wallte

Ueber die flammenden Welten die Glut; ein
furchtbarer Himmel

Ganz mit brennenden Sternen bedeckt. Der andere Morgen

Brach

Brach jetzt an; die Chöre des Himmels besangen
ihn also:

Feuer gieng aus vom Throne des HErrn! der
zornige Richter

Schoß die verzehrenden Flammen umher; die Lo=
he des Grimmes

Schmelzte die Himmel, ergriff die Sterne! Wer
kann es ertragen,

Wann GOtt seiner Rache gebeut? Wer kann es
ertragen,

Wann er den Abgrund entzündet? aus ihm die
Strafe heraufruft?

Fürchtet den HErrn ihr, seine Gerechten! Ihr
Heiligen, fallet

Ju den Staub hin, und bethet ihn an, den
Richter, Jehovah!

Und nun kam die dritte der Nächte.   Viel
schwärzer, und schwerer

Hieng sie vom Himmel.   Die wüthende Gluth
der entflammten Gestirne

War verringert.   Der Sohn des Allmächtgen be=
rief jetzt die Engel

Näher herum um den leuchtenden Wagen.   Mit
blitzenden Rädern

Fuhr er empor, und ließ tief unter sich alle die
Erden,

Nur noch hier und da in halb verlöschenden
Flammen

Glim=

Glimmend. Mit Schrecken gerüstet, und ernster,
                              furchtbarer, stand er
Auf dem Wagen, und schaute herab in die Tiefe.
                         Dann sprach er:
Welten der Nacht! Gestirne des Zorns, zur
                              Strafe geschaffen,
Stürzet zusammen! Er sprachs, und plötzlich
                              stürzten sie alle
Krachend unter einander aus ihren donnernden
                              Angeln.
Und jetzt, glaub ich, wären die Engel vor
                              Schauder und Schrecken,
Ihrer Schimmer beraubt, in ewge Vernichtung
                              gesunken,
Hätte sie nicht die Allmacht erhalten, und ihre
                              Gemüther
Ueber zusammenstürzenden Himmeln und Welten
                              gestärket.
Schaudert nicht, Adam, dein ganzes Gefühl
                              erschrocken zurücke?
Wer kann hören die schmetternden Donner, das
                              heulende Krachen,
Und des betäubenden Wiederhalls Seufzen, als
                              tausend Gestirne,
Ihren Gleisen entrissen, sich unter einander ver-
                              schlangen!
Ueber den niederrollenden Himmeln und fallen-
                              den Welten
Stand, mit Allmacht umringt, der grose Schö-
                              pfer, allein nur

                                        Uners

Unerschrocken; und schaute herab auf die dampfen=
den Trümmer

Dieser zusammengesunknen Planeten. Sein schaf=
fendes Wort sprach,

Und ein Weltball wurde sogleich, zehntausendmal
größer,

Als die Erde, die jetzo mit uns im Dunkeln da=
hin schwebt,

Aus den Trümmern. Mit lautem Getös begab
der Planet sich

In die angewiesene Bahn, und drehte sich furcht=
bar,

Ohne Gesetze der Ordnung, mit schweren schwan=
kenden Achsen

Unter dem Chaos herum. Indem er den Schö=
pfer vorbeyflog,

Hieß er ihn stehn; und er stand. Vor der En=
gel erschrockenen Augen

Lag die weit verbreitete Welt des ewigen Jam=
mers

In entsetzlicher Aussicht. O Adam, wo find ich
die Farben,

Dinge zu zeichnen, von seeligen Geistern zu den=
ken kaum möglich,

Wenn sie die Welt des Jammers und Elends,
und solcher Verwüstung,

Selbst nicht geschaut; und selbst nicht gefühlt
die Schrecknisse Gottes,

Die auf ihr in Ewigkeit ruhn? Mit schaudern=
den Blicken

Sah

Sah man in rauchende Meere hinab von siebens
dem Feuer,

Voll lautbrausender glühender Wogen; die töbens
den Wellen

Sprühten Funken gen Himmel, wofern der nächts
liche Luftkreis

Himmel zu nennen, der voller Salpeter und
schweflichten Dünste

Um die Welt des Schreckens sich wälzte.   Mit
schlängelnden Strömen

Riß sich der Blitz aus eisernen Wolken, und
schreckliche Donner

Donnerten hinter ihm nach. In andern Gegens
den stürmten

Von zertrümmerten Bergen Orkane mit heulens
dem Brüllen

Ueber die traurigen Haiden.   Da lagen Thäler
des Todes,

Scheußlich und öde; verdorrtes Gebüsch hieng
wild und entwurzelt

Von den gespaltnen Felsen herab, und ewige
Nacht lag

Ueber dem Thal; ein banges Klagen, und einsas
mes Jammern

Heulte der Sturm aus den Hölen, und lange
winselnde Stimmen

Weinten aus Klüften herauf, und gossen Schaus
der und Mitleid

Ueber die Engel.   An ihnen grenzten unwirths
bare Berge,

Ueber

Ueber einander gestürzte Ruinen zertrümmerter
         Welten,

Ohne Schmuck von lebendgem Gesträuch und
         lieblichen Haynen;

Sondern versengte verdorrte Wälder; halb um-
         gestürzt, lagen

Ihre verwüsteten Rücken herunter.   Entflammte
         Vulkane

Brannten viel Meilen lang fort, und wälzten
         aus schrecklichen Schlünden

Wolken mit Feuer und Dampf und Felsen ver-
         mischt in die Lüfte.

Unter der Erde vernahm man von fern ein praf-
         selnd Getöse,

Wie das Getös von eisernen Wagen; es bebten
         Provinzen

Ueber den unterirdischen Wettern; die zagenden
         Meere

Stiegen empor, und weite Gestade mit ganzen
         Gebirgen

Stürzten hinunter in flammende Seen, und Län-
         der verschwanden.

Anderswo rauschten von Felsen hinab in traurige
         Länder

Bäche des Todes, und mächtige Flüsse, die Rei-
         che der Hölle

Künftig zu zeichnen.   Hier war kein sanftes ge-
         mildertes Clima,

Sondern die brennende Luft, und die Erde ver-
         sengten entweder,

                     Oder

Oder sie starrten in ewigem Eis; wohin sich der
          Blick wandt,
Sah er Gefilde der Pein und Verzweiflung; er-
          storbene Fluren,
Traurige Regionen des Kummers, des Jammers,
          des Elends,
Eine traurige Welt des Todes, in welcher das
          Leben
Stirbt, und der Tod nur lebt, von Ungeheuern
          bevölkert,
Scheußlicher, schrecklicher, wüthender, wilder,
          als Löwen und Drachen,
Hätte Blutdurst und Gift sie zum Verderben
          entflammet.

Und GOtt sah sie die Hölle, mit allen ih-
          ren Bezirken,
Seiner Absicht gemäß, und zu dem strafenden
          Endzweck
Groß und vollkommen. Es war bisher ein stra-
          lender Lichtweg
Von dem himmlischen Tag durchs Chaos gedrun-
          gen; die Hölle
Hatte bisher noch den Ausfluß des hellen Glan-
          zes genossen,
Der jetzt zum drittenmal schien; indem er leuch-
          tete, sprach Gott:
Scheine zum letztenmal, Licht! Es werde Nacht!
          und es ward Nacht.

                        Sieben-

Siebenfältig senkte sie sich wie Lasten herunter,
Düster und fühlbar; der flammende Blitz zerriß sie
oft schrecklich;
Und sein flüchtiger Stral, und blasse schweflichte
Flammen,
Machten sie sichtbarer noch. Der Sohn der All=
macht berief nun
Zu sich die Engel des Todes, und sprach mit ge=
bietendem Antlitz:
Seht! Dies ist die traurige Welt des ewigen
Todes,
Euer sey ihre Bewachung! und über sie sprechet
den Fluch aus,
Denn, ich hab' im Zorn sie verflucht, ihr Name
sey Hölle!

Also sprach des Allmächtigen Sohn. Die En=
gel des Todes
Lagerten sich, in mächtgen Geschwadern, am Ein=
gang der Hölle
Um die Pforten herum, die an dem äussersten Pole
Jenseits der fernsten Grenzen des Chaos die All=
macht befestigt.
Und Obaddon, der furchtbare Führer der Engel
des Todes,
Schwang sich hoch auf rauschenden Flügeln über
die Hölle;
Hielt in der Rechten das flammende Schwerdt,
gleich einem Kometen,

Und rief laut: Bey dem, der gerecht ist, und
allen Empörern

Wider seinen Gesalbten der Finsterniß Ketten be=
reitet,

Bey dem Allmächtigen fluch ich dir, Hölle! Ver=
flucht sey dein Himmel!

Immer müsse der Sturm in heulenden Lüften sich
wälzen,

Und der lauteste Schall der Donner die Wolken
zerreissen!

Niemals strale durch dein Gewölbe der Schimmer
des Tages,

Grausende, schreckliche, ewige Nacht verhüll es
auf immer!

Beym Allmächtgen fluch ich dir, Hölle! Ver=
flucht sey dein Boden;

Ihn besuche kein Lenz; und keine Schönheit und
Anmuth

Schmücke dein trauriges Land! Dein Meer sey
immer in Aufruhr,

Und dein Erdreich brenne beständig von siedendem
Schwefel;

Dein Gebirge rauche von Gluth; die Ebne zerspalte

Von dem Feuer des HErrn; und Winseln und
Aechzen und Heulen

Schall in deinen Thälern des Todes, und an den
Gestaden

Deiner bellenden Seen, und deiner stürmischen
Flüsse!

Beym

Beym Allmächtgen fluch ich dir, Hölle; Verflucht
    sey die Wohnung

Alles dessen, was in dir lebt! Verflucht sey der
    Fußtritt

Jedes Geschöpfs, das wandelt in dir, in Feuer
    und Asche

Geh es einher! dein Athem sey Pest. Weh! weh
    ihm! es stirbt hier,

Stirbt den ewigen Tod! Hier spreite die schwarze
    Verzweiflung,

Ueber den Sünder, die gräßlichen Schwingen!
    und schreck' ihn, und quäl' ihn,

Und zerreiß' ihn, doch ohn' ihn zu tödten! nie
    komme die Hoffnung,

Nicht die schwächeste komme, zu ihm, die wil=
    deste Quaal nur,

Stechende Pein nur, und durstende Angst nur,
    und knirschende Rachsucht,

Peinige, foltre, schmettre den nieder, der, Gott,
    dich gelästert!

Feyerlich hatte den Fluch der Todesengel ge=
    sprochen,

Und so ward die Hölle vollbracht. Gott hielt sie
    nicht länger,

Sondern stieß sie hinab zur Finsterniß! krachend
    betrat sie

Ihre Laufbahn, schwankend und wild, und ohne
    Gesetze.

        Von

Von ihr wandte der Schöpfer sich ab, und stieg
auf den Wagen,

Und, nachdem er die Chöre der Geister dicht um
sich versammelt,

Sprach er: Ihr Söhne des Lichts! Ihr, die kein
Stolz kein Empörer

Wider GOtt zu empören vermocht! ihr, welche
mein Vater

So im Guten bestätigt, daß keine Macht, noch
Verführung,

Euch vom Wege der Tugend wird leiten; ihr heiligen Schaaren,

Ehret die Rache des Herrn, und sagt von Himmel zu Himmeln

Seiner Gerechtigkeit Lob, und seines Zornes Verwüstung.

Dieses Gefängniß strecket bereits der Finsterniß
Ketten

Jenen Verruchten entgegen, die in den Feldern
des Himmels

Wider eure Gefährten gelagert, mit höllischen
Waffen

Unsre Legionen geschreckt. Doch lange soll nicht mehr

Krieg den Himmel entstellen, so sehr sie zu siegen
sich schmeicheln,

Todesengel! wenn jetzo die Tiefe des untersten
Chaos

Von dem verfolgenden Donner erschallt; wenn bald
durch die Nacht hin

Mit

Mit entſetzlichem Fall, Myriaden Geiſter ſich ſtürzen;

Wenn ihr nunmehr den Kriegsklang vernehmt der
　　　　　hohen Poſaunen,

Und das Drommeten der Engel, das über die
　　　　　Grenzen des Himmels

Siegreich ertönt; dann rückt herzu, in geſchloſ-
　　　　　ſenen Schaaren,

Um die verriegelten Thore der Hölle. So ſchreck-
　　　　　lich der Fall auch

Dieſer Verworfnen geweſen, ſo wird die Zeit ſich
　　　　　doch nahen,

Daß ſie von ihrem Fall ſich erhohlen, noch größre
　　　　　Verbrechen

Ueber ſich häufen, noch größere Strafen daburch
　　　　　ſich erringen.

Satan, ihr Führer, wird liſtig dereinſt der
　　　　　Stärke der Pforten

Sich entreiſſen, ja ſelbſt die offenſte Wachſamkeit
　　　　　täuſchen!

Alſo hat es mein Vater beſchloſſen, und fordert
　　　　　von euch nicht,

Was er zuläßt, den groſen Betrüger zu Schan-
　　　　　den zu machen;

Aber ihr ſollt die Pforten allhier ſtets wachſam
　　　　　umringen,

Daß die Hölle nicht einſt von neuem zuſammen ſich
　　　　　rotte,

Mit verſammelter Macht die künftige Schöpfung
　　　　　zu ſtören.

Q 3　　　　　　　Zwar

Zwar dem Empörer gelingt es zu sehr, Geschöpfe
von Staube
Wider Gott zu verführen! doch diese schwärzeste
That bringt
Auf sein Haupt die schrecklichste Strafe. Mit al=
len Verdammten
Will ich ihn einst im Abgrund dafür mit Ketten
von Demant
Binden, daß Zeit und Gewalt nie wieder die
Fesseln ihm löse.
Jetzo folget mir nach, ihr Helden und Krieger
des Himmels,
Thronen, Fürsten und Mächte! seyd Zeugen der
grosen Vollendung
Gottes Gerichts über Satan! So sprach er. Im
Augenblick rollte
Sein krystallner Wagen zurück durch das wallende
Chaos,
Und im hohen Triumph betrat er die Felder des
Himmels.
Hier, du weißt es, fand er sein Heer im muth=
gen Gefechte
Wieder Satan; wir jauchzten dem Wagen des
kommenden Siegers
Jubel entgegen, und stiessen mit unsern geschlos=
senen Schaaren
Zu der Standarte des grosen Meßias. Die Fein=
de des Ew'gen
Trieb er bald, mit allmächtigem Donner, zum
Rande des Himmels,

Und

Und von da zum Abgrund hinab; mit schreckli=
                chem Falle
Stürzten sie nieder zur untersten Hölle; die Flam=
                me des Zornes
Brannte fürchterlich nach bis in den Pfuhl des
                Verderbens.

Also beschloß, der Gesandte des Himmels, die
                dunkle Geschichte
Von der Erschaffung der Hölle. Ihn hatte der
                Erste der Menschen
Mit Entzücken und Grausen gehört, und grose
                Gedanken
In sich versammelt. Jetzt sprach er zu ihm mit
                dankbaren Worten:
Liebling des Himmels, wie hat dein Bericht die
                kühneste Neugier
Uebertroffen! Mit kaltem Entsetzen erblick ich noch
                jetzo
Vor mir den flammenden Schlund. Doch hab ich
                die traurige Nachricht
Recht vernommen; so ist dies Gefängniß für En=
                gel allein nicht,
Sondern auch noch für andere Geschöpfe von
                Staube bestimmet.
O wie vergällt dies die Freude, die meine Seele
                dahinreißt,
Wenn ich so viel unzehlbare Sonnen, Planeten
                und Erden,

Q 4   Alle

Alle vielleicht mit Bewohnern mir denke, die alle,
    sich dankbar
Vor dem Thron des Allmächtigen, beugen, und
    reine Gebethe
Zu dem Himmel ihm senden; wie? sollten dann
    seine Geschöpfe,
‚Die er so gütig erschuf, mit solcher Unschuld gekleidet,
Ihren Schöpfer so sehr, und ihre Pflichten ver-
    kennen,
Und zu solchen Strafen ihn reitzen? — Der En-
    gel versetzte:

Des Allmächtigen Sohn hat zwar die verborg-
    nen Orakel
Seines Vaters nicht ganz uns enthüllt; Doch wur-
    de die Hölle
Nicht umsonst unermeßlich erschaffen; die weiten
    Bezirke
Warten auf Myriaden verdammter Engel und
    Seelen.
Ach! und möchten doch nicht die künftgen Bewoh-
    ner der Erde
Satans listgen Verführungen folgen! Wie fürcht
    ich zu sehr nur,
Daß sie es sind, die Menschen vom Staube, die
    ihre Verbrechen
Ins Verderben gestürzt! — Die Welt des ewigen
    Todes,

                Die

Die ich vor deinen Augen enthüllt, hat deine Ge=
              danken

Mit Entsetzen und Grausen getroffen; doch schreck=
              licher, schwärzer,

Muß sie sich zeigen vor ihm, der mit dem kühneren
              Geiste

Jetzt in ihre Grenzen sich schwingt, jetzt, da sie be=
              wohnt ist

Von Verdammten, wo jeder in sich die Hölle
              verbirget.

Als das Satanische Heer herunter zum Abgrund sich
              stürzte,

Sah ich auf ihrer Flucht sie verfolgt von der schwar=
              zen Verzweiflung.

Und von jedem wilden Affekt, der sonst nie geherrschet
In unsterblichen Geistern.   Der Stolz, der Neid,
              und die Zwietracht

Mit dem Schlangenhaar, Rachsucht, und Wut, und
              der Haß, und die Falschheit,

Stürzten sich hinter ihnen einher, und haben auf
              ewig

Ihre Wohnung bey ihnen genommen.   Auch flog
              das Gewissen

Mit zur Hölle hinab.   Da hat es in donnernden
              Wolken

Seinen Thron sich gesetzt; die laute mächtige
              Stimme

Tönt durch den Abgrund! kein Muth kann sich waf=
              nen, kein Ohr sich verstopfen,

    Q 5   Wann

Wann es spricht, denn es spricht allmächtig; bald
           stark, wie Posaunen,
Und bald lispelnd, wie heimliche Stimmen; kein
           schneller Gedanke
Und kein Flügel des Cherubs entflieht ihm; der
           schwarze Verdammte
Lästert wider den Himmel, sich selbst, und seine
           Gefährten,
Leidet unendlich, verfluchet sich selber, verdammet
           sich selber.
Dieses, o Adam, ist Hölle! — Doch laß uns die
           schaudernden Blicke
Wieder entziehn von Scenen des ewigen Jammers!
           Bewahre
Deinen jetzigen Stand der Unschuld! verharr' im
           Gehorsam,
Und laß keine Versuchung, so stark sie auch sey,
           dich verführen,
Eine Nachwelt von dir in ewige Quaalen zu stürzen.

Raphael schwieg. Durch Adams Herz lief kal-
           tes Entsetzen;
Ihm, von schwarzer Ahndung bewegt, rann über
           die Wange
Plötzlich ein Strom von Thränen herab; doch faßt
           er von neuem
Bey sich den festen Entschluß, des Schöpfers Ge-
           bothe zu halten.

Die

Die
Unterwerfung gefallener Engel,
und ihre Bestimmung
zu Schutzgeistern der Menschen.

Fern von Satans rebellischer Schaar bezog jetzt Orions
Myriade das einsame Lager. Er war der Stan=
darte
Satans gefolgt; doch schoß in ihn schnell ein gött=
licher Lichtstral,
Daß er das schwarze Verbrechen erkannte. Er riß
in der Nacht sich
Vom satanischen Herr, und führte die kriegrischen
Haufen,
Unter seinem Befehl, fern von des Empörers Ge=
zelten.

Sicher

Sicher kam er hier an. Es wurden Cherubische
Feuer

Rund um das Lager gestellt, auf Satans Bewe=
gung zu wachen,

Sollt' er sie etwan verfolgen. Drauf rufte mit fest=
lichem Klange

Die Posaune zur hohen Versammlung. Die Für=
sten und Helden

Drängten sich um Orions Gezelt; der mächtige
Führer

Trat jetzt unter sie hin, und versuchte zu reden;
doch Thränen

Rannen ihm über die Wangen; die tiefste Beküm=
merniß herrschte

Auf dem Antlitz aller umher; doch fanden zuletzt noch

Also die Worte, mit Seufzern vermischt, den
traurigen Ausgang:

Fürsten, und Helden, und Krieger! O daß wir
den Namen des Krieges

Nimmer gehört! O daß wir doch nie die Schwerd=
ter gezücket!

Wir Betrognen; Wir Armen, in welche Tiefe
von Elend

Haben wir selbst uns hinunter gestürzt, und haben
den Listen

Eines Verführers gehorcht? Ist's möglich, sind es
nicht Träume

Unsers erschrocknen Gemüths? Abtrünnige sind wir?
gefallen?

                                        Haben

Haben uns wider Jehova, und seinen Gesalbten
empöret;

Haben die Waffen ergriffen, und haben auf unsere
Brüder,

Engel auf Engel, den Angriff gethan? Und warum?
Was vermocht' uns

Zu der schändlichen That? — O! laßt es beschämt
uns bekennen;

Einem Rebellen zu folgen, und einem Stolzen zu
dienen.

Satan, (so nennet ihn jetzt, den frechen Empörer)
wie hat er

Uns mit dem Schall der Freyheit getäuscht! Er,
welcher von uns schon

Tiefern Gehorsam verlangt, als selbst der Allmäch=
ge. Was ist er,

Daß wir so ihn verehren sollten? Und welche Ver=
dienste

Hat er, daß wir ihm selbst vielleicht den Kniefall
bezeiget,

Den wir dem grosen Gesalbten versagt! Voll Schaam
und voll Reue

Müssen wir unser Antlitz bedecken! O daß wir
gesündigt,

So uns versündigt an GOtt! und so vom Guten
gefallen!

Traurig und einsam, verlassen von allem, verfolget
uns rächend

Unser Gewissen; es muß es gestehn, wir haben ge=
sündigt,

Schwer

Schwer gesündigt! wird Gott uns vergeben? und
kann er vergeben,

Kann er solchen Verbrechern vergeben, die von ihm
gewichen,

Die mit rebellischen Waffen um seine Heiligen
stürmten,

Und mit Krieg den Himmel entstellt? — Erbarmer, Jehovah!

Und du, den wir verschmäht, du, sein erhabner
Gesalbter,

Ist Erbarmung noch übrig, für uns Gefallne noch
übrig:

O! so verschmäh nicht die Thräne der Reu! —
Ihr Helden und Krieger,

Jeder sey still in seinem Gezelt die einsame Nacht
durch;

Und so oft ihr den Schall der hohen Posaune ver-
nehmet,

So werft euch aufs Angesicht hin; und suchet mit
Thränen,

Und Gebethen der Reu, den Zorn des Allmächtgen
zu lindern,

Ob er seiner gefallnen Knechte vielleicht sich er-
barme.

Dieses Orion — mit thränendem Blick und
blutendem Herzen

Machte sich jeder nach seinem Gezelt; so oft die
Posaune

Bey

Bey den Stunden der Nachtwacht ertönte, da fielen sie alle
In den Staub hin vor Gott, und weinten um Gnad und Erbarmung.

Und der Allmächtige sah von seinem heiligen Hügel,
Auf sie hernieder, und sprach: Sollt ich vor meiner Geschöpfe
Büssenden Seufzern mein Ohr verschliessen? und sollte die Gnade,
Noch bey Zeiten gesucht, zerschlagene Herzen nicht trösten?

Als er noch sprach, erschienen im Himmel die frommen Gebethe,
Kinder der Demuth und Reu; sie giengen, mit Staub auf den Häuptern,
Zitternd einher, und hüllten sich tief ins weisse Gewand ein;
Blinkende Perlen standen im Aug', und Schaam und Verwirrung
Deckte die Stirn; für sie ist nie das Heiligthum GOttes
Unzunahlich. Sie traten herzu; die Chöre der Engel
Theilten sich, da sie sahn, und liessen sie ungestört wandeln
Durch die langen anbethenden Reihn zum Throne der Allmacht.

Als

Als sie der Ewige sah, befahl er dem ersten der Engel,
Gabriel, der nächst unter ihm stand, sie näher zu
führen.
Und er führte sie näher; sie fielen nieder, und
weinten
Vor des Allmächtigen Thron, und betheten an,
und die Schaalen
Ihres Räuchwerks dampften vor Gott mit Wolken
von Duft auf,
Ihm ein süsser Geruch. Er neigte sein güldenes
Zepter
Gegen sie nieder, und gnädig erklang des Ewigen
Stimme:

Gabriel! eile hinab, zu diesen Gefallnen;
verkündge
Ihnen Vergebung und Gnade von mir. Sie sollen
in Zukunft
Mein seyn; wem ich vergebe, dem hab ich vergeben. Doch soll noch,
Eh sie meinem Throne sich nahn, zu neuem Gehorsam
Einige Zeit der Prüfung sie läutern. Noch steht in
dem Chaos
Schaffend mein mächtiger Sohn! er hat der Erde
gerufen,
Und sie ist da. Die Bewohner der Erd, er hat
sie bestimmet,

Einst

Einst nach ihren Tagen der Prüfung euch ähn-
     lich zu werden.

Diesem erwählten Geschlecht bestimmet mein ewi-
     ger Rathschluß

Sie zu Führern und Wächtern! sie sollen sie vor
     der Versuchung

Satans bewahren, (denn Satan wird sich, so
     hab ichs beschlossen,

Bald dem Abgrund entreissen; das Menschen-
     geschlechte verführen,

Und noch größre Verdammniß dadurch sich errin-
     gen,) sie sollen

Ihre Herzen zur Tugend erhöhn, und grose Ge-
     danken

In den Seelen erschaffen, wann unter den Fes-
     seln des Körpers

Unter der wilden Zerstreuung, und unter der Ei-
     telkeit Taumel,

Ihr vom Himmel stammender Geist, zum Laster
     versucht wird.

Wann dann des Weltgerichts mächtge Posaune
     die Himmel durchschallet,

Und der neuen Unsterblichen Schaar sich um
     mich versammelt,

Will ich sie gleichfalls versammeln, und ihnen
     die Treue belohnen,

Die sie dem Menschengeschlecht' erwiesen; dann
     sollen sie wieder,

Thronen, und Fürsten, und Kräfte, die alten
     Würden bekleiden,

Und in ewiger Wonne mit mir, und den Seligen leben.

Also der Ewige! Lautes Jauchzen durch-
schallte die Himmel;

Und schnell machte sich Gabriel auf, die hohen
Befehle

Zu vollbringen, und flog mit sonnenstralenden
Flügeln

Durch die ätherschen Gefilde; er ließ in dämmernden Schatten

Einen langen stralenden Weg, so wie er dahin
flog.

Und so verfolgte der reisende Seraph die einsame Nacht durch,

In den Feldern des Himmels die Reise.   Der
lachende Morgen

Stieg auf den leuchtenden Wagen mit empyrei-
schem Golde

Prächtig geschmückt, und erhellte die Flur mit
Schimmer und Freude.

Aber die Freude besuchte nicht mehr das Lager
der Engel,

Das jetzt der Seraph von fernher entdeckte. Mit
eilenden Schritten

Naht er sich ihren glänzenden Zelten. Die äussersten Schaaren,

Die

Die allein gerüſtet noch ſtanden, das Kriegsheer
Satans,

So ſie verfolgen möchte, zu ſpähn, erhuben die
Blicke,

Sahn den hohen Geſandten von Gott, und neig=
ten voll Ehrfurcht

Ihre ſchimmernden Waffen vor ihm. In allen
Geſichtern

Fand er ſchwarze Melancholey, und tiefe Be=
trübniß.

Und wie konnten ſie anders, als ernſt, und nie=
dergeſchlagen,

An ihr Schickſal gedenken, das noch in drohen=
den Wolken

Dunkel verhüllt hieng über dem Haupt? Wie
konnten ſie anders

Als mit traurigem Herzen den Blick ins Ver=
gangene wagen,

Oder in die noch ſchwärzere Zukunft, von Stra=
fen erfüllet,

Die ſie zu ſehr nur verdient, und mit Verderben
gerüſtet?

Durch das heitre Geſicht des glänzenden Seraphs
ermuntert,

Nahte ſich einer der Engel zu ihm, und ſagte,
ſich neigend:

Kömmſt du, groſer Geſandte des Himmels,
zu unſeren Hütten,

Uns

Uns Vergebung, oder vielleicht das Urtheil des
Todes
Zu verkündigen? Aber so sanft und heiter ver-
mochte
Der auf uns nicht zu blicken, der unsre Ver-
dammniß uns brächte.
Nein! du kömmst, ein Bote der Gnade, das sa-
get dein Auge,
Und in deinen Händen der Oelzweig. — Ich
führ' im Triumphe
Dich zu den unsrigen, trügt mich nicht anders
der Hoffnungen schönste.
Gabriel gab ihm zur Antwort: Ich bin ein Bote
der Gnade;
Bringet mich zu dem Gezelt Orions, des mäch-
tigen Führers
Eurer Schaaren, und höret von mir die Befehle
des Höchsten.

Also sprach er: Sie folgten ihm nach, und
wandten die Schritte
Nach dem einsamen Lager. In melancholischer
Stille
Lag es, und alles umher war stumm, und ver-
ödet, und traurig,
Aufgethürmt lagen im Feld die hellen schimmern-
den Waffen,
Oder hiengen zerstreut an den Aesten. In häu-
figen Schaaren
Irrten

Irrten die kriegrischen Geister umher in Thälern
und Auen,

Ohne Waffen, und hiengen bestürzt, voll Kummer im Herzen,

Ihren finstern Gedanken nach; die helle Posaune
Weckte zu Klagen allein; und von den schimmernden Stäben

Wehten die hohen Paniere nicht mehr vom Winde durchflattert.

Einer der mächtigsten Thronen, Orion, der Führer des Heeres,

Saß im stillen Gezelt. Ihn drückten Lasten von
Quaalen

Auf der Seele; mit Unruh und Reu, daß Satans Panieren

Er gefolgt; ihn verzehrte der Gram; die brennenden Thränen

Rannen ihm über die Wangen, ihm lag die Erwartung des Schicksals

Ueber seine Gefährten, und sich, auf ängstlichem
Herzen,

Wie ein Gebürge. Er hatte voll Schmerz die
himmlische Leyer,

Sich zu betäuben, genommen. Die sanften güldenen Saiten

Schallten in melancholische Klagen, und flößten
der Seele

Himmlische Linderung ein; denn welches Gemüth
wird nicht leichter,

R 3   Wenn

Wenn es sich in Gesängen ergießt? Und welche
Betrübniß

Hat nicht die Tonkunst, die Tochter des Himmels, bezaubernd gelindert

Oder besiegt? Die göttlichen Lieder erklangen von
fern schon

Ju des entzückten Gabriels Herz. Der strakende
Teppich

Rauscht von dem Seraph jetzt auf. So bald ihn
Orion erblickte,

Sank ihm die Leyer bestürzt aus der Hand, er
erhub sich; betroffen

Sprach er: Erhabner Seraph, Gesandter des
Höchsten! unfehlbar

Schickt der Allmächtige dich zu seinen gefallenen
Knechten.

O daß endlich die Bothschaft des Himmels uns
Arme besuchte,

Die wir in Thränen vergehn! Vielleicht daß unsere Thränen

Seinen verderbenden Zorn entwaffnet! vielleicht! —
Doch, Geliebter,

Laß uns nicht länger in schwerer Erwartung, und
laß uns mit Demuth

Unser Urtheil vernehmen! — So sprach er. Der
Seraph versetzte:

Laß die Posaunen ertönen, damit sich alle versammeln,

Welche zu deinem Panier gehören. Des Höchsten Befehle

Warten

Warten auf euren Gehorsam; er gab sie mit tie=
             fem Erbarmen.
Glücklich bin ich, sie euch zu verkündgen; —
                 So sagte der Seraph.

        Alsbald gab Orion Befehl, die Posaune zu
             blasen;
Und ein mächtiger Cherubim stieß mit harmoni=
             schen Lippen
In das äthersche Metall, die ganze Gegend er=
             schallte
Von dem Getön. Mit fliegenden Schritten be=
             gaben sich alle
Unter ihre Standarten und Fahnen. Die glänzen=
             den Schilde
Drängten sich dicht an einander, und mit gehör=
             neten Spitzen
Schloß sich das sämtliche Heer an seinen Füh=
             rer, Orion,
Neben welchem der hohe Gesandte zum Sprechen
             bereit stand.
Ehrerbietige Stille beherrschte die wartenden
             Schaaren,
Und mit auf ihn gehestetem Blick, und banger
             Erwartung,
Standen sie, seine Worte zu hören; — voll An=
             stand begann er:

        R 4   Thro=

Thronen, Fürsten, und Mächte; der Reu
und Bekehrung Gebethe,
Die zu GOtt um Vergebung gefleht, sind vor
ihn gedrungen,
Haben Vergebung erlangt, und den Zorn des
Richters versöhnet.
Heil euch! daß ihr im Staube gekniet, und bit-
tere Thränen
Zu dem Höchsten geweint, die euch Vergebung
erlanget!
Heil euch! Begnadigte! daß für euch noch in
Zeiten der Abzug
Vom Satanischen Heer am Throne des Richters
gezeuget,
Daß ihr die Fahnen des Aufruhrs verließt, und
in Zeiten die Gnade
Bey dem Allmächtgen gesucht, die jenen Rebel-
len versagt ist.
Heitert euch auf, wie Begnadigten ziemt! Doch
fordert der Ewge
Euren Gehorsam nunmehr, nicht ohne Prüfung. —
Ihr wisset,
Daß schon lang ein prophetisch Gerücht im Him-
mel gegangen
Von der Erschaffung unzähliger Welten, mit
herrlichen Geistern
Und unsterblichen Seelen erfüllt; die hohe Be-
stimmung
Von der geringern Erde, dem Schauplatz der
göttlichen Gnade,

Und

Und der Erbarmung des Sohns, ist euch nicht
    gänzlich verborgen,
Da wir so oft in heiligen Stunden, mit kühnem
    Vermuthen,
Uns von ihr unterredt. Jetzt sind die Tage ge-
    kommen,
Gott steht noch in den Tiefen des Chaos, und
    winket den Welten
Aus dem Nichts und der Nacht; er hat auch
    der Erde gerufen,
Sie bey ihrem Namen genannt, und mit mäch-
    tiger Hand sie
Um die stralende Sonne geführt; er gab ihr
    den Mond dann
Zum getreuen Gefährten der Nacht; der folgt
    ihr aufwartsam,
Und entzieht ihr sein Angesicht nie. Doch fehlt
    noch der Erde
Was sie am herrlichsten macht, ein Geschöpf
    mit dankbarer Seele
Würdig den Schöpfer zu preisen, und zu den
    jauchzenden Hymnen
Von unzähligen Welten auch seine Gesänge zu
    fügen.
Doch Gott wird es erschaffen, so sprach er,
    er wird es erschaffen
Herrlich, unsterblich, nach seinem Bilde. Der
    Mensch, (denn so nennet
Künftig ihn unser frohlockendes Chor,) der Mensch
    wird der Gnade

R 5   Sei-

Seines Schöpfers vorzüglich genieſſen, und ſeiner Erbarmung,

Unbegreiflich den Engeln und Himmeln, gewür-
diget werden.

Dieſem erwählten Geſchlecht beſtimmt des Ewigen Rathſchluß

Euch zu Führern und Wächtern. Ihr ſollt auf
verworrenen Wegen

Dieſe neuen Unſterblichen leiten; ſollt ihre Gemüther

Vor dem verführenden Laſter verwahren, und
hohe Gedanken

In den Seelen erſchaffen, wann unter den Feſ-
ſeln des Körpers,

Unter der wilden Zerſtreuung und unter der Eitelkeit Taumel,

Ihr vom Himmel ſtammender Geiſt zum Laſter
verſucht wird.

Wann dann des Weltgerichts letzte Poſaune die
Himmel durchſchallet,

Und der neuen Unſterblichen Schaar Gott um
ſich verſammelt,

Will er euch gleichfalls verſammeln, und euch
die Treue belohnen,

Die ihr dem Menſchengeſchlecht erwieſen. Dann
ſollet ihr wieder

Thronen, und Fürſten, und Kräfte, die alten
Würden bekleiden

Und in ewiger Wonne mit ihm und den Seeli-
ligen leben!

So

So der erhabne Gesandte von GOtt. Ein
leises Gemurmel
Lief durch die ganze Versammlung. Als wenn
frischwehende Lüfte
Durch ein Gehölz von silbernen Eschen sich kräu=
seln, und lispelnd
Um die Locken des Wanderers spielen, der, ganz
schon ermattet
Von der flammenden Gluth, leichtathmender
durch sie hindurch geht.
Aber bald sank das frohe Geräusch in vorige
Stille,
Da mit freudeglänzender Stirn Orion so anhub:

Preis, und Ehre dem grosen Allmächtgen,
erhabner Gesandter!
Preis ihm, daß er sich unser erbarmt, und sei=
nen gefallnen,
Seinen nunmehr begnadigten Knechten Versöh=
nung gesendet!
Heil uns! daß er uns würdig erkannt, ihm wie=
der zu dienen,
Und die Gebethe der Reu, die wir in tiefer Be=
trübniß
Ihm geopfert, nicht ganz verschmäht — GOtt,
Richter, Erbarmer,
Sey gelobt, von Gefallnen gelobt! sie wollen
nicht wieder
Fallen; nicht wieder von dir und von dem Wege
des Guten

Wen

Weder zur Rechten, noch Linken entweichen!
Mit welchem Entzücken
Wollen wir künftig zur Tugend die neuen Un-
sterblichen leiten!
Führ uns, wir folgen dir nach, o großer Ge-
sandter des Himmels,
Führ uns zu unsrer Bestimmung; doch eh wir
den Himmel verlassen,
Unsern Geburtssitz, welchen wir einst nach Jah-
ren der Prüfung
Herrlicher wieder besuchen mit unserm Bruderge-
schlechte,
Mit den Menschen; so falle vorher anbethend,
und dankend,
Jeder von uns in den Staub, und preise den
Richter, Erbarmer!

Und schnell fielen sie all' aufs Antlitz; und
netzten mit Thränen,
Jetzt mit Thränen der Freude, den Staub. Drauf
schloß sich der Heerszug
Hinter Orion, und Gabriel, an; sie zogen von
dannen
Nach der neuerschaffenen Welt; viel weite Be-
zirke
Eilten sie durch; viel weiter, als dieser Erde
Bezirke,
Wenn sie sich auch in die Läng' erstreckte; bis
endlich des Himmels
Hohe

Hohe kryſtallne Mauren erſchienen, mit Zinnen
und Thürmen

Von hellleuchtendem Saphir geſchmückt. Die glän=
zenden Thore

Thaten von ſelber ſich auf, ſie ſahn erſtaunend
hinunter

In die Reiche der Nacht und des Chaos.   Ein
ſtralender Weg gieng

Durch die Tiefen des Chaos zur neuen Schöpfung
hernieder,

Welcher von ſelbſt vor dem Schöpfer entſtand;
ſo wie er dahin zog,

In die Tiefen der Nacht, die Erd' und den Him=
mel zu gründen.

Da ſie ſich jetzo den Thoren genaht, da wandte
noch einmal

Traurig Orion ſich um, und eine Zähre der
Wehmuth

Rann ihm vom Antlitz, indem er ſich nun vom
Himmel entfernte.

Und ſie zogen hinab.   Mit welchem entzück=
ten Erſtaunen

Sahe Orion der Schöpfung Geſicht, die ſtralen=
den Sonnen

Und die hellen Planeten! mit welcher Begei=
ſtrung vernahm er

Die Geſänge der Sphären! Sie flogen durch
zahlloſe Welten

Bis

Bis zu unserm Sonnensystem. Der silberne
Mond hieng
Leuchtend über der Erde. Dies ist sie, die künf-
tige Wohnung,
Euch vom Schöpfer bestimmt, (sprach) Gabriel;)
bald wird, Orion,
GOtt dich zur Erde herunter berufen, dem Er-
sten der Menschen
Dich zum Schutzgeist zu geben; ich eile hinab
nach der Erde
Von des Allmächtigen Sohn die fernern Befehle
zu hören.

Also sprach er, und eilte sogleich zur Erde
Bezirken.
Aber Orion, und seine Gefährten, voll tiefen
Gehorsams,
Liessen sich auf die hohen Gebirge des Mondes
hernieder.

Die
Vergnügungen der Melancholey.

————————

Mutter der weisen Betrachtung, du Schöpfe-
rin ernster Gedanken

Deren Grotte sich hoch auf Teneriffs Gipfel ge-
wölbet,

Wo oft mitten in schrecklicher Nacht der heulende Sturmwind,

Vom wildströmenden Regen- und prasselnden Ha-
gel begleitet,

Dein hinhorchendes Ohr ergötzt; indem du, erheitert,

Mitten im Aufruhr, versenkt in tiefe Gedanken
dich einhüllst:

Oder indem in der Nacht ein Schleyer trauriger
Wolken

Alle Gestirne verbirgt, bis bald vom ruhigen
Himmel

Cynthia, traurig und blaß von ihrem silbernen
Wagen

Nieder

Nieder zum Ocean schaut, da du voll Tieffinn
　　　　　　indessen
Unverwandt mit dem starrenden Blick auf das
　　　　　　Sternengewblbe
Angeheftet, dich ganz in frommer Entzückung
　　　　　　verlierest;
Obgleich, mit verwirrtem Geräusch, die brau-
　　　　　　senden Wogen
Unter dir wallen, und heisres Gemurmel die Fel-
　　　　　　sen hinaufschlägt,
Wo du, beglückt, und in dich gekehrt, den to-
　　　　　　benden Aufruhr
Des empörten Oceans hörst; fern von dem Ge-
　　　　　　tümmel,
Fern von den Freuden der Menschen, und mit
　　　　　　den himmlischen Sphären
Unterhaltungen pflegst: — O! leite mich, mäch-
　　　　　　tige Göttin,
Zu dem heiligen Dunkel, mit meiner Seele, har-
　　　　　　monisch,
Unter dem einsamen Gang von alten verfallnen
　　　　　　Gemäuern,
Zu den dämmernden Zellen und Lauben, und
　　　　　　traurigen Schatten,
Wo die Melancholey ihr werthe Gedanken hin-
　　　　　　ausdenkt,
Und am liebsten verweilt. Die lachenden Scenen
　　　　　　des Frühlings,
Wenn um ihn her die Grazien scherzen, und Lie-
　　　　　　besgötter

　　　　　　　　　　　　　　Ihn

Ihn umtanzen, und Blumen und Blüthen, Am=
                      brosia duftend,
Unter ihm mit verschwendrischer Hand auf Flu=
                      ren herabstreun,
Rühren länger mich nicht; ich wünsche mir nicht
                      mehr, o Tempe,
Deine balsamischen Lüfte zu athmen. Ihr grü=
                      nenden Thäler,
Und ihr Wiesen, du blühender Hayn, um wel=
                      chen der Feldbach
Murmelnd sich schließt, gehabt euch wohl! Ich
                      folge dir, Schwermuth.

Unter jener verfallnen Abtey bemooßten Ge=
                      wölben,
Will ich oft sitzen, allein, in jenen dämmernden
                      Stunden,
Wann der traurige Mond in den fürchterlich ein=
                      samen Kreuzgang
Einen flimmernden Stral von strömendem Lichte
                      hineinwirft,
Und ein tiefes heiliges Schweigen auf allem um=
                      her herrscht,
Ausser der Eule klagendem Lied, die, unter dem
                      Schutte
Dumpfigter Höhlen verscheucht, ihr ödes Wohn=
                      haus erbauet;
Oder der ruhig säuselnden Luft, die zwischen dem
                      Laube

Zachariä poet. Schr. II. Th.   S   Des

Des breitblättrichten Epheu rauscht, der an den
                    Gemäuern
Eines hangenden Thurms sich an den Wänden
                    hinaufschlingt.
Oder laß mich auch oft den nahen Tannengang
                    irren,
Wo die Mönche vordem in frommen Tiefsinn
                    gewandelt.
Wie ich im unabsehlichen Leeren der hohen Ge-
                    wölbe
Kühn einhergeh, fasset mich schnell im innersten
                    Dunkel
Heiliger Schauder, und hüllet mein Herz in
                    traurige Ruhe.

          Aber wenn jetzo die Welt in der Mitter-
                    nacht Rabengewand sich
Eingekleidet, dann laß mich auch oft im hallen-
                    den Beinhaus
Jene zitternden Flammen erblicken, die über die
                    Haufen
Dürrer Knochen und Schädel mit blassem Schim-
                    mer sich breiten;
Da indes die Mauer hinab ätherische Stimmen
In den Kirchhof ertönen, und Geistergestalten
                    von ferne,
Durch die langen gekrümmten Gewölbe, die ein-
                    samen Schritte
Zu sich winken. — Voll Anmuth ist auch der
                    Mitternacht Stille,

                                        Wenn

Wenn ich plötzlich erwacht mich von dem Lager
erhebe.

Siehe! wie todt ist alles um mich! Die ruhi=
gen Winde

Brausen jetzt nicht; die Söhne der Menschen,
und alle Geschöpfe,

Liegen in tiefer Vergessenheit da; die ganze Na=
tur ist

In den tiefesten Schlaf, in die tiefeste Stille,
gewickelt.

O wie grausend ist dann der Gedanke, daß auf=
ser mir, nichts sonst

Auf der veröbeten Erde noch wacht! Bis mit
dem Gedanken

Mein hinsinkendes Haupt der schleichende Schlum=
mer besuchet.

Dann auch müsse kein Traum, von fröhlicher
Thorheit erzeuget,

Mich zur blumichten Au der gauckelnden Freude
verführen;

Sondern mir sende der Schutzgeist der Nacht so
mystische Träume,

So erhabne Gesichte, wie ehmals Spenser ge=
sehen,

Wenn er völlig vertieft in Phantaseyen der Dicht=
kunst,

Zu des Busirans schwarzen Palast bey Brito=
mart führte:

Oder als Milton gesehn, wenn er in höher Be=
geistrung,

Im Tumulte des Kriegs, den ganzen Himmel
      sich dachte,
Und in seinen entzückten Gedanken der Seraphim
      Schaaren
Vor ihm sich thürmten, mit Waffen bedeckt von
      Demant und Golde.

Andre mögen am lächelnden Abend des
      Sommers sich weiden,
Wenn sie am dumpfen Geräusch des murmeln-
      den Baches sich letzen,
Oder das sanftere Roth des streifichten Westens
      betrachten;
Mich ergötzt nur Nebel und Dunkel des blassen
      Decembers.
Wann die Schatten sich dann des langen Abends
      geschlossen,
Und ein schimmernder Stral der matten sterben-
      den Asche
Durch den dämmernden Rauch sich bricht; dann
      laß mich, entfernet
Von dem Jauchzen des Unsinns, das jetzo mit
      festlichem Echo
Durch die erleuchteten Zimmer ertönt, dann laß
      mich im Winkel
Sitzen, allein nur vergnügt an der niedern kla-
      genden Grille
Schlummer erweckendem Lied; und laß mich mit
      meinen Gedanken

           In

In mich gekehrt, den Wechsel der Dinge, die
    leeren Vergnügen,
Und die vergebliche Mühe betrachten, die unsrer
    Erkenntniß
Forschen vereitelt, so wie wir die Wüste des Le=
    bens durchirren.
Diese gesegnete Stunde der Stille wird alles das
    Lächeln
Schimmernder Thorheit entdecken, das, gleich
    des listigen Comus
Falscher zaubrischer Kunst, die allzusicheren Augen
Mit der verborgnen Verblendung getäuscht; den
    bezauberten Becher
Uns zu trinken verführt, wodurch die Seele be=
    rauschet,
Ganz sich vergißt, und der Mensch zum Unge=
    heuer herabsinkt.
Gierig kosten wir ihn, doch in dem frohen Ge=
    nusse
Merken wir nicht die giftigen Hefen, die mit
    ihm gemischt sind.

O wie wenige kennen den Werth der feine=
    ren Seele,
Deren erhöhtes Gefühl, in Scenen finsterer
    Schwermuth,
Schnellere Freuden genießt, als die der Schim=
    mer des Hofes,
Und die blendende Pracht des eitlen Stolzes er=
    theilet.

Eloise,

Eloise, die lang in Schmerzen der Liebe ge=
    schmachtet,
Fühlte gewiß mehr höhere Freuden, mehr wah=
    res Entzücken,
Wann, im flimmernden Kreis der Todtenkerzen,
    sie traurig
An ein Grab sich gelehnt, vielleicht auch unter
    den Pfeilern
Gothischer Tempel und unter Altären der heili=
    gen Bilder
Sie, als eine verschleyerte Nonne, voll Schwer=
    muth herumgieng:
Als im goldnen Palast, stolz auf die Reize der
    Jugend,
Flavia fühlt, wenn unter den Söhnen des weich=
    lichen Putzes
Sie im Zirkel des festlichen Balles bezaubernd
    einherschwimmt,
Und vor allen versammelten Schönen, die Schön=
    ste, hervorstralt.

Wann die Erde der blendende Stral des
    Mittags erheitert,
Und in der hellen südlichen Laube des goldenen
    Tages
Gütger Regent sich freut, und alles unter ihm
    lachet:
Wie hat dann mein Wunsch der Nacht Zurück=
    kunft gefordert,

        Die

Die zum melancholschen Gemüth viel gleicher gestimmt ist.

Sey mir willkommen, o heilige Nacht! mein
einsames Lied sey

Dir auch geweiht! o Schwester der herrschenden
Hekate, Heil dir!

Heil dir! wenn du entweder, im dicken Dunkel
verborgen,

Deinen Wagen, verhüllt in schwangeren Wolken,
dahin rollst,

Oder dein leuchtendes Haupt mit der silbernen
Krone geschmückt hast.

Obgleich in der Finsterniß Schaar der Zauberer
Schaaren

Oft in schrecklichen Höhlen von Lapplands be-
schneyten Gefilden

Mit verworrenen Reimen den blutigen Kessel be-
sprechen;

Ob die Mordsucht gleich oft in deinen beschirmenden Schatten

Ihre Verehrer zusammenberuft, ein heimliches
Blutbad

Auszudenken, indem bey blauer sterbender Lampe

In dem scheußlichen Rathe vereint, die horchende Bande

Sitzt; bey jedem säuselnden Wind, bey jedem
Geräusche

Auffährt, und mit wilden und starrenden Augen
umhersieht;

S 4   Ob-

Obgleich deinen entsetzlichen Pfad der Wandrer
                        verfluchet,

Wenn er, völlig verirrt in weiten Arabischen
                        Wüsten,

Rings um sich her das wilde Geheul blutdürsti=
                        ger Thiere

Durch die Wildniß vernimmt, indem der schwär=
                        zeste Sturm ihn

Unaufhörlich verfolgt; so ist doch deine Zurück=
                        kunft

Angenehmer dem stillen Gemüth, als die An=
                        kunft des Morgens,

Wenn er auch jugendlich stolz im May frisch=
                        blühende Rosen,

Und ambrosischen Thau, von den Pforten des
                        purpurnen Aufgangs

Auf die Gefilde verstreut. — Doch ist die An=
                        kunft des Morgens

Angenehm, wenn er, verhüllt in tröpfelnde Wol=
                        ken, erscheinet,

Wenn in finsterer Luft der trübe Südwind einher=
                        braust,

Und die traurige Landschaft schwärzt, daß Wäl=
                        der und Hügel

Sich, in einander vermengt, in dicken Nebeln
                        verlieren.

Kümmerlich sitzen alsdann die Sänger des trau=
                        renden Waldes, -

Und begrüssen die Dunkelheit nicht; die rauschen=
                        den Ulmen,

                                        Die

Die mit majeſtätiſchem Haupt in waldichten Reihen
   Etwa ein Landhaus umringen, ſind ſtumm; und
      ſchallen nicht wieder
Von der Dohlen verwirrtem Geſchrey, da, trie-
      fend, zum Obdach
Sich das Federvieh macht; in Sicherheit hänget
      der Landmann
Ueber dem praſſelnden Feuer, und wagt aus der
      ruhigen Hütte
Nicht ſich hinaus in den Sturm. In unvollen-
      deter Furche
Feyert der Pflug; vom Getöne des Horns, und
      dem Rufe des Jägers,
Schallet der Forſt nicht; in trauriger Stille liegt
      alles vergraben,
Und die tiefſte Betrübniß umhüllt die Fläche der
      Dinge.

 Obgleich Popens Geſang die ſanfteſten Gra-
      zien athmet,
Und die glücklichſte Kunſt die attiſchen Blätter
      geſchmücket;
Dennoch glüht mein ernſtes Gemüth in ſüßerm
      Entzücken,
Wenn ich manchmal, gelehnt an einen mooſig-
      ten Eichſtamm,
In dem wildanmuthgen Geſang des zaubriſchen
      Spenſers,
Zitternd der Una irrenden Fuß in ſchrecklichen
      Wüſten
     S 5   Durch

Durch die Einsamkeit wandern gesehn; ganz matt
　　　　　und verlohren,
Mehr, als wenn auf schimmerndem Busen der
　　　　　silbernen Themse ,
Die in ihr Unglück eilende Schöne *) im Glanz
　　　　　des Brokades
In dem blendenden Stral der lachenden Sonne
　　　　　daher schwimmt.
Zarter Empfindung wird bald das muntre Ge-
　　　　　mälde zum Ekel,
Und trifft nur das kalte Gemüth mit schwachem
　　　　　Vergnügen.

　　　Jünglinge! die ihr den Kranz unglücklicher
　　　　　Liebe getragen,
Welch Vergnügen kann man der süssen Schwer-
　　　　　muth vergleichen,
Deren zaubrische Macht den sanfteren Seelen ge-
　　　　　schmeichelt?
Malt uns die stille bezaubernde Lust, bey der re-
　　　　　denden Stimme
Süssem Gesange zu schmelzen; in sanften thauig-
　　　　　ten Wiesen,
Durch die Mitternacht hin, mit irrenden Schrit-
　　　　　ten zu wandeln;
Und dem vertraulichen Mond die Schmerzen der
　　　　　Liebe zu klagen,

　　　　　　　　　　　　　Oft

　*) Die durch Popens Haarlockenraub berühmte Belinde.

Oft vom Vogel der Nacht mit ähnlichen Seufzern begleitet,

Oder im schattichten Wald am dunkeln Bache zu
irren,

Und allda die nichtigen Freuden der Welt zu
vergessen.

Da indes ein glücklicher Traum die erscheinende
Schöne

Vor euch mahlt, — nun hört ihr nicht mehr das
Gemurmel des Baches,

Und das Auge dringet nicht mehr durch schauernde Gänge

Waldichter Linden, bis etwann im Forst vom
fällenden Beile,

Oder vom fernen Geklingel der Heerden, und
von dem Geräusche

Eines die Sträuche durcheilenden Stiers, die be-
trogenen Sinnen

Sich ermuntern, und plötzlich der Traum in die
Lüfte verflieget.

Dies sind Vergnügen, zu denen mein Herz sich
ehmals gewöhnet,

Als den verblendeten Blick die junge Saphira
bezaubert,

Und in schwarzer Entfernung von ihr, mein Leben mir hinfloß.

Schöner als Flora lachte Sie mir, wann Zephyr
sie aufweckt,

Und sie schamhaft erröthend aus duftenden Lauben herausgeht.

Mit

Mit den Kränzen von Veilchen und Rosen die
    Felder zu schmücken.
Vor unheiligen Seelen sind diese Vergnügen ver-
    borgen,
Und sie kann nur ein Herz, gewöhnt zur Schwer-
    muth, empfinden.

Laß mich auch oft das erleuchtete Chor in
    der heiligen Stunde
Des Gebeths besuchen, wenn majestätisch die Orgel
In der Andacht Gesang von der Höh vielstimmig
    erschallet,
Bis die Seele sich ausser sich reißt, und zum
    Himmel hinauffliegt.
Laß mich auch oft im inneren Dom, im einsa-
    men Stuhle,
Heilige Töne vernehmen, die feyerlich langsam
    und prächtig
Durch die gothschen Gewölbe sich winden, und
    in der Entfernung
Mein hinhorchendes Ohr mit hohem Gemurmel
    erreichen.
Laß mich auch dann nicht zu bleiben vergessen,
    wann jetzo die Lampe
In die Schatten verlöscht, und einsame Stille
    zurückkehrt;
Laß mich alsdann die schreckenden Schläge der
    Glocke bemerken,
Welche mit zitternder Zunge die fliehende Stun-
    den verkündigt.

                                Nie

Nie auch wolle die Seele sich schöner zu bilden versäumen

Durch den sanften und rührenden Schmerz der
tragischen Muse;

Sie, Melpomene, die im Cothurn erhaben einhertritt,

In dem Leichengewand; sie ist des höheren Mitleids

Pflegemutter. Jetzt mag mit thränenströmenden
Augen

Ueber befleckte verwundete Liebe Monimia *) klagen;

Oder laß Juliet **) jetzt im schwarzen Todten-
gewölbe

Ihres getreuen Romeo Lippen zum letztenmal
küssen,

Seine Lippen, noch rauchend vom Brand des
tödtlichen Giftes.

Laß um einen vergeblichen Blick den Jaffeir ***)
im Staube

Hinknien; oder laß auch auf Desdemonen ****)
den Mohren,

Seiner Eifersucht Wuth die härtesten Drohungen
schütten.

Plötzlich

---

*) In einem Trauerspiel des Otway.

**) Romeo und Juliet, ein Trauerspiel von Schakespear.

***) In einem Trauerspiel von Otway.

****) Im Othello von Schakespear.

Plötzlich rieſelt der männliche Strom von ſchwel-
　　　　　lenden Augen
Auf die Wange herab, und bey dem Unglück des
　　　　　Bruders
Schmilzt mein zärtliches Herz in ſympathetiſchen
　　　　　Thränen.

O was iſt der nichtige Pomp, der Höfe
　　　　　Gepränge?
Glücklicher ſcheint mir ſogar der hohe Verbannte,
　　　　　der einſam
In Sibieriens Wüſten, in alten verfallnen Ge-
　　　　　mächern
Eines hohen Kaſtells, die langſamen Stunden
　　　　　zurücklegt.
Nichts entdecket ſein Blick, als unabſehliche Hai-
　　　　　den,
Wo ein ewiger Winter den Wagen von Eiſe da-
　　　　　hinrollt.
In der Näh' auch zeiget ſich ihm ſtets einerley
　　　　　Ausſicht,
Feſte ſchreckliche Mauern, die dicken dunkeln
　　　　　Baſteyen,
Und die hohen Spitzen des Dachs; indeſſen die
　　　　　Glocke
Fern vom höheſten Thurm unwirthbare Wüſten
　　　　　durchſchallet,
Und mit dem traurigen Schall auch neuen Kum-
　　　　　mer erwecket.

　　　　　　　　　　　Und

Und doch ist er beglückter, als jener verwöhnte
Satrape,
Den er hinter sich ließ in Moskaus goldnen Pa-
lästen,
Da in schwelgrischer Ruh und lachenden Freuden
zu leben.

Herrliche Scenen treffen nur bloß mit schwa-
chem Vergnügen
Das Gemüthe des Schauers; sie locken allein
das Gesicht nur,
Und erheben mit mächtigem Trieb das fühllose
Herz nicht.
Also reizt die dädalische Landschaft das Auge des
Schäfers,
Der von der heitern Stirn des hohen Hymettus
herabsieht.
Hier stehn Wälder von Palmen, wo sonst die
Stimme des Plato
Lehrreich erschallt; dort hebt aus dunkeln gehei-
ligten Grünem
Sich der Oelbaum, der nimmer hier welkt, mit
silbernem Haupt auf.
Dort verbreiten Hügel voll Reben die purpurnen
Schätze
Und manch sonnichtes Thal erstreckt in langen
Prospekten
Fruchtbar sich weit in das Land; dort thürme,
in Fluren voll Anmuth
Schim-

Schimmernd, Athen sich auf; allein obgleich
                    durch die Gegend
Seine zur Weißheit begeisternde Fluth Jlissus da-
                    hin rollt,
Dessen krummes Gestade dichtwallender Lorbeer
                    beschattet;
Obgleich seinen herrlichsten Glanz der rosichte
                    Morgen
Ueber die heitre Scene verstreut: so fühlet der
                    Mönch doch
In der ruhigen Brust mehr, und wahrhaftere
                    Freuden,
Wenn er vom hangenden Fels, der seine Höhle
                    bedecket,
Das verfallne Persepolis sieht. Die sinkenden
                    Pfeiler
Sind auf die Ebnen umher in wilder Ordnung
                    zerstreuet,
Eine weite Verwüstung! Gleich einem verdorre-
                    ten Eichbaum,
Welchen der Donner zerschellt, steigt hier die
                    modernde Säule
Gegen die Wolken empor; hier zeigen die parische
                    Schlösser
Halb sich wölbende Hallen, mit dicken Dornen
                    bewachsen,
Wo der Räuber jetzt lаurt; der Fledermaus öde
                    Behausung,
Welche des Abends von da in dämmernde Schat-
                    ten hinabfliegt,
                                        Und

Und wo ihren fleckigten Schweif die Otter sich nach-
        schleppt,

Ehmals die Wohnung des feinsten Geschmacks, und
        der blühenden Künste.

Tempel erheben sich dort; in ihren geheiligten
        Grenzen

Wächst der Fichtenbaum auf, da die nun nacken-
        den Strasen,

Sonst vom fleißigen Kaufmann besucht, mit Grase
        bedeckt sind;

Säulen liegen auf Säulen gestürzt, heruntergerissen

Von dem festen Gestell, und vermehren die mo-
        dernde Masse.

Weit umher erscheinen dem Blick die hangenden
        Trümmer,

Von der verwüsteten Pracht, in einer verworrenen
        Scene.

Von Palästen, und Häusern, und Bögen, und
        Dämmen, und Tempeln,

Wo der Ruin, und Schrecken, und Graus; im
        schwarzen Gezelt thront.

Komm denn, du Königin ernster Gedanken,
        Melancholey, komm,

Komm mit heiligem Blick, und festem beständi-
        gem Schritte

Uns der Höle hervor vom traurigen Epheu um-
        schattet,

Wo du dich bis zum Schall der Abendglocke ver=
weilest.

Komm, und bekränze das Haar von deinem ge=
weihten Verehrer

Mit Cypressen! es müsse mir nie die lachende
Freude

Mein standhaftes Gemüth mit gauckelndem Scherzen
verführen,

Noch mit Kränzen von Blumen von deinem Wege
mich locken.

Denn obgleich in ihrem Gefolge die lächelnde Hebe

Ihre blendende Brust den liebenden Augen enthüllet,

Obgleich Venus, die Mutter der Liebe, der Freu=
den, und Scherze,

Mit ihr Bacchus, mit Weinlaub gekränzt, am
strömenden Nektar

Sich in duftenden Lauben ergetzen, und selber der
Himmel,

Wenn sie sich nahn, sich erheitert, indem durch
blaue Gefilde

Sich ein schönerer Tag verbreitet: so sind doch die
Freuden,

Die du, Melancholey, mir ertheilst, viel reiner,
viel wahrer,

Als ihr flüchtiger Tand; die Freuden, tiefer ge=
fühlet,

Die in einsamen Stunden die hohe Betrachtung uns
—   einflößt.

                                        Heil

Heil dir, also, gewephte Betrachtung! o Göttin mit dir hub

Dieser Gesang sich an, mit dir auch soll er sich
enden.

Du bist schöner, als alle die Nymphen der Grotte
von Cirrha,

Und du kanst den Gedanken zu höhern Entzückungen
wecken,

Als die gepriesene Schaar von allen Göttern der
Fabel.

Heil dir, o Göttin! dich fand, so wie die Sage berichtet,

Einst ein Druide, so wie er am Abend die Wälder von Mona

Einsam durchirrt; er trug dich sogleich mit gütigen
Händen

Zum beschirmenden Dach von seiner Laube von Fichen.

Hier bemerke gar bald der bewundernde Weise den
Anbruch

Deiner Schwermuth, den mächtigen Hang zu
ernsten Gedanken.

Noch als ein lächelndes Kind hast du am Ufer des
Meinat,

Diesem verewigten Strom der alten Druiden, gelegen,

Und dich am wilden Geräusch von seinen Fluthen
ergetzet.

T 2 Unter-

Unterhaltungen
mit seiner Seele.

Du Hauch von GOtt, du wundervolles Wesen,
Das in mir denkt, vom Nichts zum Seyn erlesen;
Unsterbliche, durch die mein Auge wacht,
Komm, nahe dich bey stiller Mitternacht!
Dir tönt mein Lied, o Seele! Losgewunden
Vom Körper, weih' ich dir erhabne Stunden.
Vielleicht zieht mein Gesang dich von der Welt,
Die nur zu lang' in ihrem Arm dich hält.

Wir sind allein; o Seele! Wirf die Hülle
Der Nacht um dich, und laß die heilge Stille
Dir theuer seyn, die mit Gedanken kömmt,
Gedanken, die kein Lerm, kein Unsinn hemmt.

Wir sind allein? Wie falsch sprach ich! Wir
waren
Nie weniger allein. Des Himmels Schaaren
Umgeben dich, sind Zeugen über dir,
Und, (o fall in den Staub!) GOtt selbst ist hier.
Du

Du bebst zurück? — Wie? wolltest du verzagen?
Nein, jetzt sey muthig! Du auch darfst es wagen,
Mit Geistern und mit GOtt vertraut zu seyn;
Doch sey, wie Engel, wie dein Schöpfer, rein!

O Einsamkeit! Wie kann der Mensch dich fliehen!
Wie kann er sich um Zeitverderb bemühen!
Er ist betrübt, daß nicht Tumult und Tand
Ihm ungenützt auch diesen Tag entwandt.
Er fürchtet sich, mit sich allein zu bleiben;
Treibt mit dem Strom vom nichtgen Zeitvertreiben
Beständig fort; und jede Kleinigkeit
Und jedes Kinderspiel, das ihn zerstreut,
Ruft er herzu, dem Unglück zu entgehen,
Das er so ängstlich scheut, — sich selbst zu sehen.
Sey weise, du, mein Geist; sey jetzo dein!
Mit sich vertraut, heißt in Gesellschaft seyn.
Wenn zügellos die Freuden um uns schwärmen,
Wenn Unsinn rast, und wilde Saiten lärmen,
Wenn, fortgeschwemmt von des Tumultes Fluth,
Allein beherrscht von aufgebrachtem Blut,
Der Mensch sich selbst betäubt; zum Kreis sich dringet.
Wo Lästersucht die scharfen Dolche schwinget;
Und wo gesalbt betrunkne Weisen schreyn;
Dann ist der Mensch, dann ist der Geist allein.
Im vollen Saal geht einsam dann die Seele,
Und melancholischer, als in der Höhle
Des Einsiedlers; irrt sie auf leerer Bahn,
Und findet nichts, was ihr genug thun kann.

X 3   Wie

Wie selig ist nicht der, der oft entfernet
Vom Lärm der Welt, sich selber dulden lernet!
Erkenne dann, o Seele, deine Kraft!
Verschmäh den Tand von leerer Wissenschaft.
Laß nicht blos Schall von Weisheit dich verführen,
Sey weiser, wags, dich selber zu studiren!
Du siehst erstaunt der Erde Wundern zu?
Rund um dich her ist größer, nichts, als du.
Wie rühmlich ists, das Buch der Welt zu lesen,
Geh weiter noch; schau tiefer — in dein Wesen.

Du stolzer Geist, der Ewigkeiten mißt,
Du Wurm, der lebt, und morgen nicht mehr ist;
Geschöpf, das bald ätherische Freuden trinket,
Und bald, zu schwer, zum Thier herunter sinket;
Das jetzt die Wahrheit sucht, jetzt von sich stößt;
Du Räthsel für dich selbst, nie aufgelößt;
Versuch es, wirf die aufgeklärten Blicke
Von allen um dich her, in dich zurücke!
Du Weiser, bist du selbst dir unbekannt;
So ist Witz Unsinn, alle Weisheit Tand.

Und wie, mein Geist? In Einsamkeit versunken,
Vom süßen Traum gehofften Nachruhms trunken,
Fliehst du den Schlaf, und sinnest auf ein Lied,
Das nach der Müh dem Tadel nicht entflieht;
Mit nichts dich lohnt, als nach mislungnem Wachen
Auf lange Zeit die Muse scheu zu machen?
Du folgst erhitzt der Weisheit heller Spur
Im weiten Reich der herrlichen Natur;

Der

Der Freude hold, und freundschaftlichem Scherze,
Vergräbst du dich; horchst bey einsamer Kerze,
Den Barden zu aus grauem Alterthum,
Und schmückest dich mit einer Vorwelt Ruhm;
Du eilst, vom Spiel und Wein dich zu entfernen,
Von Albion, von Gallien zu lernen;
Bewirbst noch spät, mit Fleiß und mit Geduld,
Am Saitenspiel dich um der Tonkunst Huld;
Und du, mein Geist, hast unter allen Stunden
Die Stunde nicht, den Augenblick, gefunden,
Wo du wahrhaftig weis, in dich gekehrt,
Ganz dein, ganz Geist, einmal dich selbst gelehrt?
Du weist nicht, welche Gluth in dir verglimmet,
Zu welchem Zweck die Gottheit dich bestimmet?
Und glaubst, daß du des Geistes Rang erwirbst,
Wenn du gebohren wirst, und lebst, und stirbst?

Befreye dich von diesen Vorurtheilen!
Du bist zu groß im Staube zu verweilen;
Zu göttlich groß, als daß nur eine Welt
Im engen Raum dich eingeschränket hält.
Erkenne von dir selbst, mit welchen Gaben
Des Schöpfers Huld dich vor dem Thier erhaben.
Der hohe Geist, von seinem Werth entflammt,
Fühlt es zu sehr, daß er vom Himmel stammt.
Verwandt mit Staub, weiß er ihn zu verachten,
Da auf zu Gott die starken Flügel trachten.
Er steigt empor, sein Wesen heischet dies;
Unwissenheit, der Seele Finsterniß,

T 4   Haßt

Haßt er, und sucht das Licht: der Weißheit Lehren,
Der Tugend Ruf, wird er nie satt zu hören.
Selbst die Natur in aller Abwechslung
Hat doch für ihn nicht Reitz, nicht Schönheit
             gnung.
Er wagts, ins weite Reich der Luft zu dringen,
Verfolgt den wilden Sturm; schwebt auf den
             Schwingen
Des Blitzes fort; steigt zu der Pole Höh
Ins Vorrathshaus von ewgem Eis und Schnee;
Dann stürzt er sich in hellgestirnte Kreise;
Schwankt mit dem Mond durch seine schnellen
             Gleise;
Sieht, wie die Sonn' im Feuer überfließt,
Wie mächtig sie den Strom des Lichts ergießt,
Mit eigner Kraft den Schwung um sich vollbringet,
Und um sich her die Wandelsterne zwinget.
Dann schießt er fort, späht des Kometen Lauf,
Wie schnell er läuft, durch alle Himmel auf:
Sieht schauervoll der Schöpfung Rad sich drehen;
Und schaut zurück auf alle Sternenhöhen,
Bis er erstaunt, weit dieser Welt entflieht,
Ins weite Reich des Empyreum sieht.
Wo ewges Licht und ewge Freude wohnen,
Und ungestört beglückte Geister thronen.
Auch hier nicht ist sein heisser Trieb gestillt,
Da unter ihm die ewge Tiefe brüllt:

Er

Er stürzt hinab, wo Dunkel ihn umringet,
Und Unermeßlichkeit ihn ganz verschlinget.
Hier ruhet erst sein Flug. So wollt' es Der,
Der, Seele, dich erschuf. Nicht irrdisch, leer,
Bestimmt er deine Lust. Im Purpurkleide
Der eitlen Macht nicht; noch der thierschen Freude,
Der Wollust, solltest du dich glücklich sehn;
Nur durch Unsterblichkeit, durch Weisheit schön,
Befahl er dir, von allen irdschen Dingen
Zum höchsten Gute dich empor zu schwingen,
Daß du zuletzt, von Schranken ganz befreyt,
Glückseelig seyst in der Vollkommenheit.

So schuf dich GOtt, o du, die in mir denket,
Unsterbliche, so frey, so unumschränket,
Erschuf er dich; so herrlich ausgeziert,
Wardst du von ihm auf diese Welt geführt;
Ein Schauplatz, groß, bestimmt zu grosen Thaten;
Im Angesicht der Thronen, Potentaten,
Und Tugenden des Himmels, handelst du;
O handle recht, GOtt selber schauet zu.

Entweichet dann, ihr nichtgen Kleinigkeiten,
Um die sich Könige und Thoren streiten!
Wie? sollt' ich mich bey todten Schätzen freun,
Und stolz auf leeren Schall, auf Nachruhm seyn?

T 5 Wie?

Wie? sollt' ich mir mit sklavischen Päanen,
Durch feiles Lob den Weg zum Glücke bahnen?
Wie? sollt' ich mich durch Spiel und Scherz
          zerstreun?
Im weichen Schooß der Wollust mich entweihn?
Bloß Körper seyn, den höhern Geist verhüllen,
Und meines Daseyns Zweck nicht ganz erfüllen?

Nein, schwinge dich von allem Irdschen los;
Sey, was du bist, sey deiner werth, sey gros.
Soll denn der Mensch die himmlischen Gedanken
Nur stets verschliessen in der Erde Schranken,
Und folgt er immer nur des Thiers Beruf,
Da ihn sein GOtt zum Sohn des Aethers schuf?
Send aus den Geist, der unterm Staube leidet,
Nicht, wie der Körper, sich durch Sinnen weidet,
Auf! send ihn aus von Kleinigkeit und Tand
Zur Welt der Geister, seinem Vaterland!
Er sieht umsonst nicht höhre Sphären blitzen
Und Sonnen glühn; er soll sie einst besitzen;
Soll einst, verneut, verklärt, den Engeln gleich,
Nicht Staub mehr seyn in seines Schöpfers Reich;
Soll einst, wie sie, zu seines Thrones Füssen
Unsterblich seyn, und ewges Glück geniessen.
Das bist du, Seele! dein Geschick ist dein,
Du kanst höchst elend, und höchst seelig, seyn.
Sey nicht umsonst begabt mit Engels-Kräften,
Dich schuf dein GOtt zu himmlischen Geschäfften.
Das herrlichste Geschäfft' ist GOttes Lob,
Wenn er den Seraph aus den Wolken hob,

                                        Und

Und er noch kaum sein ganzes Daseyn kannte,
Fiel er schon hin vor seinen GOtt, und brannte.
Und du wärst dumm, indem der Seraph glüht,
Und Welt an Welt vor ihrem Schöpfer kniet?

Welch ein Gesicht! Ich sehe Millionen
Aetherscher Kräfte, Tugenden und Thronen,
Der Geisterwelt unendlich lange Reihn,
O HErr, von dir erfüllt, sie alle dein.
Wie schimmern sie in deiner Allmacht Stralen!
Wie wallt des Weyhrauchs Dampf aus goldnen
Schaalen,
Vor deinem Stuhl! die Himmel stehn erfreut,
Und Lobgesang schallt durch die Ewigkeit.

Der Mensch siehts, und erstaunt! O Sohn der
Erde,
Erstaune nicht, was du nicht bist, das werde!
Zwar Engel nicht, doch auch ein Geist, wie sie,
Schließ dich an ihre Reihn, und beuge deine Knie,
Und beth ihn an! auch dir ist es gegeben,
Zum Himmel auf den Seufzer zu erheben.
Du stehst vor GOtt mit in der Geister Reihn,
Nimm deinen Platz in seiner Schöpfung ein;
Dein Platz ist nicht gering; er ist voll Mängel,
Und grenzt ans Thier, doch grenzt er auch an
Engel.
Ihm misfällt hier des Staubes Stammeln nicht,
Wenn dort entzückt der Cherub vor ihm spricht.

Wie

Wie seelig, (rufst du), sind der Engel Schaa-
ren.
Sie sehn GOtt, wie er ist. Wir Menschen waren
Zu arm, zu klein, für den, der ewig ist,
Der uns geschaffen hat, und uns vergißt.
Nein, Mensch, auch du bist nicht von GOtt ver-
lassen!
Kein Cherub kann den Unerschaffnen fassen,
Erzengel sehn ihn zwar in hellerm Glanz,
Allein nur GOTT, nur GOTT selbst, sieht sich
ganz.
Und könntst du näher seinen Blick ertragen?
Der Erdkreis bebt, und seine Starken zagen,
Wann er im Donner spricht, auf Stürmen geht,
Und aus der Nacht des Blitzes Flamme weht.
Und klagest du, er sey zu weit entfernet?
O klage, daß der Mensch nicht sehen lernet!
Ist er nicht jedem Theil der Schöpfung nah,
Ist er nicht hier, ist er nicht dort, und da?
Sehn wir ihn nicht, wann Berge vor ihm schmelzen;
Wann Meere sich hoch über Länder wälzen?
Sehn wir ihn nicht, wann nach der trüben Nacht,
Das Morgenroth am heitern Himmel lacht?
Ihm ist nichts klein, noch groß. Mit gleichen
Gnaden
Sieht er auf uns und auf die Myriaden

An

Um seinen Thron; er fordert, ohne Zwang,
Von allen Geistern gleichen Lobgesang.
Durch Demuth steigt der Mensch, der Cherub sinket.
Dem Satan gleich, wenn er ein GOtt sich dünket.

Mit welcher Würdigkeit und Majestät
Hat, Seele, dich dein GOtt zum Seyn erhöht!
Indem vor ihm des Himmels Chöre singen,
In hoher Harmonie die Sphären klingen,
Da ihn der niedrigste, der höchste Geist
Von allen Erden, allen Sonnen preißt;
Da ists auch dir erlaubt, fromm zu entbrennen,
Nach ihm zu schaun, und Vater ihn zu nennen.

Und, Seele, sprich, ist denn ein größres Glück?
Als, frey von Schuld, mit aufgeklärtem Blick,
Von dieser Unterwelt Wuth und Getümmel,
Hinauf zu schaun, zu einem gnädgen Himmel?
Liegt stärkrer Trost den Menschen noch bereit,
Als im Gebeth, in stiller Einsamkeit,
Wenn er die Hand nach seinem Schöpfer strecket,
Und dem, der helfen kann, sein Herz entdecket?

So sollst du dich zu deinem Dienste weihn,
Sein Lob ist deine Pflicht, doch nicht allein —

GOtt

GOtt ſetzte dich auch in die Welt zu lernen,
Um einſt geſchickt zu ſeyn für höhre Sternen.
Für die warſt du beſtimmt. Die kurze Zeit
Iſt nur der Eingang zu der Ewigkeit.
Gebeth und Andacht muß die Seel entflammen,
Doch nichts, als Bethen, würde ſie verdammen.
Und glaubeſt du, daß um der Allmacht Thron
Mit immergleichem Hallelujahton
Der hohe Seraph ſeine Pflicht vollbringet,
Bleibt, wie er iſt, die Ewigkeit verſinget;
Unthätig ruht in einer Seeligkeit,
Und nicht, vom Trieb nach der Vollkommenheit
Bewegt, beſeelt, getrieben, hingeriſſen,
Mit jedem Augenblick ſtrebt, mehr zu wiſſen?
Nein, jeder Geiſt, vom Cherub bis zu dir,
Verfolgt die Weisheit, und lernt dort, wie hier.
So laß dich doch die wahre Weisheit leiten,
Und wähle, wenn du wählſt, für Ewigkeiten!
Doch ſey voll Demuth; vieler Nächte Fleiß
Lehrt erſt den Weiſen, daß er wenig weiß;
Laß keinen Stolz auf Klugheit dich verwirren,
Vom wahren Pfad zum Himmel abzuirren.

O Menſch, du Widerſpruch, der Thorheit
                        Raub,
Jetzt Geiſt, und groß, und jetzt ein Wurm im
                        Staub,

                                        Wie

Wie lange wird dein Stand der Blindheit währen,
Und welche Weisheit kann dich uns erklären?
Du zögerst noch, bey seiner Gnade Ruf,
Dem GOtt zu huldigen, der dich erschuf?
Du bist zu stolz, den Ewgen zu erkennen,
Den Einzigen, ders werth ist, Herr zu nennen?
Da du indes dich vor Tyrannen buckst,
Des mächtgen Lieblings Bild mit Kränzen schmückst;
Im Staube kriechst, die Ehre zu erlangen,
Als Sklav am Thron des Königes zu prangen,
Der, so wie du, um Ruhm und Beyfall wirbt,
Der Mensch ist, so wie du, und morgen stirbt.
Du Niedrer! steig empor! Den Durst nach Ruhme
Still' im ätherschen Quell. Zum Eigenthume
Gieb dich dem Herrn der Welt! Wer Sklav will
                              seyn,
Sey es vom Erbsesten; die Ehr ist dein
Wenn du voll Stolz dich, groß zu seyn, erkühnest,
Und wenn du dienst, nur dem Allmächtgen dienest.

Du herrliches Geschöpf, miskenne nicht
Den himmlischen Beruf, des Geistes Pflicht!
Frey, ohne Zwang der Tugend nachzuwandeln
Wie anders, als Unsterbliche, zu handeln,

In allem zu des Schöpfers Lob' bereit,
Macht Engel groß, und heisset Seeligkeit.
Die laß dir nichts, o meine Seele, rauben!
Dein größter Schmuck sey dein Gebeth, dein Glau-
      ben.
Wenn aus dem Meer der güldne Morgen steigt,
Wenn sich der Tag im kühlen Westen neigt,
Bey heilger Nacht, sey stolz vor GOtt zu treten,
Dem Seraph gleich zu seyn, und anzubethen.

Oden

Oden
und
Lieder.

Erstes Buch.

An

den Freyherrn

Eberhard von Gemmingen.

Seiner regierenden Herzoglichen Durchlaucht
von Würtemberg ꝛc.

Geheimenrath ꝛc.

Freund, — ich nenne Dich so auch vor den
          Augen der Welt,
    Als Dich mein hingerissenes Herz
Im sympathetischen Zug der ersten Wallungen
          nannte,
    Die meine durchdrungene Seele gefühlt.
Denn sie kannte Dich schon, da ich zuerst Dich
          erblickte,
    Als hätten wir uns seit Aeonen gesehn.
Welch ein seliger Tag war nicht am Leinenstrand
          der,
    Da unsre Herzen zuerst sich vereint!
Als wir in himmlischer Luft, in einem ländlichen
          Garten,
    Die göttliche Freundschaft auf hellem Gewölk
Lächelnd über uns sahn, wie sie mit blumichten
          Banden
    Die sich gefundnen Seelen umzog.
Liebt euch zärtlich und treu! (so sprach harmo-
          nisch ihr Mund,)
    Ihr wart längst für einander bestimmt.
Ich floh vom stralenden Tand, und von dem
          Pöbel in Purpur,
    Der meine holdseligen Freuden nicht schmeckt.
Bey dem mächtigen Thron gieng ich unsichtbar
          vorüber,
    Und schenk euch im Tempel der Musen mein
          Glück.

          U 3   Nicht

Nicht vergebens winkt euch durch jenen heiligen
Hayn
Die hohe Dichtkunst in spätere-Welt.
Sie giebt euch auch nicht umsonst die hohe me-
lodische Leyer,
Für jeden in glücklichem Gleichlaut gestimmt.
Singt die Freundschaft darauf, das gröste Ge-
schenke des Himmels,
Das von dem Menschen zum Engel erhebt.
Wir umarmten uns, Freund, und sahn mit füh-
lendem Blick
Der holden Göttin im Stralenweg nach.
Der Musen und Grazien Chor schlos uns in lä-
chelnde Kraise;
Die Dichtkunst gab uns gefällig die Hand,
Und sie reichte Dir, Freund, die mächtigtönende
Leyer,
Die noch dem Kenner in Nachwelten schallt.
Ich war lauter Gefühl, als deine zaubernde
Hand
Die reinen silbernen Saiten durchflog.
Erstaunend sah ich, wie schnell Du Harmonien
gelernet,
Nur einem Haller und Klopstock bekannt,
Kaum gedachte mein Stolz des Lehrlings Töne zu
hören,
Und ihn bestürzte des Meisters Gesang.
Furchtsam sing ich Dir jetzt. — Denn eines Pul-
tes Virgil,
Und einer eroberten Locke Homer,

Hat

Hat mich vielleicht nur umsonst mit hohen Tönen
entzücket,
Die unnachahmlich dem Deutschen noch sind.
Doch der Beyfall von Dir soll meine Kühnheit
bedecken,
Mit der ich zu schwindelnden Pfaden geklimmt.
Blicke gütig auf mich von jenen umleuchteten
Höhn,
Auf die Dich die günstige Muse geführt.
Dies ist mein größester Ruhm, daß mich ein
Gemmingen liebet
Und meinen gewagten Accorden zuhört.
Meine Leyer soll nie in sanften Tönen erzittern,
Daß sie von unserer Freundschaft nicht singt.

An seinen Schutzgeist.

———

Der du vom stralenden Thron des Unerschaff=
nen dich schwungest,
Um der Beschützer zu seyn von meiner unsterbli=
chen Seele!
Himmlischer! sing in mein Lied mit Tönen der
göttlichen Harfe
Vom Halleluja der Himmel beseelt.

Lächle gefällig herab auf eine sterbliche Leyer,
Welche für dich nur ertönt in mitternächtlichen
Stunden.
Sage, wie dank ich dir doch die Sorgen, äthe=
rischer Jüngling,
Die mich schon in der Kindheit beschützt;

Aber die jetzo noch mehr in einem reifenden
Alter
Wider den mächtigen Reiz der lockenden Wollust
mich wafnen?

Tief

Tief in der Seele hör ich die Stimme von mei=
nem Geliebten,
Die mir erhabne Gedanken zuruft.

O! warum kannst du mir nicht, o mein
Beschirmer, erscheinen,
Wenn mein erzitterndes Herz des Ewigen Thro=
ne sich nahet;
Und hingeneigt in den Staub, in Thränen der
Reu' ihm zuweinend,
Sich seiner Erbarmung unwerth erkennt.

Oder erschienest du doch in meiner erkenntli=
chen Seele,
Wenn sie die Sorgfalt erwägt, mit der ihr En=
gel sie schützet;
Wenn sie in einsamer Nacht, in einem heiligen
Tiefsinn,
Zum stralenden Kreise der Seligen kömmt.

O! mein unsterblicher Freund, beschütze noch
ferner die Seele,
Die dir der Schöpfer vertraut; daß ich einst froh
dich umarme,
Wenn du mit mächtiger Hand mich über die Fel=
der des Todes
Zu jenem Triumphe der Ewigkeit bringst.

Wann

Wann du nun da stehst vor mir in feyerli-
            chem Gewande,
Und voll Vertraulichkeit mich und ewiger Freund-
            schaft umlächelst;
Göttlicher, werd' ich alsdann nicht deiner Umar-
            mung zuströmen,
Schnell als ein Stral aus dem Meere des Lichts?

Lehre die Seel' alsdann, mit deinem Feuer
            zu denken;
Lehre mich, göttlicher Freund, die Lieder der
            heiligen Sphären,
Bis die Seele mit dir am Throne meines Erretters
Sich in unendliche Jubel verliert.

Die Begräbnisse.

Steige hinab, o eremitische Seele,
Unter den Staub des dich erwartenden Grabes.
Scheue du nicht den schwarzen entsetzlichen Anblick
Im dunklen Schattenreich.

Seyd mir gegrüßt, ihr Monumente des
Schreckens!
Vor euch erbebt nur die unmännliche Seele,
Welche, noch nie dem Gegenwärtgen entrissen,
Stets an dem Staube klebt.

Schauernd steh ich. — Tief in die trauernde
Stille
Stürb sie verhüllt, des Todes öde Gefilde!
Auf das Gebein, vor seiner Zerstörung gefürchtet,
Tritt des Geringern Fuß.

Siehe! wie prahlt in der betrügrischen Inn-
schrift
Vornehmer Grab. Im stillen Schatten des Ahorns
Ruht, ungerühmt vom panegyrischen Marmor,
Des Weisen Aschenkrug.

                                        Mich

Mich auch empfängt einst eine der schauern-
den Hölen,
Wenn sich mein Haupt, gleich einer sterbenden
Rose,
Welcher der Nordwind Unschuld und Purpur ge-
raubet,
In dunkle Schatten neigt.

Hier oder da wird mein Gebeine dann schla-
fen.
Glücklich, wenn noch in Thränen die zärtliche
Freundschaft
Um mich sich härmt, und meine verlaßne Geliebte
Um mich gekläget hat.

Ruhet dann sanft, o ihr, entschlafnen Ge-
beine!
Moder und Staub wird euch nur herrlicher ma-
chen.
Herrlicher noch sollt ihr die zärtlichen Freunde
Und die Geliebte sehn!

Der

Der ReligionsEifer.

An Herrn G : : :.

—————

Mein G : : :. ist nicht ein frommer Eifer
Der mit dem Schwerdt und mit der Flamme
                    predigt,
Mehr hassenswerth, als des Erobrers Blut=
                    durst,
          Der Länder würgt?

    Die Muth erwacht, sie wüthet in sich selber;
Und sie vergräbt in rauchende Ruinen
Ihr Vaterland. Der Vater mordet Söhne,
              Und dünkt sich fromm.

    Wenn sie erwacht, wie sie in Frankreich
                flammte,
Und dreysig Jahr Germanien verheerte;
Warum hat sie der kriegerische Priester
              Selbst fromm genannt?

                              Ach,

Die Orgel.

Höre den rauschenden Wind in der stillerwar-
tenden Orgel.
Die er bereitet zum hohen Gesang!
Folge mir, werthester Freund, bis unter die
schauernden Gräber;
Heilige ganz dich der frommen Musik!

Himmel! ihr Jubel hebt an. Die hohen har-
monischen Donner
Brausen zu unserm erstaunenden Ohr.
Kraft von dem Himmel hebt mich! So klangen
die Hallen des Tempels
Von der Trommeten festlichem Schall.

Unter mir tönet der Grund, und einsame Grä-
ber erzittern,
Von dem belebenden Schalle begrüßt.
Also, doch mächtiger noch, wird sie der Engel
begrüßen,
Mit der Posaune des letzten Gerichts.

Wens

Wenn nun der Richter erscheint auf einer ver=
blendenden Wolke,
Und in dem Felde der Todten es rauscht;
Wenn das belebte Gebein nun, seinem Erwecker
gehorchend,
Stimmen der starken Posaune vernimmt.

Und dann der Richter der Welt die Heiligen um
sich versammelt,
Oder Verworfne zum Feuer verstößt;
Und auf ihr Antlitz alsdann die Thronen und
Cherubim fallen,
Vor dem Allmächtgen in Ehrfurcht gebeugt.

Eben so tönet der Schall durch jubilirende Röhren,
Seele, was hebt dich zum Himmel empor?
Bist du nicht durch die Gewalt der hohen harmoni=
nischen Lieder
Unter die Chöre der Engel verzückt?

An

An Selinen.

Zum zweytenmal, o meine theure Seline,
  Reißt dich die schwarze Welle hin?
Zum zweytenmal schwimmst du auf tobendem
      Meere
  Den grimmigsten Gefahren zu?

Mit banger Nacht schwärzt sich der stürmende
      Himmel,
  Der Donner donnert vom Olymp;
Der wilde Blitz erleuchtet schrecklich den Ab-
      grund,
  Der oft dein zagend Schiff verschluckt.

Verfolge nicht ein unglückseliges Mädchen,
  Natur, mit so viel Grausamkeit!
Gebeut doch jetzt dem niederrollenden Donner,
  Gebeut doch jetzt der frechen Fluth.

Du hörst mich nicht? nicht das bewegliche Weinen
   Des ärmsten Kindes, das verzagt?
Aufs neu wälzt sich auf dunkeln wütenden Wellen
   Die blasse Todesangst ins Schiff.

Wohin, wohin reißt dich die brausende Woge,
   Seline, hörst du mich nicht mehr?
Ich ruf am Strand mit aufgehabnen Händen
   Seline, hörst du mich nicht mehr?

Was hoff ich noch am unglücksvollen Gestade —
   Empfange mich, grausames Meer!
Kann ich sie nicht auf diesem Trümmer erretten,
   So sterb ich wenigstens mit ihr!

Der

Der Choral.

Schlummer und schimmernder Reif, und stille
vertrauliche Wolken
Hängen schon über der schlafenden Welt.
Breite dich, einsame Nacht, mit sanfteinwiegen=
den Flügeln
Ueber die ruhige Hälfte der Welt.

Traurig versinkt die Natur in einen heiligen
Schauer,
Wie er in Wäldern der Barden gewohnt;
Oder auch, wie er vor dem auf menschenfeindliche
Grotten
Frommer veralteter Einsiedler fiel.

Singe der Mitternacht jetzt, du Sänger auf sil=
bernen Saiten;
Heilig, der Nacht gleich, sey heilig dein Lied.
Singe den hohen Choral mit Bachs ehrwürdigen
Tönen;
Fülle mit Andacht das zitternde Herz!

Welch

Welch ein erhabner Gesang! Die Seele fühlt ihn;
und schauernd
Schwingt sie sich über die Himmel hinauf.
So, aber rührender noch, ertönten die Chöre des
Himmels,
Märtyrer! als ihr, mit Blute bedeckt,

Eure gefaltete Hand zum Ewigen aufhubt, und
ruhig
Unter den Quaalen den Feinden vergabt;
Als euch der Seraph erschien und triumphirend die
Seele
Ueber des Todesthals Schrecknisse hob.

Die du den Sänger gelehrt, o Tonkunst unter
den Engeln,
Sing ihm, du heilige Sängerin, auch,
Wenn er die Stunde nun sieht, die fürchterlichste
der Stunden,
Welche den Christen oft selber erschreckt.

Leit ihn mit sicherem Schritt dann über die Bäche
des Todes;
Sing ihm den hohen Gesang des Olymps!
Stimmen des heiligen Chors und Stimmen der
göttlichen Harfen
Jauchzen ihm unter Unsterblichen zu!

———————————

Phan»

Phantasie.

D Kehre wieder zurück, schwarzer Gedanke,
  Zum Throne der Melancholen!
In mir erbebend, sah ich, Göttin der Schwermuth!
  Gesandten deines finstern Hofs.

Schon überschatteten mich gräßliche Flügel
  Der schreckensvollen Einbildung.
Es schwärmten um mich herum schwarze Phantomen,
  Die in dem schweren Blut entstehn.

Ich gieng in Gräbern herum unter den Todten,
  Und Geister kamen um mich her,
Seline selbst trat daher himmlisch gestaltet,
  Mit einem Blumenkranz gekränzt.

Sie setzte sich an den Fuß einer Cypresse,
  Die rauschend aus dem Grabe wuchs;

Sie

Sie lachte mich an, doch die Augen erstarben,
In denen ich den Himmel sah;

Und es ward Schrecken und Nacht, da sie er-
blaßte,
Und mein Geschrey durchdrang die Luft —
O kehre wieder zurück, schwarzer Gedanke,
Zum Throne der Melancholey!

An

An Amintas.

Du sahest sie, als in Kleanthens Armen
Dein zärtlich Herz dem Freund entgegen klopfte,
Und deinen Wunsch die Freundschaft ganz erfüllte.
Du sahest Sie — Mein Herz nennt mir sie ewig!

Ihr holder Blick drang unter dunkeln Thränen
Doch sanft hervor, und lächelte voll Unschuld,
Wie an der Brust ein früh unglücklich Mädchen
Dem blanken Stahl des wilden Mörders lächelt.

O! mein Amint, du liebst, und liebest glücklich!
Doch du kennst auch der Liebe bittre Schmerzen.
Beklag ein Herz, der Zärtlichkeit geschaffen,
Doch nur geliebt zum Unglück und Verderben.

Dir will ich oft die schweren Thränen weinen,
Die Freundschaft heischt und reine Liebe fordert.
Doch schon mein Damon ist geliebt und glücklich;
Sollt ich mich nicht in deinem Glücke trösten?

X 4   Die

Die Erscheinungen.

Senkt euch herab, mitternächtliche Schauer,
Von des Olymps dunkeln Wolkengebürgen;
Füllt dies Gemach, von der sterbenden Lampe
Furchtsam erhellt.

Jetzt, da das Herz aller Furchtsamen klopfet,
Und sich mit Angst vor Erscheinungen fürchtet,
Wünsch ich, vertieft in den schrecklichen Stunden,
Geister um mich.

Ach! bist du todt, oder lebst, wie die Todten,
Die mich geliebt, unglückselige Schöne!
O so komm jetzt! Wär es auch nur ein Schatten
Trauriger Furcht.

Wel=

Weinend wollt ich diesem Schatten zueilen,
Säh er dir gleich! Doch dich rettet das Schicksal
Fest an den Fels — Könnten Seelen erscheinen,
Ach du erschienst!

Fliesse dahin, ungesehene Thräne,
Netze dies Blatt mitternächtlicher Klagen!
Dunkel und schwer, wie ein trauriger Nebel,
Steigen sie auf.

Du nur allein, der in heiliges Dunkel
Weise das Buch unsers Schicksals gehüllet,
Höre du sie! Eine billige Wehmuth
Opfert sie dir.

Vesuv.

An den Freyherrn von G***.

———————

Wenn sich die schrecklichste Nacht mit ihren gefürchteten Flügeln
Ueber ein schlafendes Thal am dunklen Vesuve gebreitet;
Schaudert der bangen Natur, und eherne Wolken voll Donner
Hängen herab auf das wartende Thal.

Aber auf einmal ertönt, tief in den Gewölben
des Berges,
Brüllen verschloffener Gluth, und dunkles Gemurmel des Abgrunds.
Plötzlich ergiessen sich Dampf und Gluth und flie-
gende Felsen
Ueber das Thal, das mit Schrecken erwacht.

Weinend ergreift alsdann in voller Verzweif-
lung ein Jüngling
Bey der erkalteten Hand sein halbohnmächtiges
Mädchen;

Filh

Führt sie mit Todesangst fort von wüsten dampfen=
den Feldern,
Welche das schreckliche Feuer verheert.

Um sie fliegt Donner und Dampf und Schwe=
fel und glühender Bimßstein,
Und der erschrockene Fuß fühlt schon den Abgrund
erbeben.
Beyden eröffnen vielleicht die sich entflammenden
Schlünde
Feurige Gräber unter dem Schritt.

Aber durch Feuer und Dampf führt sie ein schü=
tzender Engel,
Ehe der glühende Fluß noch seine zerschmelzende
Wellen
Ueber das rauchende Feld, gleich einem Bache der
Hölle,
Aus den metallischen Schleusen ergießt.

Eine gesicherte Höh, gesichert vor Feuer und
Asche,
Thürmet sich mächtig vor sie; und frische balsami=
sche Myrthen
Nehmen sie freundlich auf in ihre wohlthätige
Schatten,
Welche noch nie die Verwüstung gestört.

Freund,

Freund, wie der wilde Vesuv, wenn er die flam-
                      mende Wolke
Ueber Italien jagt, so donnert jetzt Unglück auf
                      Unglück.
Könntest du doch aus der Noth ein zitterndes Mäd-
                      chen erretten,
Welches das eiserne Schicksal verfolgt.

Aber ihr winket kein Wald mehr hinter verschon-
                      ten Gebirgen,
Grimmiger brüllet um sie das dunkle schwere Ge-
                      witter.
Asche bedecket ihr Haupt, und ihren fliehenden
                      Schritten
Folget die zischende flammende Fluth.

Die Nacht.

Das Ende vieler dunklen Tage,
Die treue Nacht bricht schon herein,
Verhülle dich, mein Geist und klage,
Vielleicht ist diese Stunde dein.

Ein Leiden, das man unterdrücket,
Vermehret den geheimen Schmerz;
Und jede Thräne, die ersticket,
Gräbt blutig sich in unser Herz.

Jetzt, da die Thoren mich verlassen,
Die diesen trüben Tag umschwärmt;
Will ich dem Schmerz mich überlassen,
Der minder wird, wenn er sich härmt.

Der Schlaf wird mich vorüber gehen,
Der oft den Rücken mir gewandt,
Wenn noch von aufgehellten Höhen
Das Morgenroth mich weinend fand.

Ich

Ich fleh ihn an, mir zu erscheinen,
Doch er ist wie ein falscher Freund;
Er kömmt im Glück nur zu den Seinen,
Und flieht ein Auge, welches weint.

Schon siegt der Tag mit hellem Strale,
Wo bist du, holder Gott der Ruh?
Er kömmt, und drückt zum erstenmale
Ein Auge voller Thränen zu.

An Selinen.

Vortrefflichste deines Geschlechts, in deren gött-
       liche Seele
Der Schöpfer alle die Tugend gehaucht,
Durch die oft ein irdischer Geist, zum Thron der
       Gottheit gerissen,
Sich unter heilige Seraphim dräugt.

Die Seraphim lieben ihn schon, und die Unsterb-
       lichen Gottes
Erziehn ihn um sich zur Ewigkeit auf;
Und lehren auf Erden ihn schon ein Lied zum Lobe
       der Allmacht,
Und in die güldenen Harfen ein Lied;

Ach daß noch, Seline, mich nicht die hohe Sän-
       gerin lehret,
Die G = = C = = und K = = gelehrt!

Sie

Sie, welche hoch über mir stehn, sie würden dich
edler besingen,
Und deine würdigern Herolde seyn.

Doch wie? Soll noch länger mein Herz die stil-
len Lieder ersticken,
Die deine Tugenden in ihm erzeugt?
So schalle mein kühner Gesang, von deinem
Werthe begeistert,
Nicht in die hellere künstige Welt;

So hätte dein Auge noch nicht, wenn es erhei-
ternder lächelt.
Als von dem Himmel ein lichtes Gewölk,
In mein gleichgültiges Herz die heilige Flamme
gegossen,
Die zu unsterblichen Liedern mich zwingt;

So hätte mir deine Hand nie den Gram vom Auge getrocknet,
Der über die traurige Wange gethaut;
Der Stirne die Jugend entzog, und den gewal-
tigsten Schmerzen
Und dunkler Verzweiflung zum Opfer mich
gab;

So

So hätt' ich nicht Thränen gesehn, durch die die
mächtige Liebe
Dein blaues siegendes Auge getrübt;
So hätt' ich nicht Seufzer gehört, und unaus=
sprechliche Worte,
Die eine Seele der andern nur sagt.

Du Tag, da ihr sanftes Gesicht, wie die Früh=
lingssonne, mir aufgieng,
Sey du mir ewig ein festlicher Tag!
Da sagte mein klopfendes Herz, und sagt' es
voller Bewegung:
Das ist Sie! Und ich empfand es, Sie
wars.

So lächelt an Even vordem ein heitres Auge voll
Unschuld,
Und fröhlich hüpfte die junge Natur:
Wie ihr triumphirender Blick, der aus unschuldi=
gen Augen
Tief in die weichere Seele mir drang.

Die Seele verlohr sich in sie, und ward erhab=
ner gebildet,
Und schloß sich süßen Entzückungen auf;
So wie dem mächtigen Stral die junge Rose
sich öffnet,
Und froh des Morgenthaus Seegen empfängt.

Zachariä poet. Schr. II. Th.   Y   Mein

Mein weichergebildetes Herz empfand nun höhere
             Freuden,
    Als die, so flatternd die Jugend durchflog.
Wie paradiesisch ward mir das Thal ehrwürdiger
             Eichen,
    Das dich zu mir, o Seline, geführt!

Da sah ich den Himmel zuerst von Lenz und Freu-
             de vergüldet;
    Da erst verstand ich der Büsche Geräusch;
Da gieng der holdselige West zuerst gefühlt mir
             vorüber,
    Und fühlend hört' ich der Nachtigall Lied.

Wie hab ich nicht damals entzückt den seelgen
             Himmel gesegnet;
    Der über schimmernden Gegenden hieng,
Und glückliche Thäler umfloß, wo Blumen, die
             du mir pflücktest,
    Der Tugend einsame Thräne benetzt!

O könnt' ich, Seline, dir doch der Stunden
             Eine belohnen,
    Die in schuldlosen Freuden entflohn!
Nur Eine der Zärtlichkeit Macht entfallne reden-
             de Thräne?
    Nur Einen mir unvergeßlichen Blick!

                       Zwar

Zwar danket dir, Vorsicht, mein Herz für die
mir kostbaren Stunden,
Die Lieb' und Freundschaft mit Freude gekränzt,
Ach wenige Stunden sinds nur! Der melancholi-
schen Tage
Und der durchweinten Nächte so viel!

Doch wollt' ich mit ruhigem Blick den halbver-
blüheten Frühling
Gleich schwarzen Wintern dahinstürmen sehn;
Wenn nicht in dem mächtigsten Leid der letzte Trost
der Verlaßnen,
Die Hoffnung selber mir Armen entflöh'.

Müßt du auch, o Hoffnung, mich fliehn? Soll
ich noch trostloser weinen,
Als G = = Sch = = und G = = geweint,
Die ihr unerbittliches Loos, den besten Freun-
den entrissen,
In ferne leere Gegenden stieß?

Ich weine der Hoffnung beraubt, gleich einem un-
glücklichen Jüngling,
Der sich, zum Treffen und Tode bereit,
Noch einmal mit sehnlichem Blick der Himmelsge-
gend zuwendet,
In welcher seine Geliebte verzagt.

O

O kehre doch wieder zurück in die verödete Seele,
   Die deine schmeichelnde Macht nur erhält!
Entdecke mir, Hoffnung, den Trost, auch in der
             fernesten Aussicht,
  Selinen einmal nur wieder zu sehn.

———————

Oden

Oden
und
Lieder.

Zweytes Buch.

Y 3

Die Bombe.

Sieh, schrecklich flieht sie dahin die alles zer-
    schmetternde Bombe!
Sie sprüht Verderben und Tod aus ihrem ent-
    zündeten Schlunde;
Aus ihrem Bauche schwingt sich die ungeheure
    Verwüstung;
  Ihr Athem tödtet, wie die Pest.

So stürmt sie grausam und wild in nie eroberte
    Städte;
Den Donner, der Mitternacht gleich, zertrümmert
    sie prangende Thürme,
Streut Flammen über die Stadt; verwüstet hei-
    lige Tempel,
  Und stürzet Schlösser in den Staub.

Entflammend wühlt sie sich jetzt in Vorraths-
    häuser von Pulver
Und Steine, Funken und Rauch, und wilde
    schmetternde Stralen

     Ver-

Verbreiten gleich Blitzen den Tod; und eine Nacht
der Verwüstung
Bedeckt mit Schutt und Graus die Stadt.

So machen Sterbliche sich zu himmelstürmenden
Riesen;
Sie rauben der rächenden Hand des Himmels
die strafenden Donner,
Und wüten wider sich selbst mit Flammen des
schwarzen Cocytus
Und wafnen sich mit Höllenblitz.

An den Freyherrn von G = =.

Klage nicht immer, o Freund, von einem feind-
    lichen Schicksal,
Welches wir feindlicher noch in schwarzen Stun-
    den uns bilden.
Stelle die Welt dir nicht blos von ihrer trauri-
    gen Seite,
Stelle sie dir von der guten auch vor.

  Soll ich den Vorhang einmal, der deine
    Freuden verhüllet,
Aufziehn mit zaubernder Hand, und dir in hei-
    tern Prospekten
Helle Gefilde voll Glück, und lachende Landschaf-
    ten zeigen,
Welche die Melancholie dir verbarg?

  Bist du nicht weise, mein Freund? Gewiß ein
    Geschenke des Himmels
Nicht oft zu Ahnen gelegt, und zu westindischem
    Reichthum!

Y 5

Kann

Kann dir das tobende Meer, kann dir die wütende Flamme
Rauben das, was nur der Seele gehört?

Wäreſt du nun ein Monarch, dem Millio-
nen gehorchten,
Deſſen gefürchteten Ruhm unüberwindliche Flotten
Ueber das zagende Meer kleinmüthigen Inſeln ver-
kündigt,
Würdeſt du etwa glückſeliger ſeyn?

Würdeſt du, einſam und ernſt, mit deiner
erhabenen Seele
Mehr noch bekannt ſeyn, als jetzt? und würden
verſtorbene Weiſen,
Dichter aus Rom und Athen, zum Throne des
Königs ſich wagen,
Welcher nur blutiger Ehre gefolgt?

Oder gedächteſt du dann, wann du beladene
Flotten
Ueber die Meere geſchickt, dich mit dem Golde
zu tröſten?
Oder vermeinteſt du wohl in Cyperns bunten
Gefilden
Glücklicher ohne die Schwermuth zu ſeyn?

G = =, glücklich biſt du, daß deine denkende
Seele

Sich

Sich mit seraphischem Schwung zu höhern Sphären erhebet.
Fließt auch dein Leben dahin, gleich Bächen in
traurigen Thälern;
Ist denn dies Leben der Klage wohl werth?

Aber der Himmel hat ja dein philosophisches
Leben
Auch mit dem Glücke durchwebt, und mit der
Freude gefärbet.
Sage, für was für ein Glück willst du die Stun-
den vertauschen,
Die du in einsamen Nächten durchdenkst?

Hörest du nicht auch entzückt der holden Pir-
kerin Stimme?
Rührt dich nicht im Concert die Biankinische Geige?
Schäumet Champagner Wein nicht in deinen um-
kränzeten Becher;
Singet die Hubersche Leyer nicht dir?

Heitre die Stirne dann auf, die eremitische
Runzeln
Lange mit Tiefsinn und Ernst und Unzufriedenheit
furchen.
Wende den Blick zum Olymp, und deine mächti-
ge Leyer
Singe dir fröhliche Stunden herab!

Das

Das Mitleid.

Wer hat ein reizender Gesicht,
Als Jungfer Marjonette?
Allein wer hört wohl, daß sie spricht,
Wie man vermuthet hätte?
Sie neigt sich artig, und steht da,
Und sagt aufs höchste: Was? und Ja.
Ach! sie ist noch Monade!
Wahrhaftig, das ist Schade!

Finettens Puppenangesicht
Kann noch von fern entzücken.
Sie hat viel Narren, wie sie spricht,
In ihren Liebesstricken.
Der Kluge geht vorbey, und lacht.
Sie macht, mit ihrer Flitterpracht,
Der Gasse nur Parade.
Wahrhaftig, das ist Schade!

Mein Fräulein Hey ist frey im Scherz,
Und sanft in ihrer Gnade.
Sie liebt mein bürgerliches Herz
In ziemlich hohem Grade.
Allein ich weiß nicht, wie das ist,
Daß sie den Adelstand vergißt —
Die Lieb' ist wohl nur Gnade.
Wahrhaftig, das ist Schade.

An

An die Sonne.

Die du in dunklen Wolken
Dein stralend Haupt versteckest!
O liebe liebe Sonne,
Willst du mir jetzt nicht scheinen?
Du scheinst dem leeren Thoren,
Wenn sein gestickter Aufschlag
In deinen Stralen funkelt.
Du scheinst der eitlen Dame,
Wenn ihre Zitternadel
Des Bürgers Auge blendet.
Du wirst ja mir auch scheinen,
Damit mein weisses Mädchen
Mich nicht umsonst erwartet.

An das Clavier.

Du Zeitvertreib so mancher jungen Schöne,
Und manches jungen Herrn, der dir sein Opfer
bringt,
Wenn er, entzückt in ungefühlte Töne,
Ein welsches Ach in zwanzig Tacten singt.

Auf dir war nie ein welsches Lied erklungen,
Du warst noch von dem Tand der ewgen Triller
frey.
Das, was ich sang, ward immer teutsch gesungen;
Doch mein Geschmack bleibt dir nicht mehr so
treu.

Dir hat der Schwung der Oper schon ge-
fallen,
Es fesselt dich nicht mehr der Teutschen Tonkunst
Zwang.
Du fängst schon an, die Triller nachzulallen,
Die bis ins Herz die Pompeati sang.

Wie

Wie voll bist du von neuen Zärtlichkeiten,
O siegendes Clavier, da dich die Oper hebt.
Die Symphonie rauscht schon durch deine Saiten;
Der Unmuth flieht, und alles ist belebt.

An

An den Freyherrn von G = =

***

Der du in Akten versenkt, verwirrte Processe
durchwühlest,
Und deine Leyer vergessen hast;
G —, opfre nicht stets auf dem Altare der
Themis;
Und flieh die staubichte Canzeley.

Die Musen vertragen sich nicht mit Advoka-
ten und Schreibern,
Sie fliehn Archive voll Aktenstaub.
Nicht oft dringt sich der Geschmack bis zu dem
rechtenden Volke,
Das von der Zanksucht der Menschen lebt.

Und du, du suchtest vielleicht den hohen
Trieb zu ersticken,
Der dich zum Tempel der Zukunft führt?
Nein, dazu bist du zu groß! Auf! stimme von
neuem die Leyer,
Der oft der Leinenstrand zugehört.

Zachariä poet. Schr. II. Th.   Z   Schnell

Schnell geht dies Leben dahin, und man vergißt
nach dem Tode
Selbst Helden ohne des Dichters Kunst.
Viel Millionen sind Staub; längst sind die Na-
men vergessen;
Doch lebt Homerus und Flaccus noch.

———————

Einladung an H. E = =

Sieh, Damon, wie von finstern Bergen
Der Regen und der Unmuth braust,
Und wie ein wolkengleicher Nebel
Den ausgestorbnen Wald umhüllt.

In ungehemmten dicken Güssen
Verfließt der melancholsche Tag.
Die Sonne steckt in schwarzen Wolken;
Wer weiß, ob wir sie wieder sehn.

Doch, Damon, überlaß dem Schicksal,
Wie es die liebe Sonne führt;
Und komm, und höre, wie im Ofen
Der Stamm der festen Eiche kracht.

Wir wollen vor die trüben Fenster
Die sichernde Gardine ziehn;
So sehn wir nicht den wilden Regen,
Der über hohe Dächer schäumt.

Was

Was fürchten wir des Nordwinds Wüten
An einem bunten Caffeetisch!
Wir können Frühlingswetter schaffen:
Durch Freundschaft, durch Gespräch und Wein.

Komm, Damon komm, du sollst es sehen,
Wie Lust und Freude bey uns herrscht;
Und wie die schimmernde Bouteille
Das traurige Gemüth erhellt.

Jetzt, da uns noch kein krümmend Alter
Die eingeschrumpfte Stirne furcht;
Jetzt, Damon, laß uns uns genießen,
Daß ungesorgt die Tage fliehn.

Die

Die Entschlüsse.

Alzindor bittet mich zum Weine,
Sein Wein ist gut. Ob ich erscheine?
Das kann wohl geschehn!
Doch denket er mich zu bestechen,
Von seiner Narrheit nicht zu sprechen?
Das will ich doch sehn!

Die Vettern sagen: Bleib zu Hause,
Und lauffe nicht zu jedem Schmause!
Das kann wohl geschehn!
Doch denken mich die klugen Herren
Wie einen Hänfling einzusperren?
Das will ich doch sehn!

Man soll nicht in Pasquillen singen,
Und Den und Die in Verse bringen.
Das kann wohl geschehn!
Allein denkt man mich scheu zu machen,
Die Narren gar nicht auszulachen?
Das will ich doch sehn!

Z 3   Mein

Mein Vormund spricht: Er will schon lieben?
Das könnt' er immer noch verschieben!
Das kann wohl geschehn!
Ja, ja; noch weicht dem Wein die Liebe;
Doch stets verschmäht' ich ihre Triebe!
Das will ich doch sehn!

Daß ich nach meines Doktors Lehre
Im Fieber allen Wein verschwöre;
Das kann wohl geschehn!
Doch wenn das Fieber mich verlassen,
Sollt' ich den Wein noch immer hassen?
Das will ich doch sehn!

Die

Die Seuche.

—

Eine gefürchtete Zeit! Mit peſtilenziſchem Fittig
　　Wallet auf Nebeln die Seuche daher.
Furchtbar verjaget ihr Arm den harten männli-
　　　　chen Winter
　　Ueber Gefilde voll Regen und Sumpf.

Hat ſie nicht die Monathe ſchon des Nordpols
　　　　Pforte geſchloſſen,
　　Und die Paläſte der Kälte geſperrt?
Noch hat erfriſchender Schnee nicht über Berge
　　　　geſtöbert;
　　Oder der Bach ſich mit Eiſe bedeckt.

Aber auf ſüdlichem Sturm braust die verderben-
　　　　de Göttin
　　Ueber die faulenden Waſſer daher.
Gegenden trinken das Gift aus manchem unzei-
　　　　tigen Regen,
　　Lau, wie der Regen im fruchtbaren Lenz.

Ueber die zitternde Stadt schaut sie verwüstend
herunter,
Mit der Medusa verderbendem Blick;
Streuet mit rächender Hand vergiftende Masern
und Friesel,
Fieber und tödtende Pocken umher.

Jünglinge fallen dahin von ihrer mähenden Sichel,
So wie die Rosen vom Nordwind gebeugt.
Schönen, von himmlischem Reiz, sehn durch ver=
wüstende Blattern
Ihre bezaubernde Schönheit verheert.

Nahe dich, wütendes Weib, nicht auch der
matten Serene,
Welche den Einfluß der Witterung fühlt;
Und melancholischer wird, wenn immer weinende
Wolken
Ueber ermattete Gegenden ziehn.

Mache dich auf von dem Pol, du Feind verder=
bender Seuchen,
Stürme, wohlthätiger Winter, herab!
Reinige gütig die Luft, und ström im schimmern=
den Froste
Alle die hitzigen Dünste hinweg.

───────

An

An die Liebe.

Liebe, du Göttin zärtlicher Schmerzen
In unsern jungen fühlenden Herzen,
Laß mir, holde Liebe,
Meine Traurigkeit!
Wenn ich mich betrübe,
Ehret dich mein Leid.

Einsame Thränen liebender Jugend
Sind oft die Zeichen höherer Tugend,
Als des Weisen Lehren,
Der in Wüsten flieht;
Und das Schwerdt vor Heeren,
Das zum Siege zieht.

Liebe, du bildest Herzen von neuen,
Zärtliche Töne will ich dir weihen.
Daß mein Herz empfunden,
Das verdank ich dir.
Und auch trübe Stunden,
Liebe, sende mir!

B 5

An

An drey Orangenbäumchen.

Euch, die aus einer Orange
Seline dankbar gesät;
Euch, von holdseligen Händen
Der Liebe säuselnd erzogen;
Euch, Bäumchen, sing ich dieses Lied.

Den sanften Grazien ähnlich,
Wachst ihr freundschaftlich empor,
Und den geselligen Schatten,
Und eure spielenden Blätter,
Umtanzt der Weste leichtes Volk.

Das Reich der farbigten Blumen,
Wenn es der Frühling beherrscht;
Selbst die monarchische Staude,
Die nach Jahrhunderten blühet,
Die Aloe, reizt mich nicht so.

Der Reif der schimmernden Nächte
Geh sanfter über euch weg!
Die bunte Göttin der Blumen,
Ja selbst die mächtige Liebe
Beschütz' euch vor der Räuber Hand!

An

An das Clavier.

Du triumphirende Macht über den traurigen
Gram,
Du Meisterstück der hohen Harmonie,
Du, mein getreues Clavier, o! singe die Tage
hinweg,
Die, Nächten gleich, mit schwarzen Flü-
geln fliehn.

Sonst rauscht' ein fröhlicher Ton, wie er in
Opern entzückt,
Die Saiten durch, und jauchzte Symphonien:
Auch klang ein gaukelnder Tanz, von pantomi-
mischem Fuß
Dem schwarzen Gott der Hölle vorgetanzt.

Sonst sang ein lachendes Lied siegender Augen
Triumph,
Die himmelblau, als wie im Lenz die Luft,
In mein empfindendes Herz die sanfte Liebe geflößt,
Für die allein mein Herz geschaffen war.

Doch

Doch jetzt, verlaßnes Clavier, schweiget das
schmeichelnde Lied,
Das Hagedorn der Freud und Jugend spielt.
In Diſſonanzen gehüllt, ſchaff ich mir einſam den
Ton,
Der meinen Schmerz in finſtern Noten ſagt.

Wann der erheiternde Stral beſſerer Hoffnung mir
lacht,
Und nicht mein Flehn der leichte Wind ver-
weht;
Dann ſoll ein ſcherzendes Lied, dir, o Seline,
geweiht,
Durch deine Macht den Liebesgott erhöhn.

An

An die Nachtigall.

Du Sängerin der Nächte,
Du liebe Philomele,
Du singest ja so kläglich.
Was ist dir wiederfahren?
Ich glaube, daß du liebest.

Ach! lieber kleiner Vogel,
Ich lieb auch, wie du liebest,
Und bin der Stadt entflohen,
Und bin hieher gekommen,
Einmal recht auszuweinen.

Dort in den großen Häusern
Da ist man immer lustig;
Da will man immer lachen;
Da sollt' ich auch mit lachen;
Da bin ich weggelaufen.

Komm, ich will mit dir klagen.
Wie zärtlich kannst du klagen!
Mich rühren deine Seufzer;
Du suchst wohl die Geliebte,
Die man von. dir getrennet.

Mich hat von meinem Mädchen.
Das Schicksal auch getrennet.
Doch, Vogel, du bist glücklich!
Sieh nur, du hast ja Flügel,
Du kannst ja zu ihr fliegen.

Ich wollte hier nicht sitzen,
Und um mein armes Mädchen
An diesen Linden weinen.
Hätt' ich nur deine Flügel;
Wie wollt' ich zu ihr fliegen!

————————

Oden

Oden
und
Lieder.

Drittes Buch.

An den Freyherrn von Zedlitz.

Mein Zedlitz, wie glücklich bist du im Umgang
der lehrenden Todten!
Die Noth des Dummkopfs kennest du nicht:
Wenn ihn in seinem Palast die Langeweile verfolget;
Wenn sie zu hirnlosen Schönen ihn scheucht;

Wenn er im wilden Baffet die leeren Nächte durch-
wachet,
Und in dem traurigen Lomberspiel gähnt;
Wenn seinem ekelnden Sinn so wenig sein Pferd,
als der Becher,
Noch Maskerade zum Zeitvertreib wird;

Wenn er das Leere nun fühlt, mit dem das Schick-
sal ihn strafet,
Das ihm zwar Ahnen und Reichthümer gäb;
Doch welches dagegen ihn auch der hohen Gaben
beraubet,
Die man nicht immer von Ahnen ererbt;

Zachariä poet. Schr II. Th.   A a   Dann

Dann, Zedlitz, findet man dich im Krais der
                  bärtigen Weiſen,
  Und bey den Helden des blühenden Roms.
Du wageſt kühn auch alsdann dich zu tiefſinnigen
                  Britten,
  Und zu der galliſchen Dichter Geſang.

Wo bleibt alsdann dir der Tag, wo bleibt der
                  Abend des Winters?
  Rauſcht er mit eilendem Fittig nicht fort?
Und hat der Morgen nicht oft dich bey der vertrau=
                  lichen Lampe
  Auf Miltons Geſänge horchend geſehn?

Welch ein entzückender Troſt iſt die Geſellſchaft der
                  Muſen!
  Sie folgen ſelber im Unglück uns nach.
Sie laſſen uns niemals allein; und ſind ſowohl
                  in der Wüſte,
  Als in bevölkerten Städten bey uns.

———————

An

An den Sylphen Ariel.

Beſchützer meiner Schöne,
Wachſamer Ariel,
Erſchein auf dieſe Töne,
Und nimm von mir Befehl,
Selinden zu bewachen,
Sey künftig dein Beruf!
Nichts muß dich gröſer machen,
Seit Gabalis dich ſchuf.

Dich finde nicht der Morgen
Bey meines Mädchens Putz.
In weit erhabnern Sorgen
Beweiſe ſich dein Schutz.
Belindens braunen Locken
Gab Pope dich zur Wacht,
Jetzt nimm ſo unerſchrocken
Selindens Herz in Acht.

Wenn, überdeckt mit Treſſen,
Der Stutzer nm ſie ſchwebt,

Und

Und seinen Blick vermessen
Der Narr nach ihr erhebt;
So scheuche dein Gefieder
Den leeren Stutzer fort,
Und donnre Narren nieder
Durch ein gescheutes Wort.

Erhalt in ihrem Herzen
Den Spott, der siegreich ist,
Wenn in gezwungnen Scherzen
Der Landwitz sich ergießt.
Ein niederschlagend Lachen
Bewafn' ihr Angesicht,
Den Junker klein zu machen,
Der aus Banisen spricht.

Bedeckt nun die Gefilde
Von Abend Thau und Ruh;
So setze meinem Bilde
Der Liebe Reizung zu.
Gieb, daß ich so sie rühre,
So wie sie mich gerührt,
Als sie an dem Claviere
Mein zärtlich Herz entführt.

Ein

Einladung.

An H. P. G***.

***

Freund, unser Leben ist kurz, der Thoren aber
sind viel,
Die uns die theuren Stunden entziehn.
Sey geizig, Freund, auf die Zeit, die uns die
Freundschaft noch gönnt,
Es sey uns jede Stunde, wie Gold.

Schon lange grünt uns nicht mehr der abgestorbene
Wald,
Der in den süssen Schatten uns rief;
Schon lange singt uns nicht mehr der Vogel Zärt=
lichkeit vor,
Und wüste Stürme brausen daher.

Der Schenktisch lächelt zwar auch in Strephons
prächtigem Saal
Aus heitern Caravinen dir zu;
Doch, Freund, der prächtige Saal herberget lü=
genden Wein,
Und einen Narren, schlimm, wie sein Wein.

Nein,

Nein, G —, eile zu mir! wie froh erwartet dich
           schon
   Das Weinglas, und mein treues Clavier!
Ein ungeschwefelter Wein, und von der Lieb ein
           Gespräch
   Geht allen Festen der Könige vor.

Wer weiß, wie lange das Glück uns hier beysam=
           men noch läßt,
   Da es uns immer grausam getrennt!
Es hat vielleicht uns vereint, um noch grausamer
           zu seyn,
   Wenn es uns wieder schrecklicher trennt.

Freund, wo ist G — hin. Er ward uns wie=
           der geschenkt;
   Nun bringt kein Wunsch ihn wieder zurück.
Es fließt ein trauriger Bach tief in das einsame
           Thal;
   Allein er fließt nicht wieder zurück.

O Freund, komm eilig zu mir, und scherz den
           Unmuth hinweg,
   Der unsre trüben Stirnen umwölkt!
Es fliehe Schwermuth und Gram, wenn das hell=
           tönende Glas
   Auf unsrer Freunde Wohlseyn erklingt!

                     Auf

Auf einen Dompfaffen.

O Vogel, den ein gutes Glück
Zu einem Dichter brachte,
Der dich im ersten Augenblick
Zu seinem Liebling machte;
Mein Papchen, sey nicht so betrübt,
Daß nun ein Käsicht dich umgiebt.

Du kannst zwar nichts, und sitzest stumm,
Doch niemand soll dich höhnen.
Du bist, mein Papchen, schön und dumm;
Sind das doch viele Schönen.
Soll deiner Farben Pracht vergehn,
So macht dich deine Treu doch schön.

Ach lieber Vogel, könntest du
Dich zu Selinden schwingen,
Und vor der süßen Abendruh
Mir Nachricht von ihr bringen!
Ach Papchen, fliege doch zu ihr!
Den besten Zucker geb ich dir.

　　　　An

An Herrn Fleiſcher,

einen Virtuoſen auf dem Clavier.

O Fleiſcher, umſtröme mein Herz mit Meeren
ſeraphiſcher Töne;
Reiß mich zu ſüſſen Entzückungen hin!
Du ſpielſt; wie prächtig ertönt die Stimme der
mächtigen Tonkunſt
Durch Silberſaiten des hohen Claviers!

So wie im Tempel das Chor der unentheiligten
Sänger
Ein Feſt mit Halleluja begrüßt;
Und in dem Dom der Triumph der majeſtätiſchen
Orgel
Von heiligen Tagen die Feyer anhebt:

So rauſcht Accord durch Accord; doch ſchnell gehn
rieſelnde Läufe,
Und zarte Triller die Saiten hinauf.
Wie ängſtlich zittert mein Herz vom Winſeln der
kläglichen Saite,
Die unter dem ſchaffenden Finger erſeufzt!

So

So weint im horchenden Wald die Nachtigall zärt=
liche Lieder;
So sang die Colizzi dem lauschenden Ohr;
Und so weint auch ein Poet in Elegien voll Weh=
muth
Um seiner Schöne frühzeitiges Grab.

Unwillig murret der Baß, daß im Diskante die
Saiten
Die schnelle Rechte heller belebt,
Doch plötzlich brausest du auch mit deiner Linken
hinunter,
Und herrschest zur Oberstimme den Baß.

Nun jauchzt das ganze Clavier, und feyert hohe
Gesänge,
In Phantasien voll Anmuth und Pracht.
O Fleischer, folgen dir nicht die mächtig bezauber=
ten Herzen,
Wie sonst dem Thrazier Wälder gefolgt?

———————————

Der Unwillige.

Man ist geplagt von allen Seiten!
Man mag stets wider Narren streiten,
Sie wachsen doch so schnell wie Gras.
Zuweilen mag man sie noch sehen;
Doch stets die Herren auszustehen,
Das ist kein Spaß!

Kleont lud mich vor wenig Tagen;
Und das kann ich mit Wahrheit sagen,
Daß ich bey ihm recht prächtig aß.
Nicht lange war ich da gewesen,
Da fieng er an sich herzulesen,
Das war kein Spaß!

Seline spricht, daß sie mich schätzet,
Und über alle Menschen setzet;
Allein der Guckguck glaub' ihr das!
Oft sind ich, was ich ihr nicht schenke,
Band, Dosen, Ring, und Ohrgehenke.
Das ist kein Spaß!

Oden und Lieder.

Herr Abgrund zieht mich in die Ecken,
Vom Staat mir etwas zu entdecken,
Und lächelt, und vertraut mir was.
Dafür bin ich gar schön verbunden;
Er raubt mir meine besten Stunden.
Das ist kein Spaß!

An den Harz.

O Gegend, schrecklich und rauh, wo melan=
cholische Berge
Mit starrem Haupt die Gewitter durchschaun;
Wo um den drohenden Fels die werdenden Don=
ner sich sammeln,
Und jede Wolke zum Regenguß wird;

Wo bald im rauschenden Bach die Kutsche des Rei=
senden wallet,
Bald durch die engsten Felsen sich zwingt:
Bald auf der Spitze des Bergs die Wolken um sich
begrüßet,
Und bald in Thälern, gleich Abgründen irrt;

Wo nur der knarrende Karn von flimmernden Erz=
ten erseufzet,
Das Thal vom rasenden Puchwerke schallt;

Und

Und wo im ewigen Rauch, gleich einem dampfenden Aetna,
Manch Hüttenwerk weite Gehölze verschlingt;

Wo nur mit blassem Gesicht bey Hammerwerken
und Gruben
Ein Bergmann etwa die Wege durchkreuzt;
Verschwindet, wenn man ihn sieht, fährt in die
Tiefen der Erde
Und läßt den Wald so öd, als er war.

O Harz, wofern auch in dir der lächelnde Morgen
sich bildet,
Und Abends Purpur die Felsen bekrönt:
So laß auch den heutigen Tag mit aller der An-
muth sich schmücken,
Die einen Harztag zu schmücken vermag!

O Donner, rolle du nicht von ungeselligen
Bergen;
Und du, o Sturmwind, stürme du
nicht.
Der Westwind flattre durch euch, ihr tausendjähri-
gen Eichen;
Die Tanne rausche Vergnügen und Ruh;

Daß

Daß ihr Serenen nicht schreckt, wenn sie mit ängst-
                    lichen Augen
Die unabsehlichen Wälder erblickt.
Der tödtende Hüttenrauch flieh, von sanften We-
                    sten zerstreuet,
Und fröhlich ruf ihr der Bergmann: Glück
                    auf!

Die

Die Aufmunterung.

Es ist sonst nicht meine Sache,
Daß ich Complimente mache;
Doch jetzt fällt mir manchmal bey,
Ob ich nicht zu furchtsam sey.
Meinem Freund darf ichs nicht sagen,
Denn der predigt so genug:
Junger Mensch, werd einmal klug.
Freylich muß man etwas wagen.
Wer wird lange fragen?

Neulich sagt ich, mir ist bange,
Daß ich Doris nie erlange:
Sie ist so voll kleiner List,
Daß es nicht zu sagen ist.
Ey, (sprach er,) wer wird verzagen?
Sagt ihr zärtlich Auge nicht
Alles das, was sie nicht spricht?
Soll sie denn ausdrücklich sagen:
Wer wird lange fragen?

Liebes

Liebes Mädchen, laß dich küssen,
Sagt ich zärtlich zu Clarissen,
Doch das Mädchen that ganz breit;
Ey, wer küßt die ganze Zeit!
Gleich drauf, ohn ein Wort zu sagen,
Macht ich mir von neuem Muth,
Küßte sie; und es war gut.
Und ihr Auge schien zu sagen:
Wer wird lange fragen?

Der

Der Eisbrunn.

———

Der du vom nackenden Fels im Krais der fin
stern Gebüsche
Dich sammelst, und in die Wiese dich schlingst;
O Quell, der Lieder verdient, so wie Blandu-
siens Quellen,
Dich singt mein Lied in die kommende Welt.

Schon sieht mein heiterer Blick von fern den moo-
sichten Eichbaum,
Der über den kahlen Felsen sich neigt:
Und der durch dürres Gestein, mit halbverdorre-
ten Wurzeln,
Zu deinen wohlthätigen Wellen sich bringt.

O du, krystallener Quell, zu dir komm ich mit
Selinen,
Dein angenehmes Gestade zu weihn.
Mit einem lachenden Straus will ich den Son-
nenhuth zieren,
Von dem die schimmernde Schleife sich krümmt.

Und aus der silbernen Fluth will ich die Wan=
gen benetzen,
Die ihr mein Blick oft mit Unschuld gefärbt.
Zu gleichem Scherze bereit, wird sie mich lächelnd
besprengen,
Und dankbar küß ich die rächende Hand.

So zählt der Enkel dich einst zu jenen unsterb=
lichen Quellen,
Weil ich die rauschenden Eichen gerühmt,
In deren Schatten zuerst ich sanfterröthend Se=
linen,
Die schönste Hand, mit Empfindung geküßt.

Der

Der Adel.

An den Freyherrn von G : ; ,.

————

Freund, der Adel, der dich unterscheidet,
Den der Bürger spottend oft beneidet,
Dieser Vorwurf in so viel Satyren
    Wird dich stets zieren.

Wer gewohnt ist, so, wie du, zu denken,
Und zur Weisheit seinen Trieb zu lenken,
Der stolziert nicht auf zerrißne Fahnen
    Ruhmwerther Ahnen.

Er gebraucht nur, leichter sich zu heben,
Was ein Zufall ihm umsonst gegeben;
Da der Ruhm und Glanz von Wappenschilden
    Nicht Helden bilden.

Stand und Adel, von dem Muth gebohren,
Wird zur Thorheit bey den stolzen Thoren.
Und wie öfters bläht die hohe Dame
    Nichts, als ihr Name.

Hat sie etwa angenehmre Wangen?
Lacht ihr Auge zärtlicher Verlangen?
Und zeigt sie uns etwa höhre Sinnen
    Als Bürgerinnen?

Ist der Junker zum Soldaten besser?
Ist sein Fortgang in der Weisheit grösser?
Oder ist er, wenn Partheyen sprechen,
    Nicht zu bestechen?

Freund, du weißt es, einen wahren Weisen
Muß die Nachwelt, ohne Von, auch preisen;
Da der Ritter, der den Fuchs bekrieget,
    Vergessen lieget.

Dich G—, braucht kein Stand zu heben;
Du wirst ewig durch dich selber leben.
Auch als Bürger müßt' es dir gelingen,
    Dich hoch zu schwingen.

Ein.

Einladung

an einen Freund auf dem Harze.

———

Fliehe doch einmal, o Freund, aus zugestöber-
ten Thälern,
Welche so bald noch die Sonne nicht sehn.
Bist du von Stürmen nicht taub, die hohe Tan-
nen durchbrausen?
Wünschest du ewig in Bergen zu seyn?

Komm in die muntere Stadt! In einem flüchti-
gen Schlitten
Fliegest du über den glänzenden Schnee.
Fröhlicher schüttelt dein Roß schon alle die jauch-
zenden Schellen;
Fröhlicher setzt es den Reigerbusch auf.

Eine bezauberte Welt wird deinen Augen sich
öffnen,
Wenn sich die prächtige Scene dir zeigt;

Wenn

Wenn du den Helden im Glanz, und seine sin=
genbe Schöne
Unter den Wundern der Oper erblickst.

Wälder, und wallendes Meer, und Götter, Hel=
ben und Drachen,
Schlachten zu Land und zu Wasser siehst du.
Zeiget dir dieses der Harz? Singt dort der hei=
sere Cantor,
Wie der verschnittne Verliebte hier singt?

Aber wofern dich zu uns auch nicht die Herrlich=
keit locket,
Welche das bunte Theater verspricht;
Siehst du doch Carlen am Hof, und an dem
Himmel die Sonne.
Siehst du die oftmals des Winters im Harz?

An den Verfaſſer

der Oden, Lieder, und Erzäh=
lungen. *)

Der du mit kühnem Schwung, gleich einem
        thraziſchen Adler,
Fern von gemeinen Höhn der ſklaviſchen Sänger
        dich hebeſt,
O Freund, verachte den Schwarm, der niedere
        Ketten noch liebet,
Womit das Vorurtheil ihn angeſchmiedet hat.

    Umſonſt beneidet er des Sängers muthige
        Freyheit,
Der nie das Laſter ſchont, wenn es auch Pur=
        pur bekleidet.
Poetenpöbel wird nie zu dieſer Freyheit ſich ſchwin=
        gen;
Ihn blendet noch zu ſehr der Titel, und die
        Macht.

        Bb 4   Doch

*) Stuttgart 1751.

Doch Huber, wenn du dich mit deinen frey=
müthigen Liedern
Vom unterthänigen Schwarm der kriechenden
Reimer entfernest:
O so vergiß nicht, o Freund, daß du in Deutsch=
land noch singest,
Das nicht die Freyheit kennt, die einen Britten
hebt.

Nicht hohen Stand zu scheun, und keinen
Reichthum zu fürchten;
Vom Laster nicht verfolgt, vom Laster sicher zu
schreiben;
Die Freyheit herrschet allein auf jener glücklichen
Insel,
Wo man Unsterblichkeit auch mit Guineen lohnt.

Oden

Oden
und
Lieder.

Viertes Buch.

Der Abend.

———

Der Abendstern winkt unsrer Erde
Die Ruh am Horizont herauf;
Des Tages Arbeit und Beschwerde
Hört auf dem stillen Erdkreis auf.

Der Landmann, dessen stille Hütte
Der Gott des Schlafes gern bewohnt,
Tritt vor die Thür mit schwerem Schritte,
Und sieht mit Gähnen in den Mond.

Doch in der Stadt im weiten Zimmer
Spült man die großen Gläser aus,
Und bey des Wachslichts stolzem Schimmer
Erhebet sich der Abendschmaus.

Da schimmern Westen bey den Hauben,
Da herrscht und jauchzt der freye Spas;
Und treuer Saft aus rheinschen Trauben
Stürzt unaufhörlich in das Glas.

Doch

Doch, Freund, was machst du mit dem
                Weine
Der schlechtgenützt sein Lager drückt?
Und warum hat ihn, von dem Rheine
Der milde Weingott dir geschickt?

Ich seh schon, wie auf deinem Saale
Die Trunkenheit, nicht Bacchus, rauscht;
Freund, man entheiligt die Pokäle,
Wenn man sich so, wie ihr, berauscht.

O! daß in ungewürzten Zügen
Der edle Saft verschwendet wird;
Und daß der Mensch auch im Vergnügen
Zu seiner Schande strafbar irrt!

Nur Freunde, die sich glücklich dünken,
Wenn sie dem Becher Lieder weihn;
Wir, Freund, wir müßten mit dir trinken,
So würde dir dein Wein, erst Wein.

An Selinen.

Was ist der Muse Pflicht an diesem festlichen
Tage,
Der deinen holden Namen führt,
Als daß sie ihn für sich in stiller Einsamkeit feyret,
Und ihm die Winterblumen weiht?

Du, Knabe, nimm zur Hand die lockenschaffen=
den Eisen,
Und kräusle mir mein braunes Haar!
Verschwende deine Kunst in sanfterduftenden Locken
Von Puder und von Rosenöl!

Ich will geputzter seyn, als ein besiegender Jüng=
ling,
Auf den sein weisses Mädchen hofft;
Den Pracht und Jugend schmückt, und dem Ver=
langen und Liebe
Die aufgeblühten Wangen färbt.

Der

Der schönste Weihrauch soll mein heitres Zimmer
        durchdampfen,
  Daß Gram und schwere Dünste fliehn,
Und der geschmückte Tisch, mit indischem Thone
        bedecket,
  Soll unter meinem Spiegel stehn.

Auf dem will ich dies Lied zu einem Opfer dir
        bringen,
  Nebst einem bunten Blumenstrauß;
Und für ein besseres Glück schick ich die treusten
        Wünsche
  Zu dem versöhneten Olymp.

Auch soll mein Saitenspiel in seinen sanftesten
        Tönen
  Zum allzuharten Schicksal flehn.
Sang eine Leyer doch ein Mädchen aus dem Ge-
        biete
  Des fabelhaften Höllengotts.

Erhöre meinen Wunsch, o unerbittliches Schick-
        sal,
  Da dieser Wunsch nicht eitel ist!
Laß mich Selinens Haar mit Wintergrüne be-
        kränzen,
  Wann dieser Tag mir wieder lacht.

————

Die

Die Linde.

Du majeſtätſche Linde,
Worunter oft Lucinde
Mit ruhigem Gemüth
Der Nacht entgegen ſieht;
O ſchütte von den Aeſten,
Bewegt von ſanften Weſten,
Der Blüthen ſüſen Duft
In die gekühlte Luft.

Die einſame Lucinde
Genießt dich nur, o Linde,
Und kömmt, als Nachbarin,
In deinen Schatten hin.
Von Blüthen überdecket
Haſt du ihr Herz erwecket;
Wie oft hat deine Pracht
Sie nicht entzückt gemacht!

So bald die erſten Stralen
Die wilden Hügel malen,

Grüßt dich der Vögel Ton,
Und auch Lucinde schon.
Und wenn, mit trägen Rossen,
Der Ackersmann verdrossen
Nach seinen Hütten zieht,
Grüßt dich ihr muntres Lied.

O blühe für Lucinden!
Ihr Herz nur kann empfinden,
Durch wessen starke Macht
Dein Haupt in Wolken lacht.
Mehr kann ein Kleist nicht fühlen,
Wenn er, am Bach im Kühlen,
Auf Thomsons Laute spielt,
Als hier Lucinde fühlt.

Es schleicht mit stillen Schritten
Der Abend um die Hütten,
Der hohe Wald wird grau,
Und Wiesen tränkt der Thau;
O schicke durch die Lüfte
Viel tausend süße Düfte,
Zum Anwunsch sanfter Ruh,
Lucindens Fenster zu!

An

An Herrn E = =.

O E —, hülle dich nicht in Melancholey!
Verlaß die Grotte, die du bewohnst,
Und sitze nicht immer allein beym klagenden Young,
In schwarze Nachtgedanken verwölkt.

Schon ziehn die Stürme daher vom brausen-
den Harz!
Der Blocksberg dampfet schon Wetter herab.
So wie der Preussen Arme vom Berge sich wälzt,
So ziehn die Wolken feindlich vom Harz.

Denk an die dunkele Zeit, in Stollberg ver-
weint,
Da du des Unmuths Vaterland sahst.
Orkane wurden da jung, und reiften mit dir;
Jetzt naht sich diese schreckliche Zeit.

Komm, Freund, und heitre sie auf! Schon
wartet Caffee,
Und ein wohlthätiger Ofen auf dich!

Zachariä poet. Schr. II. Th.   Ee   Dem

Dem Tobacksgotte brennt schon ein flammendes
Licht,
Das rächend schlechte Verse verzehrt.

Nun, E —, ist es ein Jahr, daß wir dich
hier sahn;
Ich weihe diesen Abend mit Wein.
Wie herrlich blinkt er im Glas! Komm, stoß mit
mir an;
Selinde, Cleon, und Doris, und Du!

———————

Das

Das schlafende Mädchen.

———

Die Göttin süſſer Freuden,
Die Nacht, ſtieg aus dem Meer,
Und ſanfter Liebe Leiden
Sang keine Flöte mehr;
Der Mond mit blaſſem Scheine
Verſilberte die ſtillen Hayne.

Da führte mich die Liebe
Zu meinem Mädchen hin.
Ich fand ihr Aug oft trübe
Aus Lieb und Eigenſinn;
Und niemals durft ichs wagen,
Ihr was von Küſſen vorzuſagen.

Nachläßig hingelehnet,
Schlief ſie jetzt am Clavier.
Zur Ehrfurcht ſtets gewöhnet,
Naht ich mich nicht zu ihr;
Doch weckten ihre Wangen
Mein ganzes zärtliches Verlangen.

Wenn

Wenn Weſte ſich liebkoſen!
Lacht ſo nicht ihr Geſicht;
Und ſo ſchön ſchläft auf Roſen
Die Blumengöttin nicht.
In ihren ſanften Mienen
War nie der Himmel mehr erſchienen.

Kannſt du ſie jetzt nicht küſſen,
So küſſeſt du ſie nie!
So wollt ich mich entſchlieſſen —
Ach! da erwachte ſie!
Nichts konnte mehr mich ſtrafen!
Sie wird ſo ſchön nicht wieder ſchlafen!

An den Baron von S==.

Freund, setze dich ruhig zu mir im Schatten
hoher Orangen,
Umwölket vom paradiesischen Duft!
Doch sitzest du lieber vielleicht in jenem heiligen
Dunkel
Des schattenreichen Castanienwalds?

Du wirst mich bald nicht mehr sehn! Viel Mei=
len voll Wälder und Felsen
Sind zwischen uns, eh noch die Thräne ver=
siegt.
Dann wirst du nicht mehr mich sehn; nicht unter
den zackichten Tannen,
Nicht mehr am Springbrunn der grosen Allee.

Wenn ich nun weg bin, o Freund, wenn du die
zärtliche Stimme
Der holden Freundschaft durch mich nicht
mehr hörst;

Wenn meine Pflicht dich nicht mehr zu edlen Thaten ermahnet,
Und zur Umarmung der Musen dich lockt;

Wenn ich nun weg bin, und fern von mir, und
fern von dem Vater,
Den dir der Himmel zur Nachfolge setzt,
Du selbst Gesetze dir giebst; so folge doch immer
dem Glanze,
In dem die himmlische Tugend erscheint!

Sey groß, nicht durch die Geburt, die oft auch
Thoren erhöhet;
Groß durch ein edles gefälliges Herz.
Hör nicht den schmeichelnden Ruf der Wollust,
welche dich hindert,
Zum ewgen Tempel der Ehre zu gehn.

So werd ich mit fröhlichem Blick in aller Entfer-
nung dich segnen,
Wenn du die gegebne Hoffnung erfüllst.
So wird, zufrieden mein Herz, in süssen Freu-
den erzittern,
Wenn du mit reinem Leben mich lohnst.

Der

Der Befriedigte.

Jezt, da die Erde sich verjüngt,
Und jeder Vogel Freude singt;
Jezt sollt ich Brunnenflaschen leeren?
Das plaudert mir kein Doktor ein.
Gebt mir die Flaschen voller Wein!
Das läßt sich hören!

`Was Bav in einem Abend schreibt,
Wenn Pflicht und Amt dazu ihn treibt,
Das lasse, wer da will, sich lehren.
Ich lobe, was, ohn Amt und Pflicht,
Mein Damon beym Burgunder spricht.
Das läßt sich hören!

Eperont reimt, doch er reimt für sich.
Was thut das? Ihr seyd wunderlich;
Das kann ihm ja kein Mensch verwehren.
Daß ihr euch, ihn zu lesen, scheut,
Daß ihr nicht seine Freunde seyd —
Das läßt sich hören!

Man

Man ladet mich in Gärten ein.
Sie werden uns willkommen seyn —
Allein, ich fürchte sie zu stören.
Es ist wohl viel Gesellschaft da? —
Es geht noch.   Daphne — Daphne? Ja!
Das läßt sich hören!

———————

Die

Die Geige.

An den Freyherrn von Zedlitz.

Hier liegt sie wartend und still, die Cremonesische
    Laute,
  Kein Glanz verräth den bezaubernden Ton.
In prachtloser Einfalt hat sie der welsche Künstler
    erschaffen;
  Noch schlafen die Harmonien in ihr.

Wer nimmt den Bogen, o Freund, und folget dem
    mächtigen Benda?
  O! singt uns niemand von Benda ein Lied?
Was hör ich? Täuschet das Ohr der zärtlichen
    Sängerin Stimme,
  Wenn sie verschwindende Triller hinseufzt?

Ist dies ein Künstler allein? Auf einer einzigen
    Geige
  Rauscht er vollstimmig, als wie ein Concert?

      Welch

Welch ein entzückender Ton, der sich, wie Farben
in Farben,
In andern Tönen unmerklich verliert!

Tief unten brauset das G, mit einer donnernden
Stimme,
Furcht und Entsetzen zum staunenden Ohr.
So wie ein wilder Orkan, in Höhlen des Harzes
verschlossen,
Die schallenden Felsen murmelnd durchbrüllt.

Und in der hellesten Höh, der oft der Stümper
entstürzet,
Ertönt reinklingend der silberne Ton.
Die höchste Note klingt stark, wie an dem Thurm
der Pagode
Das kleinste Glöckchen harmonisch erklingt.

Auf Virtuosen sey stolz, Germanien, die du ge=
zeuget;
In Frankreich und Welschland sind Größere nicht.
Klopstocke zählst du nicht viel. Ihn lohnt der nor=
dische Ludwig;
O! hattest du keine Belohnung für ihn?

Die

Die Wolken.

Der bunte Wald verblühte;
Die schwüle Sonne glühte!
Als ich am kühlen Nachmittag
Im Schatten einer Linde lag.

Da sah ich mit Vergnügen
Die leichten Wolken fliegen;
Sie flogen nach der Gegend hin,
In der ich oft im Geiste bin.

Nach welchem Himmelstheile
Fliegt ihr, wie schnelle Pfeile,
Rief ich der einen Wolke nach,
Die aus der dunkeln Tiefe sprach:

Hoch über diese Hügel
Trägt uns des Windes Flügel;
Wir kommen von dem Ocean,
Und lauffen die bestimmte Bahn.

Da

Da sprach ich zu dem Kinde
Des Meeres und der Winde:
Wie glücklich ziehst du an den Ort
Von allen meinen Wünschen fort!

Vielleicht wirst du Selinden
Im heitern Garten finden,
Wie sie, von dickem Laub beschützt,
An hohen Eichen einsam sitzt.

Schwebt dort auch in den Lüften
Ein Herr von schwülen Düften;
So mäßige der Sonne Gluth,
Daß sie in kühlem Schatten ruht.

An Herrn E==.

Freund, Freund! die Jahre fliehn hin, so wie ein
staubender Bach,
Der von dem steilen Felsen fliegt,
Und wie ein fliehender West, wenn er dem blühen-
den Gras
In schneller Flucht die Spitzen beugt.

Meynst du, sie kommen zurück, wenn sie uns ein-
mal entflohn?
Nein, Freund, auf ewig sind sie hin.
Nicht Wünsche halten sie auf, und keine Leyer
singt sie
Aus der Vergessenheit zurück.

Und dennoch liebst du noch nicht? O Freund, be-
schäfftge dein Herz,
Da es noch zart und fühlend ist;
Eh unbarmherzig die Hand des Alters über dich
fährt,
Und Runzeln auf die Stirne krümmt.

Der

Der Himmel schuf nicht umsonst dein leichtempfin=
des Herz;
Es muß doch wo ein Mädchen seyn,
Das auf den Jüngling noch hofft, dem sie die
Seufzer verräth,
Und dem ihr loses Auge lacht.

Sie geht mit irrendem Schritt im öden Garten
herum,
Und windet einen Blumenstrauß,
Und sieht ihn sehnsuchtsvoll an; die Thräne zit=
tert herab,
Daß sie ihn keinem schenken kann.

O C —, suche sie doch, damit das Mädchen
nicht weint,
Daß ihre schönen Tage fliehn!
Du bist ein Mensch, ein Poet. Gedoppelt ist
dein Beruf,
Zu lieben, eh dein Lenz verstreicht.

———————

Das

Das Clavier.

Du Echo meiner Klagen,
Mein treues Saitenspiel,
Nun kömmt nach trüben Tagen
Die Nacht, der Sorgen Ziel.
Gehorcht mir, sanfte Saiten,
Und helft mein Leid bestreiten —
Doch nein. laß mir mein Leid,
Und meine Zärtlichkeit.

Wenn ich untröstbar scheine,
Lieb ich doch meinen Schmerz;
Und wenn ich einsam weine,
Weint doch ein liebend Herz.
Die Zeit nur ist verlohren,
Die ich mit goldnen Thoren,
Bey Spiel und Wein und Pracht,
So fühllos durchgelacht.

Ihr

Ihr holden Saiten, klinget
In sanfter Harmonie!
Flieht, was die Oper singet,
Und folgt der Phantasie.
Seyd sanft, wie meine Liebe,
Besinget ihre Triebe,
Und zeigt durch eure Macht,
Daß sie euch siegend macht.

Die

Die Dose.

Du Hausgeräth bey Thoren und bey Weisen,
Dich, Dose, soll die Leyer dankbar preisen.
Vom Ceremoniel im Lehnstuhl angekettet,
Hast du oft unbemerkt vom Sprechen mich errettet.

Wenn ich gefühlt, wie steif ich da gesessen,
Beym Dummkopf stumm, so nahm ich nur ver-
meffen
Und voller Stolz Rappee; und ohne mein Be-
mühen
Sah ich das finstre Weib, die Langeweile, fliehen.

Es fehlt uns nie an Zuflucht in dem Leben.
Der Fächer ward dem Frauenvolk gegeben;
Geschickt darauf zu sehn, ihn auf und zuzuma-
chen,
Bewahrt die Klügsten oft vor Plaudern und vor
Lachen.

Ein gutes Glück hat uns die Dos' erfunden.
Sie sey mein Trost in langen trofnen Stunden!
O Schickſal! ſoll ich oft mich bey Viſiten quälen,
So laß nur nie Rappee der treuen Doſe fehlen!

Die

Die Landschaft.

Geliebtes Feld, dein aufgeklärter Himmel,
Der sanft und rein um stille Fluren fließt,
Empfange mich vom Lärm und vom Getümmel
Der weiten Stadt, wo Unmuth mich umschließt.

Wie fröhlich steigt aus silberfarbnen Wellen
Das Morgenroth zum feuchten Horizont!
Der graue Wald, den Luft und Tag erhellen,
Zeigt in der Höh die Wipfel schon umsonnt.

Die Lerche fliegt in musikalschen Schaaren
Mit süßer Stimm' auf sichren Hayden fort;
Und fürchtet nicht des falschen Garns Gefahren,
Und fürchtet nicht des Feuerrohrs Mord.

Voll Anmuth lockt das blühende Gestade,
Der Ocker hier, die immer sanfter wird;
Am Ufer tanzt die lachende Najade,
Der Tanz und West ihr fliegend Haar verwirrt.

Der

Der wilde Busch, von Blüthen überschneyet;
Besieht sich stolz in spiegelklarer Fluth;
Sie fließt dahin, von keinem Sturm entweihet
So rein und still, wie Silber in der Gluth.

Es hängt indes an Klippen voller Waide
Der bärtge Bock, der die Gesträuche nagt;
Da unbesorgt der Hirte Lieb und Freude
Auf heiserm Rohr den öden Felsen sagt.

O Einsamkeit, dürft' ich mich dir ergeben!
Hier herrschest du im ungestörten Hayn.
Warum muß ich im Lärm der Städte leben?
Hier könnt' ich froh, wie dieser Hirte, seyn!

Oden

Oden

und

Lieder.

Fünftes Buch.

An das Schiff,

welches Klopstocken nach Dänemark führte.

O! ein günstiger Wind schwelle dein Seegel auf,
Leichtes Fahrzeug, das jetzt über die Wogen hin
Mit dem Dichter und Freund, jeder Bewundrung
       werth,
Zu den dänischen Ufern fliegt.

  Leuchte, silberner Mond, in der gestirnten
       Nacht
Seinem einsamen Pfad, über die stille Fluth!
Und du, schützender Geist, ihm vom Olympus
       geschickt,
Bring ihn sicher ans treue Land!

Mehr als menschlich schlug dem in der gestählten
       Brust
Das gepanzerte Herz, welcher dem leichten Holz
Auf der trotzigen See, unter der Winde Wuth,
Kühn sein Leben zuerst vertraut,

Der

Der den westlichen Sturm, oder den wil-
den Süd,
Und den dunkeln Orkan über sich brausen ließ;
Nicht des Siebengestirns Einfluß gefürchtet hat,
Noch der trüben Hyaden Zorn.

Den im brausenden Meer schwimmender Un-
geheur
Lange Schaaren umringt; dein Leviathan oft
Stürmend nachgefolgt ist, wenn er in wilder Lust
Ströme gegen die Wolken blies.

Hatte zehnfacher Tod furchtbareSchrecken gnug,
Für den Brittischen Mann, welcher die Welt um-
schifft?
Der Horns Vorgebirg sah, ohne verzagt zu seyn,
Und die Felsen um Staatenland?

Nur vergebens dehnt sich zwischen den Indien
Und der ältern Welt, weites Gewässer aus;
Durch den Ocean steurt sicher Columbus fort,
Und grüßt donnernd die neue Welt.

Im entwendeten Blitz schrecklich, den Göt-
tern gleich,
Tritt er siegreich ans Land; westlicher Reich-
thum fließt
In das mächtige Schiff, welches mit Fittigen
Durch das staunende Weltmeer flog.

Doch

Doch es brachte zu uns dieses Verwegnen
Schiff
Mit dem neueren Gold neuere Laster auch.
Durch Gewürze gestärkt, eilte der Seuchen Gift
Schneller unseren Herzen zu.

Jene schwelgende Stadt hob nun ihr stolzes
Haupt,
Stolz durch indisches Gold, gegen die Wolken
auf.
Ihr geschmülktes Gesicht spiegelte hochmuthsvoll
In den Wellen des Tagus sich.

Aber rächend ergriff GOtt den verborgnen
Blitz,
Daß die Vesten der Welt unter ihm bebeten.
Und sein Feuer fuhr aus, fraß die verderbte Stadt
Und die Schlösser der Könige.

———————

An Herrn Professor Gärtner.

Mein Gärtner, sieh, der rauhe Harz
 Glänzt, weiß von hohem Schnee;
Und von bereiften Kiefern hängt
 Kandirtes Eis herab!

Die Ocker rauschet stiller fort,
 Die blaue Well' erstarrt;
Und über kahle Felder fährt
 Der flockenreiche Sturm.

Komm an den freundlichen Camin!
 Mit unsparsamer Hand
Thürm ich den jungen Buchenwald
 Zu hellen Flammen auf.

Die reine Quelle brauset schon
 Im ehernen Gefäß.
Die güldne Frucht Hesperiens
 Saugt hellen Zucker ein.

Und nun dampft aus dem irdnen Meer
　　Der königliche Punsch.
Heil, England, dir! Heil dir! o Mann,
　　Der uns den Punsch erfand!

Jetzt lachen wir des Winters Wuth,
　　Der um die Fenster stürmt;
Und sprechen Weisheit, hochentzückt,
　　Indem die Schale raucht.

Die

Die Pantomime.

An Herrn Sekr. Gl. in H s s.

―――――

Von tausend Seufzern bestürmt, bewegt sich
         prächtig und ernsthaft
   Der majestätische Vorhang vor uns.
Auf einmal rauscht er empor! Schon lag vor
         wartenden Augen
   Die schimmernde Pantomimenwelt da.

Schon borsten Felsen entzwey; schon brannt' im
         innersten Abgrund
   Die Gluth der Hölle, gemahlt auf Papier;
Da strömten Wasser dahin; da tanzten scheckigte
         Teufel
   Vor ihrem König im rothen Gewand.

Doch alles wartete noch, es pochten die seufzen-
         den Herzen;
   Da trat sie, die Zauberin, siegend hervor,
         Und

Und schnell lief Jauchzen und Lust durch alle fro-
     hen Gesichter,
  Ah! — sagte Jüngling und Alter zugleich.

Sie gieng mit siegendem Stolz, so wie die Göt-
     tin der Liebe,
  Von Amouretten begleitet, daher;
Ihr weisses wallendes Haar floß auf den blenden-
     den Busen,
  Und jedes Herz ward durch sie bestrickt.

Von hohem Mitleid entbrannt, sprach ihr gefäl-
     liges Auge
  Trost in des armen Harlekins Herz;
Getröstet, kniet er vor sie; und küßt ihr die
     Hand mit Entzücken,
  Und in Gedanken küßt jeder mit ihm.

Auf einmal sah ich erstaunt, an ihre Seite geleh-
     net,
  Den Gott der Liebe, mit Bogen und Pfeil;
Und bey ihm lag noch gespitzt ein ganzer Haufe
     von Pfeilen,
  Die er mit mördrischen Augen besah.

Wie grausam schoß er umher! Es flog vom bun-
     ten Theater,
  Gewiß des Sieges, der sausende Pfeil;
Ein jeder griff sich ans Herz, und fand sein
     Herz schon verwundet,
  Und zog den tödtlichen Pfeil aus der Brust.
          So

So wie Ulysses ehmals den starken Bogen ge-
     spannet,
 Und siegend Freyer auf Freyer gehäuft!
So siegt des Liebesgotts Pfeil. Es fielen Frey-
     herrn auf Freyherrn,
 Und Gnaden auf Excellenzen dahin.

O G = = wie gieng es dir da! Ich sah dein Ant-
     litz verwandelt,
 Da dich der Pfeil des Kupido verletzt.
Freund! rief ich. — Aber schon war mein war-
     nender Zuruf vergebens,
 Dich zog die stolze Siegerin fort.

Ach! daß die Liebe gesiegt! daß unser G = = so
     gefallen,
 Der Held, der glücklich die Liebe gestohn!
Nun trägt er Ketten, und seufzt, und schmückt
     der Siegerin Wagen,
 Und singet traurige Lieder ihr nach.

     *

———————————

An den Herrn Rittmeister v. S==

Du wafneſt dich, o junger Held,
    Mit deiner Ahnen Speer;
Und ziehſt hin in den dunkeln Streit
    Des Siegers Adlern nach?

O rüſte nicht den holden Blick
    Mit Finſterniß und Tod;
Und ſchmiede nicht mein Vaterland
    In neue Ketten ein!

Wer weiß, wo von den Mauren dich
    Ein braunes Mädchen ſieht,
Das kläglich nach dem Vater weint,
    Den du gefangen führſt.

Ihr mächtig Aug' entwafnet dich;
    Du ſiehſt dich zärtlich um,
Und ſchlieſſeſt Frieden, welchen kaum
    Dein Heldenmuth verwünſcht.

An Herrn von St = =.

St = =, warum jezt das glänzende Feld an
der kriegrischen Donau
Unter dem streifenden Ungar entflieht;
Oder der eisengeharnischte Reuter, der wilde
Pandure,
Zu der Jablunka Gebirge sich drängt;

Was geheim in der Seele der grose Friedrich be-
schliesset,
Wenn er vor Legionen sich stellt,
Die, wie ein schweres Gewitter am langsam donnernden Himmel,
Schrecklich und dunkel zum Schlachtfelde
ziehn;

St = =, dies laß uns nicht forschen. Wir brau-
chen zur Freude des Lebens
Oesterreichs Schwerdt nicht, nicht Galliens
Heer.
Ach!

Ach! wie entflieht uns so schnell die leichte heitere
Jugend,
Mit ihr die Freude, die Liebe, der Scherz!

Phöbe lache nicht immer mit hellem Gesicht aus
den Wolken,
Immer nicht lacht uns der blühende Lenz.
Wird nicht die Locke schon grau? Laß dann die
Sorge dem König,
Und uns die Freude, den Freund, und den
Wein.

Warum wollen wir nicht in laubichten Lindengewöl-
ben,
Oder hier unter dem Ulmenbaum ruhn?
Uns mit Rosen bekränzen, und mit der Burgun-
dischen Traube,
Weil wir noch leben, die Herzen erfreun?

Vor dem berauschenden Nektar entfliehen die na-
genden Sorgen,
Auch die verhaßte Melancholey flieht.
Kühl uns, o Knabe, den Wein in diesem silber-
nen Brunnen,
Welcher von schallenden Felsen sich gießt.

Klagen

eines unglücklichen Liebhabers.

Erste Ode.

Denk ihn hinaus — den schrecklichen Gedanken,
   Der mächtig dich ergreift!
Wie schwarz! — Er liegt auf der gebeugten Seele,
   Wie ein Gebirge liegt.

Sie liebt dich nicht! Tief im zerrißnen Herzen
   Sagts ein geheim Gefühl.
Bald wächst es auf, und mit dem lautsten Donner
   Ruft es: Sie liebt dich nicht!

O Mitternacht, die dicken Finsternisse
   Sind noch nicht finster gnug;
Verhülle doch in zehnmal schwärzre Schatten
   Den thränenvollen Blick!

Sie

Sie liebt dich nicht! Ich kann dir nicht entfliehen,
    Gedanke, voller Quaal!
Laß ab, laß ab: Schon blutet dir das Opfer,
    Schon stirbt das kalte Herz.

Zwey=

Zweyte Ode.

Warum bringt durch die lange Nacht
    Ein zweifelhafter Stral?
O Hoffnung, Hoffnung! täusche nicht
    Ein unglückseligs Herz!

Laß mich in tiefer Traurigkeit,
    In der die Seele stirbt!
Verzweiflung selbst ist Trost für mich,
    Wofern du mich betrügst.

Zu grausam! — dennoch lispelst du
    Dem bangen Herzen ein:
Ich sey vielleicht — vielleicht geliebt;
    O niedriger Verrath!

Meynst du, der schimmernde Betrug
    Soll Kraft dem Herzen leihn?
Mehr glücklich war es, ganz durchbohrt,
    Ganz, o Verzweiflung, dein.

Umsonst, umsonst! — Voll Grausamkeit
    Betäubest du den Schmerz.
Verbinde meine Wunden dann,
    Und reiß sie blutger auf!

Dritte

Dritte Ode.

Nicht verzweiflungsvoll, oder des süssesten
      Glücks
Ungewiß, klaget mein zärtliches Herz;
Nein, ich werde geliebt, und nun, da sie mich
                    liebt,
   Bin ich doch dreymal unglücklicher noch!

Daphne, liebe mich nicht! Ueber uns hänget
                  voll Nacht
   Schrecklich ein eiserner Himmel herab.
Nicht ein gütiger Stral schimmert uns hinter der
                    Nacht,
   Furcht und Entsetzen schwebt rund um uns her.

O partheyisches Glück, warum lächelst du nie
   Liebender Unschuld und standhafter Treu?
Ists der Zärtlichkeit Loos, immer vom tödtlichen
                    Gram,
   Langsam gequälet, das Opfer zu seyn?

Jetzo, da du mich liebst, Daphne, faßt mich
                  mein Schmerz
   Unüberwindlich, wie sprech ich ihn aus!

Ach

Ach! du liebest nur den, welchen ein plötzlicher
Sturm
Auf den betrügrischen Wellen ergrif;

Grausam schmiß ihn der Sturm von dem zaubri-
schen Land
An den verwüsteten Felsen hinan;
Ihn ergreift sein Geschick, ach! und der eiserne
Arm
Schmiedet ihn fest an den blutigen Fels.

An

An den Freyherrn von Zedlitz,

bey Uebersendung des Murners in der Hölle.

Die Muse, die der Ewigkeit
    Der Mäuse Schlachten sang,
Und zu der Berenice Haar
    Der Fermor Locke hob;

Die sah ich, (Nachwelt, glaub' es mir!)
    Im frischen Lindenhayn.
Ein helles Erz am Göttermund
    Klang durch Germanien.

Ihr freyes Haar floß in die Luft,
    Der Zephyr schwebte drauf;
Das Lachen flog um ihre Stirn,
    Die Phöbus Laub umwand.

Die Scherze flatterten um sie,
    Gehüllt in falschen Ernst;
Der ziegenfüßge Satyr sprang
    Mit Grazien einher.

     Ihr

Ihr folgten in dem frohen Chor,
　　Mit scharfem Hohn im Blick,
Mäonides, mit ihm Virgil,
　　Der Stolz von Latium.

Und Despreaux, der voller Salz
　　Des fetten Mönchs gelacht;
Und der, durch welchen Albion
　　Mit Griechenland sich maß.

Der kühne Deutsche drängte sich,
　　Da die Trompet erschallt,
Voll Stolz herzu. Die Göttin sprach
　　Mit heitrer Majestät:

Ihr Söhne Theuts, die lange Nacht
　　Der Barbarey entflieht;
Ihr rächet durch den feinern Witz
　　Des schweren Clima Schuld.

Doch nehmet die Posaune nicht
　　Zu früh! Und wenn ihr singt,
So bleibt nicht immer Wiederhall,
　　Und seyd Original.

Der deutsche Stutzer wird zu oft
　　Vom Satyr aufgeführt,
Und eure Schönen rühren nicht,
　　Die ihr aus Wolken greift.

Welch eine groſe Schilderey
  Liegt vor euch, die Natur!
Ahmt ihr, nicht ſchlechten Muſtern, nach,
  Erfindet, und bleibt neu!

So ſprach ſie, Zeblitz, und ich ſtieg
  Hinab zum Erebus.
Das Ungeheur am Höllenthor,
  Gezähmet durch Geſang,

Kroch mit dem fürchterlichen Schwanz
  Sanftſchmeichelnd vor mir hin;
Und durch der Muſe Gunſt ſah ich
  Der Thier' Elyſium.

Ode

Ode
auf die unvermuthete Ankunft
des
Erbprinzen.
Nachdem
Braunschweig kurz vorher durch den
Prinzen
Friedrich
glücklich entsetzt worden.

Das französische Kriegsheer rückte unvermuthet
vor Braunschweig und Wolfenbüttel. Nach
einer dreytägigen Bombardirung wurde Wol=
fenbüttel eingenommen, und Braunschweig
mußte ein gleiches Schicksal erwarten; als
der Prinz Friedrich mit sehr vielem Muth ei=
nen wichtigen Posten des Feindes angrif, über=
wältigte, und die Stadt glücklich entsetzte.
Der Erbprinz war kurz darauf in eigner Per=
son mit der größten Geschwindigkeit von den
Enden Westphalens herzugeeilt, und verei=
telte die Absichten des französischen Heeres.

Der

Der Erbprinz ists! Sein Auge blitzt
    Den Heldengeist, der ihn verräth.
Er hört es, flieht herzu, und schützt
    Sein Vaterland, das Ihn um Hülfe fleht.

So eilt der Blitz vom Niedergang
    Zum Aufgang hin, des Rächers Willen,
Zu dem der Unschuld Winseln drang,
    An den Verbrechern zu erfüllen.

Schon wieherte das stolze Roß
    Des Galliers um uns herum;
Und Braunschweigs Fluren, öd und bloß,
    Und jeden Hain vor tiefen Schrecken stumm,

Umzingelte das freche Heer;
    Sie jauchzten, trunken vor Vergnügen,
Und sahn im Staub uns schon so sehr,
    Als wie der Welfen Mauren liegen.

Mit Feuer, das der Bosheit Hand,
    Nicht Menschen ähnlich mehr zu seyn,
Dem finstern Tartarus entwandt,
    Gedachten sie, uns unserm Tod zu weihn.

                       Schon

Schon stand im dunkeln Sturm der Feind
  Vor unsern Wällen; schon versiegte
Vor ihm die Fluth; und schnell erscheint,
  Da jeder Stral von Hoffnung trägte,

Der Sieger Friedrich. Mächtig bricht
  Sein Phalanx durch, die Schanze trinkt
Der Feinde Blut; Er kömmt, Er ficht!
  Der Ewge wägt; und Frankreichs Schaale
    sinkt.

Was flicht er so, der stolze Feind,
  Der mit der Hölle Brand gerüstet,
Zu unserm Untergang vereint,
  Sich kürzlich noch so hoch gebrüstet,

Er flieht. Vergebens! Ihn ereilt
  Carls Erstgebohrner; und sein Schwerdt,
Das nie unthätig sich verweilt,
  Nimmt Rach an ihm, da er den Rücken kehrt.

O Prinzen, eure tapfre Hand
  Zerbricht die Fesseln! welch Vergnügen,
Zu streiten für das Vaterland,
  Und für das Vaterland zu siegen!

          Gebeth

Gebeth um den Frieden.

Herr! GOtt und Vater deiner Kinder!
    Vergißst du, Schöpfer, deiner Welt?
Ist niemand, welcher für uns Sünder
    Dir, Richter, in das Rachschwerd fällt?

Noch sendest du zum Blutvergiessen
    Den Todesengel vor dir her;
Und unter des Erwürgers Füssen
    Liegt alles wüst, entstellt und leer.

Schau doch mit Einem Blick der Gnaden
    Auf die zerstörte Welt herab;
Und sieh, wie ganze Myriaden
    Das Schwerd frißt, und das weite Grab.

Sieh, wie die Fluren öde liegen;
    Wie ohne Trost der Landmann steht,
Der unter seiner Herrscher Siegen
    Im Mangel schmachtet und vergeht.

Leer

Leer und mit thränenvollen Blicken,
    Verläßt er sein geplündert Haus;
Es lodert hinter seinem Rücken,
    Sinkt, und zerfällt in Schutt und Graus.

Und seine schwachen Kinder weinen
    An seiner Hand umsonst um Brod;
Und jeder Seufzer von den Seinen
    Ist für sein Herz langsamer Tod.

Von seinem Reichthum, aller Haabe,
    Bleibt ihm zur Hülle kein Gewand;
So schleppt er sich am Pilgerstabe
    Fern in ein unbekanntes Land.

Rund um umgeben von Gefahren,
    Entrinnt er so aus Mord und Brand;
Und ferner Völker Kriegesschaaren
    Bedecken seiner Flüsse Strand.

Die Elbe wälzt zum Oceane
    Die Fluth, durch Leichen aufgeschwellt,
Und an der Oder winkt die Fahne
    Zu wilden Schlachten in das Feld.

Die Spree sieht ihrer Kinder Zagen,
    Sieht ihrer Freuden sich beraubt;
Und bey der Unterdrückten Klagen
    Verbirgt der Weserstrom sein Haupt.

                                Wohln

Wohin man blickt, sieht man Verheeren;
    Die Städte wüst, das Land in Blut;
Und über beyde Hemisphären
    Verbreitet sich des Krieges Wuth.

O sieh darein! Erbarmer, Retter!
    Du wirst dich uns nicht ganz entziehn;
Wirst nicht, verhüllt in Nacht und Wetter,
    Stets wider uns zur Rache ziehn.

Ruf ab das Schwerd vom Feld der Todten,
    Das uns zum Fluch geschärfet ward!
Und sende deinen Friedensboten
    Dem Erdkreis, welcher auf ihn harrt!

Vernimm das Flehen frommer Bether!
    Du lenkst der Fürsten Herz allein;
Lenk es zum Frieden! Laß sie Väter,
    Und Menschen wieder Menschen seyn!

Ode
An Seine Hochfürstliche Durchlaucht
den Herzog
Ferdinand,
von Braunschweig.
Am Abend der feyerlichen Beerdigung
der
Herzogin Frau Mutter
entworfen.

Wer ist der Traurige, der so gebeugt,
 So ganz von Schmerz erfüllt,
In schwarzen Leichenfloor gehüllt,
 Den Blick zur Erde neigt?

Wie, Muse, Ferdinand? Ja! Sieh ihn stehn
 An seiner Mutter Grab.
Die heisse Thräne rollt herab;
 Wer kann ihn trauren sehn

Und

Und unempfindlich ſeyn? Fließt, Thränen, fließt,
 Die ihr den Helden ehrt!
Wie ſehr war ſie die Fürſtin werth,
 Um die er ſie vergießt!

O du, jetzt mehr als Fürſt, indem du weinſt,
 Bewundrung ſchaut dich an.
Wie groß der Fürſt, der weinen kan,
 So menſchlich, wie du weinſt!

Der wird einſt in der Schlacht, wenn nun das
    Feld
 Voll von Erſchlagnen liegt,
Auch dann noch weinen, wann er ſiegt,
 Und mehr ſeyn, als ein Held.

Doch folg ihm weiter! Sieh, jetzt öffnet ſich
 Die dunkle Fürſtengruft.
Er geht, wohin ſein Herz ihn ruft,
 Sieht, Tod, noch näher dich.

Wie groß, wie ſchaudervoll, wie voll Gewalt
 Iſt dieſer Anblick nicht!
Wie ſteht hier Sarg an Sarg! Wie ſpricht
 Des Todes Schreckgeſtalt!

Hier ſchlummern ſie nunmehr, o Ferdinand,
 Die Helden, die voll Muth,
Mit dir aus Einem Stamm, ihr Blut
 Verſpritzt fürs Vaterland.

Hier liegt dein Albrecht; dort der tapfre Franz.
    Sie fielen in der Schlacht;
Doch schlummern sie nicht hier in Nacht,
    Sie deckt des Nachruhms Kranz.

Und hier, (du weinst aufs neu, o Muse!) hier
    Dein Liebling — Nenne nicht
Den Namen der das Herz uns bricht!
    O Ferdinand, von Dir,

Von seines Bruders Muth zum Ruhm geführt,
    Fiel Er, der junge Held;
So wie die zarte Blume fällt,
    Wenn sie der Nord berührt.

Wie oft, o Fürstengrab, eröffnet sich
    Dein fürchterliches Thor?
Was Braunschweigs Stamm aufs neu verlohr,
    Sey lange gnung für dich!

Laß ab, o Vorsehung, mit diesem Schlag!
    Noch ruft der nahe Krieg
Die Helden fort zum Ruhm, zum Sieg,
    Zum fürchterlichen Tag,

Wo Blut vergossen wird. Steh ihnen bey,
    Weyh, Vorsicht, ihren Stahl,
Weyh ihn zum Sieg, damit einmal
    Dies Blut das letzte sey!

                              O

O Zeit, in der des Kriegs Gebrülle schweigt,
    Wann nahst du dich, o Zeit,
Da aus des Himmels Herrlichkeit
    Der güldne Friede steigt?

Empfindungen chriſtlicher Dank=
barkeit.

Wenn ſich mein Geiſt, Allmächtiger!
  Der Gnaden Menge denkt,
Womit du mich, mein GOtt und HErr,
  So unverdient beſchenkt:

Dann iſt mein Herz, ſo hoch erfreut,
  Ganz deiner Güte voll,
Und weiß für heiſſer Dankbarkeit
  Nicht wie es danken ſoll.

Als ich noch in der Mutter Schooß,
  In Nacht verborgen, ſchlief;
Beſtimmteſt du, o HErr, mein Loos,
  Das mich zum Leben rief.

Du ſprichſt des Sterblichen Geſchick,
  Eh er geboren iſt;
Und ſo ward ich, (o welch ein Glück!)
  Durch die Geburt, ein Chriſt.

                              Schwach

Schwach an der Brust, vernahmst du schon,
　　Was kein Gebeth noch war,
Und neigtest zu des Weinens Ton
　　Dein Ohr gefällig dar.

Wann ich als Jüngling von dem Pfad
　　Der Tugend mich verirrt;
Hat mich unsichtbar, HErr, dein Rath
　　Oft wieder drauf geführt.

Du warst mein Schutz und meine Wehr
　　Vor Unglück und Gefahr;
Und vor dem Laster, das noch mehr,
　　Wie sie, zu fürchten war.

Ich sah, von Krankheit bleich, durch dich
　　Mein Leben hergestellt;
Und deine Gnade schmückte mich,
　　Wann Sünde mich entstellt.

Von Freudenstralen glänzt mein Blick,
　　Da du so hoch mich liebst,
Und mir in wahrer Freundschaft Glück
　　Mehr, als ich wünschte, giebst!

Und welche Wohlthat, HErr, ist nicht
　　Dies Herz, das fühlen kan!
Dies Herz, ganz dein, das dankbar spricht,
　　Was du an mir gethan!

　　　　　　　　　Kein

Kein Tag soll würdger mir vergehn,
　　Als, Ewger, dir zum Preis;
Ich will mit Hymnen dich erhöhn,
　　Als Jüngling, und als Greis.

In Schrecken, Angst, Gefahr und Noth,
　　Trau ich allein auf dich.
Durch dich gestärkt, ist selbst der Tod
　　Mir nicht mehr fürchterlich.

Wann krachend jetzt der Bau der Welt
　　Sich aus den Angeln reißt:
Will ich den preisen, der mich hält,
　　Dich, der mich leben heißt;

Dich, der mich bey der Welten Sturz
　　Mit starkem Arm erhob!
Selbst Ewigkeit, HErr! ist zu kurz,
　　Zu preisen all dein Lob!

Ode

Ode

an die
Frau Schloßhauptmannin
von Spiegel.

Ueber
das Absterben
Ihres Gemahls.

Noch seh ich Dich gen Himmel schauen,
Mit thränendem von Angst gebrochnem Blick!
O Du gebeugteste der Frauen,
Wo ist nunmehr Dein ganzes irdsches Glück?

Es ist dahin! — Als wenn im Wetter
Ein schneller Stral vom schwarzen Himmel fährt,
Den Baum entflammt, und Stamm und
Blätter
Mit wilder Glut im Augenblick verzehrt.

So liegt Dein Spiegel! Laß den Klagen
Den freyern Lauf; zu sehr verdient er sie!
　　Du siehest ihn zur Gruft getragen,
Zu hart geraubt, zu unverhofft, zu früh!

　　Nicht deiner Zähren Strom zu wehren,
Naht sich zu dir die Muse, selbst gebeugt;
　　Ich würde weniger Dich ehren,
Wenn weniger Dein Herz sich uns gezeigt.

　　Ich selbst, der ich nicht das verlohren,
Was Du verlierst, ich steh noch stumm und kalt;
　　Mir klingt in den erschrocknen Ohren
Sein Röcheln noch; noch seh ich die Gestalt

　　Des Sterbenden. Mußt ich es sehen,
O Theurester, wie dir das Auge brach?
　　Ich sahs, mir blieb der Athem stehen,
Ich sprach Gebeth, kaum wissend, daß ichs sprach.

　　So war die edle Seel entwichen!
Er lag vor uns, den wir so sehr geliebt,
　　Ein kalter Leichnam, starr, verblichen,
Wir all um ihn lautweinend und betrübt.

　　Tritt her zu seiner frühen Bahre,
Leichtsinniger! tritt her, sieh schreckensvoll,
　　Daß Jugend, so wie graue Haare,
Des Todtes Schwerdt, gleich grausam, treffen
　　　　　　soll.

　　　　　　　　　　　Du

Du fliehſt — Mit furchtbar weiten Schritten
Holt er dich ein; wie eitel iſt dein Fliehn!
   Nicht Klagen, Thränen, oder Bitten,
Nicht Stand, nicht Pracht, nicht Gold, entfer‐
     nen ihn.

Wenn jemals Thränen ihn gerühret,
So hätten ihn die Deinigen gerührt,
   Gebeugte Frau! Doch er vollführet
Den ſchweren Schlag, und ach! er iſt vollführt!

Du, der du ſeine Pfeile lenkeſt,
O Ewiger! der du auch ſolchem Schmerz,
   Auch ſolchem Jammer, Kräfte ſchenkeſt,
O ſchau herab auf Ihr zerrißnes Herz!

Zerriſſen blutet es — zerriſſen
Von deiner Hand; denn iſts nicht deine Hand,
   Die Ihr das größte Glück entriſſen,
Das reinſte Glück, das Sterbliche gekannt?

Wie liebten ſie! Ach! gieb der Seele,
Die ſo geliebt, nun einſam übrig iſt,
   Gieb an des Gatten Todtenhöhle
Ihr deinen Troſt, den noch ihr Herz vermißt.

Laß, wann ſie weint, ſie Lindrung weinen!
Zwar hört ſie noch die heilge Stimme nicht,
   Die unter Gräbern und Gebeinen
Des Chriſten Troſt in unſre Seelen ſpricht.

Ff 5   Doch

Doch einst wird sie die Stimme hören,
Wird fühlen, HErr, was sie erst nicht empfand;
    Und deinen hohen Willen ehren,
Der Wohlthat auch im Jammer Ihr gesandt.

————

An

An
die Göttin der Gesundheit.

❦❦❦❦❦❦❦❦❦

Als sich der Erbprinz im Aachner
Bade befand.

─────────

Die Opfer dampfen dir zu Ehren,
   Die du im Himmel wohnst,
Und von den seegensreichen Sphären
   Das Flehn der Sterblichen belohnst.

O Göttin, huldreich schaue nieder
   Vom Thron, der dich erhebt;
Wo dich mit goldenem Gefieder
   Glück und Zufriedenheit umschwebt!

Auf

Auf Ihn, den Helden, der vom Heere
      Geliebt ward; selbst vom Feind;
Auf Ihn, der edlern Menschheit Ehre,
      Ihn, jeder Tugend wahren Freund.

Den Kranz, der Ueberwinder lohnet,
      Brach er mit tapfrer Hand;
Hat seines Blutes nicht geschonet,
      Hat es verspritzt fürs Vaterland.

Als nach der unglücksvollen Wunde
      Uns sein Verlust gedroht;
Wie jauchzten da in schwarzer Stunde
      Die Kriegesfurien, der Tod!

Viel Tage giengen da verhüllet
      In Traurigkeit vorbey!
Doch unser Flehen ward erfüllet,
      Du gabst Ihn, Göttin, uns aufs neu.

Laß jetzt für ihn die warmen Quellen
      Zwiefach wohlthätig seyn!
O sprudelt sanft, ihr Heilungswellen,
      Du, Himmel um Ihn her, sey rein!

Grünt schöner um Ihn her, ihr Felder,
      Rausch Ihm, o Wasserfall!
Umschattet frischer Ihn, ihr Wälder,
      Sing Ihm noch süsser, Nachtigall!

Ich sehs! — Schon sinkt Ruh und Vergnügen
   Von des Olympus Höhn.
Der Göttersohn soll nach den Siegen
   Belohnung seiner Thaten sehn.

————————————

Allgemeines Gebeth.

Allmächtiger, der seinen Thron
  In Himmeln hoch erhöhet;
O höre mich, der Erde Sohn,
  Der dir im Staube flehet!

Du schufst mich Staub, und liessest Staub
  Zum Engel sich erheben:
Hier unten der Verwesung Raub,
  Um ewig dort zu leben.

Ein denkend Thier! Wie arm, wie bloß,
  Ist es, der Herr der Erden!
Ein denkend Thier! Wie frey, wie groß,
  Unsterblich soll es werden!

Welch ein Geschenk gabst du mir nicht,
  Da du Vernunft mir schenktest,
Und der Erkänntniß göttlichs Licht
  In meine Seele senktest;

Verleih mir doch die Wiſſenſchaft,
    Mein ewges Glück zu finden;
Und gieb mir Willen, Muth, und Kraft,
    Mich ſelbſt zu überwinden.

Lehr mich, was mein Gewiſſen ſagt,
    Dem Himmel vorzuziehen;
Und laß mich, was es unterſagt,
    Mehr als die Hölle fliehen.

Mach fühlend dieſes harte Herz,
    Wenn meine Brüder leiden;
Und laß an meines Haſſers Schmerz
    Sich nie mein Auge weiden.

Laß mich nie mit verwegner Hand
    Nach deinem Donner trachten;
Noch jeden, der dich nicht erkannt
    Der Hölle würdig achten.

Im Glücke Furcht, im Unglück Muth
    Sey alles, was ich flehe.
Was du, mein Schöpfer willſt, iſt gut,
    Und was du willſt, geſchehe!

Laß mich mein Brod durch deine Gunſt
    Nie ohne Müh erwerben.
Und lehre mich die groſe Kunſt
    Zu leben, und zu ſterben.

O

O du, vor dem der Seraph kniet,
　　Den Cherubim umringen,
Von allen Sternen schallt das Lied,
　　So deine Heilgen singen.

Ich beuge, HErr, vor dir mein Knie;
　　Du hast den Staub erhoben!
Heil mir! ich bin ein Geist, wie sie,
　　Der Mensch darf, HErr, dich loben!

———————

Musikalische Gedichte.

Die
Pilgrime auf Golgatha.
Ein musikalisches Drama.

Personen des Drama.

Ein Einsiedler.　　　　Der erste Pilgrim.
Der zweyte Pilgrim.　　Ein Engel.
Chor der Pilgrime.

Recitativ.

Der erste Pilgrim.

Ehrwürdger Einsiedler! Wie glücklich bist du nicht!
Fern von der Welt aufrührischem Getümmel,
Zeigt uns dein ruhiges Gesicht,
Von göttlicher Zufriedenheit
Und hoher Andacht, einen ganzen Himmel.

　　　　　　　Die

Die tiefe Nacht der Einſamkeit,
In deiner rauhen Höhle
Wird von verwerflichen Gedanken
Niemals entweiht.
Der ganze feyerliche Golgatha
Liegt ſtets vor deinen Augen da,
Und bringt vor deine fromme Seele
Den Tod des Göttlichen, der hier für Menſchen
　　　　　　　ſtarb,
Und Eden uns aufs neu erwarb.
Wir kommen hier zu dieſer Höh,
Nach einer Reiſe voll Beſchwerde;
Und wollen dieſer heilgen Erde
Voll Innbrunſt, doch von Aberglauben rein,
Auch unſre Thränen weihn.

Arie.

Golgatha!
Meiner Andacht wünſcht ich Flügel,
Eh ich deine Todeshügel
In der Fern entdeckt.
Ganz von Andacht hingeriſſen,
Will ich hier die Erde küſſen,
Die des Heilands Blut befleckt.

Reci

Recitativ.

Der zweyte Pilgrim.

Du frommer Mann,
Wir riſſen uns von unſern Sünden,
Einmal mit Ernſt bemüht, der Seelen Ruh zu
finden.
Wir giengen manche rauhe Bahn,
Die heilge Stelle ſelbſt zu ſehn,
Auf der für uns ein ſolches Heil geſchehn.
O! zeig uns jeden Ort, den ehmals der Ge-
rechte
Mit ſeinem Fußtritt eingeweiht,
Damit wir, ſeine Knechte,
Im Schatten dieſer Einſamkeit
Jedwede Stelle küſſen!
O! könnt uns, ſo wie dir, die ganze Lebenszeit
In heiligen Betrachtungen verflieſſen,
Und könnten Seufzer Sünden büſſen!

Arie.

Für ſo viel Leiden, ſo viel Plagen,
Die unſer Heiland hier ertragen,
Entbehren wir der irdſchen Freuden
Des Lebens gern,
Und weihen es dem Herrn.

Recitativ.

Der Einsiedler.

Heil euch! ihr Wanderer!
Die Andacht, die den Pilgerstab
Zu dieser Reis' euch gab,
Hat aus dem Sturm der Welt auch mich hieher
        begleitet.
Nicht träger Müssiggang hat zur Einsiedeley
Voll Eigenliebe mich geleitet;
Mein jüngers Leben floß nicht ungenützt vorbey;
Doch da ich meine Jugend
Dem Dienst der Welt geweiht,
So hofft' ich, würde mir der Himmel es vergeben,
In dieser wilden Einsamkeit
Mein Alter ihm allein zu leben.
Bequemlichkeit und falsches Glück
Des vorgen Lebens, hilft die Gnade mir vergessen;
Sie lispelt mir wahrhafte Ruh
Im Schatten rauschender Cypressen
Mitleidig zu.
Der Wald, der diese Höhle
Mit dunklen Zweigen überhängt,
Beschirmet meine Seele
Mit einer einsamen beständgen Nacht
Vor der Zerstreuung Macht.

                          Ihr

Ihr steht mit mir auf Golgatha,
Hier, wo der Thaten grösseste geschehen,
Die je die Welt gesehen,
Ob sie im Stillen gleich geschah;
Nicht von dem Pomp der eiteln Ehr. umgeben,
Durch den die Menschen ihre Thaten heben.
Hier starb ein Gott! — ein Gott, der für uns
Sünder
Ein Mensch erst ward;
Hier starb ein Mensch, der alle Menschenkinder
An Unschuld übertraf!
Und warum schweiget denn der Weltkrais, und
die Lieder
Der Völker schallen nicht um dies Gebirge wieder?
Warum liegt denn die weite Christenheit
In träger Unempfindlichkeit begraben?
Will sie zu ihrer Dankbarkeit
Mehr, als das grösseste von allen Wundern ha-
ben?

Arie.

In siebenfältge Nacht
Neigt sich das Haupt des Sohns der Allmacht hin.

Er gab den Thron des Himmels, Glanz und
Macht

Für Sünder hin.

Und

Und dennoch liegen die Geschlechter
In Unempfindlichkeit?
Wer sah vom Himmel mehr Barmherzigkeit,
Und von der Erde mehr Undankbarkeit?

Recitativ.

Doch, wie ists möglich, daß in steten Freuden
Der Weltmensch, o Meßias, deine Leiden
Mit Dankbarkeit ermißt,
Und nicht vergißt?
Wie kann er beym Geräusch der Saiten,
Bey Liedern der Sirenen;
Im Strudel mächtger Eitelkeiten,
Zu innrer Harmonie gestimmten Tönen,
Und zu Empfindungen der Seraphim,
Sein Herz gewöhnen:
Da alle wilden Leidenschaften,
Empört, und voller Ungestüm,
Dies Herz bestreiten.

Arie.

Wie toben nicht des Meeres Wogen,
Wenn Dunkel den Olymp umzogen,

Und

Und Donner auf den Fluthen brüllt!

Doch, wie viel wilder iſt der Leidenſchaften
Wüten,

Wenn Ernſt und Weisheit nicht gebieten,

Und Tugend ihren Aufruhr ſtillt.

Recitativ.

Der zweyte Pilgrim.

O frommer Alter, zeig uns dann

Die theure Stelle, wo der Pfahl geſtanden,

Woran den Gottmenſch Mörder banden;

Damit ich fromm die Hände

Von da gen Himmel breite,

Und die Gelübde ganz vollende,

Mit welchen ich dem HErrn mich weihte.

Der Aberglaube gab mir nicht

Den Pilgerſtab zu dieſer Reiſe;

Ich weis, der wahre Chriſt

Kann, ohne dieſe Wallfahrt anzutreten,

So feuriger, ſo frommer Weiſe

Zu ſeinem Heiland aller Orten bethen,

Als wie auf Golgatha;

Doch ſollte nicht die Höh,

Worauf das gröſte Wunderwerk geſchah,

Der Wandrer fromme Neugier mehr verdienen,

Als alle prächtigen Ruinen

Der

Der Königsgräber, und der stolzen Mauren,
Mit Menschenblut erbaut,
Die, tiefgestürzt, nunmehr im Staube trauren?

Der erste Pilgrim.

Soll der, der selbst die heilge Gegend schaut,
Worinn der Allmacht Sohn die Blinden sehend
　　　　　　machte,
Die Todten aus den Gräbern brachte,
Und endlich für ein sündiges Geschlecht
Mit tausend Martern starb;
Soll der denn nicht mit Recht
In heiliger Entzückung sich verlieren?
Und sollt ihn nicht des Ortes Anblick rühren,
Auf welchem ehemals der grose Sühnaltar
Für uns zum Himmel aufgerichtet wär?

Arie.

Die Wehmuth weint der Menschlichkeit
　　　　　　zu Ehren
Auch in der Ferne bittre Zähren,
Wenn sie den Tod des Freundes hört:
Allein wie wird ihr Schmerz vermehrt,
Wenn sie sich selber auf sein Grabmaal lehnet,
Und dessen Todtenstaub bethränet,
Den sie noch jenseit des Grabes verehrt.

　　　　　　　　　　　　So

So traurt der Christ mit bangem Herzen,
Wenn er, Messias, deine Schmerzen
In heiligen Geschichten hört:
Allein, wie wird die Andacht nicht vermehrt
Wenn Golgatha sich selbst ihm zeiget,
Er selbst hinab zu deinem Grabe steiget,
Und deinen Tod darinnen verehrt!

Recitativ.

Der Einsiedler.

Ja, fromme Wanderer! betrachtet diesen Berg,
Mit heiligem Vergnügen,
Mehr, als die prächtigste der stolzen Pyramiden,
Die seiner Fürsten Aschenkrügen
Aegypten aufgethürmt.
Zu Ehren dessen, welcher hier verschieden,
Steht Golgatha,
Selbst von Ungläubigen beschirmt,
Zum grosen Denkmaal seines Todes da.
Ihr werdet zwar für eure Sünden
Durch dies Wallfahrt nicht Vergebung finden,
Wenn wahre Buße nicht
Für euch zum Gottmensch spricht;
Doch kommet ihr mit tiefgebeugter Seele,
Nicht gleich den stolzen Frommen,
Zu seiner heilgen Grabeshöhle,

Und

Und seyd ihr durch der wahren Andacht Geist
Hieher gereißt;
So seyd mir tausend tausendmal willkommen.

Duett.

Der I. Pilgrim.　　Wir wollen uns dem
Orte,
O Jesu, voller Demuth nahn,
Wo dir des Todes Pforte
Voll grauser Nacht sich auf-
gethan.

Der II. Pilgrim. Mit tiefgebeugtem Herzen,
O Heiland, opfern wir
dir Dank
Für alle Todesschmerzen,
In welche beine Seele
sank.

Beyde. Verschmäh ihn nicht, der Thränen frommen Dank!

Der I. Pilgrim. Wir trotzen nicht auf
unsrer Tugend Stärke;

Der II. Pilgrim. Wir trotzen nicht auf
unsre guten Werke;

Beyde. Wir hoffen unsre Seligkeit
Nur von Barmherzigkeit.

Reci-

Recitativ.

Der Einsiedler.

Mit welchem heiligen Entzücken
Muß ich die Demuth nicht erblicken,
Die, Pilgrime, mit so viel Andacht spricht!
Erhebt dann das Gesicht,
Und überschaut erfreut
Den Schauplatz der erhabensten Geschichte —
Bestralt vom Sonnenlichte
Ragt Tabor dort aus dem Gewölk hervor;
Viel näher streckt sein Haupt Moria hier empor!
Und unter ihm der Oelberg, dessen Höhen,
Messias, dich im blutgen Schweiß gesehn.
Gethsemane! die schwärzste Mitternacht
Ward hier vom Gottmensch durchgewacht.
Hier drang der Mordsucht Fackel auf ihn ein;
Den Missethätern gleich ward er hinweggebracht.
Und endlich starb der Fromme, der Gerechte,
Allhier auf Golgatha für Sünder und für Knechte.

Chor der Pilgrime.

Sey uns gesegnet, du heiliger Berg, du
            Zeuge des Bundes,
                        Wel-

Welchen die Allmacht mit sterblichen Menschen von neuem errichtet
Und mit dem Blute des göttlichen Sohns auf
ewig versiegelt.

Recitativ.

Der Einsiedler.

Dort unten an des Berges Fuß
Liegt in dem Felsen eingehauen
Das unentweihte Grab des Heilands Ruhestatt.
Der Hain rauscht hier ein heiligs Grauen;
Und oftmals hat
Die einsame Melancholey
Hier Lieder der Unsterblichen gehöret,
Die des Erlösers Sieg verehret.

Chor der Pilgrime.

Sey uns gesegnet, du heilige Gruft, du
Pforte des Lebens,
Welches aus dir, von neuem mit stralendem
Schimmer bekleidet,
Triumphirend heraustrat, und sich zur Ewig-
keit aufschwang.

Recitativ.

Der Einsiedler.

Was seh ich? Engel steigen nieder; —
Ihr hoher Beyfall krönet eure Lieder

Die

Die Töne der Unsterblichen,
Der heilgen Wächter Chor
Erfüllet unser Ohr.

(Man höret eine sanfte andächtige Musik.)

Recitativ.

Der erste Pilgrim.

Welch eine süsse Harmonie!
So klangen Sterblicher Gesänge nie.
Vom Berge steiget dort
Ein holder Wanderer herab;
Es stralt in seiner Hand der helle Pilgerstab!
Sein jugendliches Angesicht
Gleicht dem Gesicht der Erdenbürger nicht.
O dies ist einer von des Himmels Chören,
Die wir jetzt über uns erschallen hören.
Wir neigen uns vor dir
Mit Ehrfurcht, hoher Wanderer des Himmels.

Accompagnement.

Der Engel.

Wie selig sind die frommen Klagen,
Die ihr hier eurem JEsu weint!

Die

Die seelgen Geister, die sie hören,
Antworten euch mit ihren Chören:
Wie seelig sind die frommen Klagen,
Die ihr hier eurem JEsu weint!
Es werden es die hellen Sphären
Durch aller Himmel Himmel sagen:
Wie selig sind die frommen Klagen,
Die ihr hier eurem JEsu weint!
Es schallen eure frommen Lieder
Vom Golgatha zum Tabor wieder;
Der Berge Nachhall müsse sagen:
Wie seelig sind die frommen Klagen,
Die ihr hier eurem JEsu weint!

Chor der Pilgrime.

Seyd uns gesegnet, ihr Thränen des Mit-
leids, um JEsu geweinet;
Seyd uns gesegnet, erweichet das Herz zur
Reue, zur Buße,
Welche nicht stolz sich brüstet, und nur im Stil-
len zu GOtt schreyt.

Recitativ.

Der Engel.

Du, heiliges Gebirge, sollst also
Von Wanderern nicht unbesuchet liegen!
Der Himmel schaut, ihr Pilger, mit Vergnügen
Die Anbethung, die ihr hier JEsu weiht.
Und sollte nicht der Mensch, voll Dankbarkeit,
Dich

Dich, Golgatha, mit Thränen netzen,
Da alles, was darauf geschah,
Für ihn allein geschah?
Für Engel zitterte nicht Golgatha;
Für Engel blutete nicht Gottes Lamm,
Für Menschen ganz allein starb es am Kreuzesstamm.
Und dennoch sehn auch Engel mit Ergötzen,
Auf dies Gebirg, und steigen oft herab,
Und singen Lieder um sein Grab.
O welche Leiden ohne Zahl
Hat dazumal
Der ganze Himmel nicht empfunden,
Als Golgatha zerriß,
Und Todesfinsterniß
Das Auge des Erlösers deckte!

Chor der Pilgrime.

O Himmel! wer kann es ermessen,
Daß der, der auf der Allmacht Thron ge-
sessen,
Vom Thron herunter steigt, die Krone nie-
derlegt,
Und gleich dem Sünder stirbt, den seine
Strafe schlägt.

Recitativ.

Der Engel.

Und dennoch that er es!
Mich dünkt, ich sehe hier aufs neu

Die grosen heilig furchtbarn Scenen wieder —
Der Cherub fällt erschrocken nieder,
Und hüllt sein Angesicht
Tief in sein glänzendes Gefieder;
Der Seraphinen Lieder
Verstummen vor des Höchsten Thron —
Man höret, um der Allmacht Sohn,
Ein banges Klagen in den Sternen,
Ein banges Klagen in den Himmeln,
Ein banges Klagen auf der Erde. —
Der Abgrund thut sich auf —
Die Hölle brüllt Triumph herauf;
Die Sonne starrt zurück in ihrem Lauf,
Und schwarze Mitternacht verhüllt die Welt.
Erschüttert fühlt der Todten weites Feld
Der neuen Auferstehung Macht;
Sie gehn hervor aus Grab und Nacht.

Arie.

Du Sünder, dem die heilige Geschichte
Des Heilands Martertod gelehrt,
Erzittre, wenn einst an dem Weltgerichte,
Der Gottmensch richtet, welchen du entehrt!

Beym letzten Donner der Posaunen
Wirst du, Ungläubiger, erstaunen,
Daß der dein Richter ist, den du verschmäht,
Dann wirst du glauben, doch zu spät.

Recitas

Recitativ.

Der Einsiedler.

O himmlischer Gefährte, deine Reden
Sind wie der Warnung Stimm aus Ungewittern.
Gieb, Himmel! daß wir selig werden
Mit Furcht und Zittern.

Der Engel.

Seyd immer Wanderer auf Erden,
Und opfert nicht blos rednerischen Dank
Dem, der für euch den Kelch des Todes trank;
Erfüllt gehorsam sein Gebot,
Und preiset seinen Tod
Durch tugendhaftes Leben.

Arioso.

Ihr seyd theuer erkauft, darum preiset Gott.

Schlußchor.

Der Allmacht Sohn hat überwunden!
Wir preisen dich, sieghafter Held,
Bedecket mit glorreichen Wunden,
Fürs Heil von einer ganzen Welt!

Der Freche von unheilgen Saamen,
Der, Tugend, dein Gefühl verlohr,
Entweihe nicht der Christen Namen,
Und singe nicht in unser Chor!

Hh 2   Das

Das befreyete Israel.

Nach Anleitung des Mosaischen Lobgesangs
im 15. Kapitel des 2. B. Mos.

Chor.

Laßt uns dem HErrn lobsingen,
Er hat die größte der Thaten gethan!
Das Meer fuhr hinweg auf des Ostwindes
Schwingen;
Kam wieder in schrecklichen Stürmen heran,
Und deckte Roß, und Wagen, und Mann.

I.

Noch lag von Mann, und Wagen, und Roß,
Des Schilfmeers Gestade bedeckt;
Denn GOtt ergriff sein tödtlich Geschoß,
Womit er die Könige schreckt.
Die Wagen brausten; auf Leichnamen stunden
Die Kinder Abrams, und schauten umher:
Und sieh, — ihre Feinde waren verschwunden,
Und Pharaons Heerschaaren wären nicht mehr.

II.

II.

Da kam der Geift des HErrn mit heilgem Ungeftüm
Auf Mofen, feinen Knecht, herab.
Er fang den Sieg, den Gottes Hand jetzt gab,
Und alles Ifrael fang im Triumph mit ihm.
Das Chor von einem verfammelten Volke
Erfüllte die Wüfte mit Jubelgefchrey;
Und Jubel ftieg auf zur befchützenden Wolke,
Und Engel ftimmten dem Jubelton bey.

III.

Ich will dem HErrn lobfingen,
Er hat die größte der Thaten gethan!
Das Meer fuhr hinweg auf des Oftwinds Schwin-
gen;
Kam wieder im fchrecklichen Sturme heran,
Und deckte Roß, und Wagen, und Mann.

Ich will dem HErrn lobfingen;
Der HErr ift meine Stärke,
Er ift mein Heil, mein Lobgefang.
Verkündiget, ihr Himmel, feine Werke
Vom Aufgang bis zum Niedergang!

Ich will dem HErrn lobfingen,
Er ift der rechte Kriegesmann.
Sein Mund gebot dem Meere, zu verfchlingen,
Und es verfchlang Roß, Wagen und Mann.

Hh 3   IV.

IV.

Aegypten stand auf, und die rollenden Wagen,
Die eisernen Reuter bedeckten das Feld.
Die Wüste stieg auf im Staub;
Ganz Israel war schon ihr Raub;
Die Krieger befiel Entsetzen und Zagen;
Da schaute der Herr von seinem Gezelt.
Er stieß die Räder mit Ungestüm
Von ihren Axen herab;
Im dunkeln Sturme kam sein Grimm,
Das wallende Weltmeer ward ihr Grab.

V.

Wir wollen sie erjagen,
Gedachte voller Stolz der Feind.
Des Schwerdtes Schärfe soll sie schlagen;
Aegyptens Hand soll sie verderben,
Sie sollen sterben!

Chor.

Aegyptens Hand soll sie verderben,
Sie sollen sterben!

VI.

Da ließest du die Tiefe wallen,
Das Meer bedeckte sie.
Gefallen, gefallen, gefallen,
Gefallen, gefallen sind sie!

Chor.

Chor.

Gefallen, gefallen, gefallen,
Gefallen, gefallen sind sie!

VII.

Wer ist dir gleich, HErr, unter den Göttern?
Wer ist dir gleich, Herr Zebaoth!
Wer geht, wie du, auf tödtenden Wettern?
Wer hilft uns, so wie du, o GOtt;
    Mächtig, heilig,
    Schrecklich, glorreich,
Wunderthätig bist du, GOtt!

Chor.

    Mächtig, heilig,
    Schrecklich, glorreich,
Wunderthätig bist du, GOtt!

VIII.

Du hast dein Volk geleitet,
Das du erlöset hast;
Und ihm den Weg bereitet
Zur heilgen Wohnung, deiner Rast.
Die Völker hörens, und zagen,
Und Angst kömmt die Philister an;
Die Fürsten Edoms und Moabs verzagen,
Und bleich für Furcht steht Canaan.
Sie sahn, wie du Aegypten bezwangst
Durch deinen grosen Arm.
Laß über sie fallen Erschrecken und Angst

        Durch

Durch deinen grosen Arm!
Bis in dem mächtigen Kriege
Dein treues Israel siege,
Das du erworben hast.

IX.

Pflanze sie, HErr, auf den Hügeln
Deines heilgen Erbtheils ein;
Unter deines Cherubs Flügeln
Laß, o HErr, sie sicher seyn.
Laß sie sich zu deinem Ruhme,
GOtt, in deinem Heiligthume
Ihres grosen Königs freun.
Pflanze sie, 2c.

Schlußchor.

Der HErr wird König seyn,
Der HErr wird König seyn!
In alle Ewigkeiten!
Antwortet, ihr jauchzenden Reihn:
Der HErr wird König seyn!
Wer kann seine Thaten verschweigen?
Antwortet, ihr Pauken und Reigen;
Der HErr wird König seyn
In alle Ewigkeiten!

Die

Die Auferstehung.

I.

Du tiefe, todte, grauenvolle Stille
Ums heilge Grab: um des Geopferten,
Des Gottversöhners, Grab;
Verhülle mich! Verhülle
Mein Herz in Traurigkeit, mein Aug in Nacht! —
Soll ich den Todten sehn?
Sehn den Verbluteten? am Holz Verbluteten?
Wer wälzet mir vom Grab
Den Felsen ab?
Doch wie? das Grab ist offen? — Leer?
Wie schauderts mich! Auch nicht den Todten
          mehr —

Chor.

Der HErr ist erstanden! Der HErr ist er=
          standen!
Ihn halten die Banden
Des Todes nicht mehr!

Die Sünd' ist verschlungen!
Der Tod ist bezwungen!
Hallelujah! dem Gottmensch, dem Sieger
des Todes!
Hallelujah! dem ewigen Sohn!

II.

Der Engel GOttes fuhr herab,
Schnell, wie der wetterleuchtende Blitz;
Sein Kleid war weiß, wie der schimmernde
Schnee;
Des Grabes Hüter sahn erschrocken in die Höh;
Betäubet, seellos, legte sie sein Blitz,
Ums Grab zerstreuet, vor sich hin.
Er aber trat ans Grab,
Und wälzete die Last des Felsen ab.
Es zitterte der Erde Grund
Dem mächtigen Gauge des Kommenden;
Und jetzt trat aus des Grabes Graus
Der Sieger des Tods im Triumphe heraus.

Chor.

Der HErr ist erstanden! der HErr ist er=
standen!
Ihn halten die Banden
Des Todes nicht mehr!
Die Sünd' ist verschlungen!
Der Tod ist bezwungen!
Hallelujah! dem Gottmensch, dem Sieger
des Todes!
Hallelujah! dem ewigen Sohn!

III.

III.

Was schallt aus allen Tiefen
Für ein Geheul empor?
Mit kaltem Schauder hört mein Ohr
Hinunter in die Tiefen.
Es sind nicht Klagen — Seufzer nicht,
Was aus der tiefsten Tiefe bricht.
Es ist ein scheußliches Gebrüll.
Es ist Verzweifelung!
So brüllt sie, die Verzweifelung!

Chor.

. Es ist Verzweifelung!
So brüllt sie, die Verzweifelung,
Wenn sie der Rache Blitz durchfährt,
Und kein Erbarmer mehr sie hört.

IV.

Als sich der Sieger jetzt aus seinem Grabe riß,
Fuhr er hinab ins Reich der Finsterniß,
Wo sich die Satane, lautjauchzend, im Triumph
Des Todes des Messias freuten.
Mit bitterm, nur der Hölle würdgem, Hohn
Sprach Satan von dem Götterthron:
Ihr habt ihn sterben sehn, den Träumer, den
            Propheten,
Den Sohn der Allmacht, wie er sich genannt —
Doch Satan konnt' ihn tödten!
Mit meiner zjel gewaltgern Hand
Riß ich ihn in den Staub! — Verwese da,
Du Göttersohn! — —

            V.

V.

So sprach der wilden Lästrung Stimme,
Als unter ihm der Hölle Veste bebt.
Er kömmt, er kömmt in seinem Grimme,
Der Gottmensch, der Gekreuzigte,
Der Todte, welcher lebt!
Zehntausend Donner sandt' er vor sich her;
Die Fürsten stürzten von den Thronen,
Und ohn' Erbarmen, ohne Schonen,
Ward jeder in dem Feuermeer
An seinen Felsen angespießt,
Um da Jahrtausende in Pein,
Mit Flammen überschwemmt zu seyn.
Da brüllte die Verzweifelung
Das scheußliche Geheul aus allen Höhlen.
Ein scheußliches Geheul drang von verdammten
                    Seelen
Dem Rächer nach, der, nach der Hölle Sieg,
Herauf zur Erde stieg!

Chor.

Preiß ihm! dem Starken, der des Raubes
Den Tod, und die Hölle beraubt!
Durch den Gott das Geschlecht des Staubes,
Durch Blut, durch theures Blut erlößt,
Und uns nicht ganz zur Hölle verstößt.
Hallelujah, dem Gottmensch, dem Sieger
                    der Hölle!
Hallelujah, dem ewigen Sohn!

VI.

VI.

Welch eine herrliche Gestalt
Kömmt unter jenen Schatten her?
Und welche göttliche Gewalt
Spricht lauter in mir? — Er! —
Er ists, er ists, den ich beweint —
Es ist der Göttliche, der Menschenfreund,
Mein Heiland, und mein GOtt! —

VII.

O laß mich hier zu deinen Füssen
Den Staub, o du Gesalbter, küssen,
Der dich, des Todes Sieger, trägt!
Mein Auge ströme Freudenzähren,
Daß du, um einst mich zu verklären,
Dich selber in den Staub gelegt.

VIII.

Mit kaltem Schauder bebt' ich sonst,
Wann ich hinab ins Thal des Todes sah!
Da war kein Stral vom Licht —
Da war kein Helfer für mich da.
Oft zagte tief in sich
Die Seele, voll Verzweifelung,
Und sträubte sich, und rung
Und fürchtete, nicht mehr zu seyn! —
Der gegenwärtgen Gottheit Schein
Erhellt jetzo das finstre Todesthal.
Der bessern Hoffnung Stral
Erhellt der Seele Traurigkeit
Mit künftger Ewigkeit.

IX.

IX.

Auch ich bin Staub, auch ich, ich werde
Dereinst in deinem Schoos, o Erde,
Sanft ruhn, wie Er.
Doch soll kein Tod mich zaghaft machen.
Ich weiß, ich weiß, ich werd' erwachen,
Und auferstehn, wie Er.

X.

Und o! des grosen Tags!
Wann jetzo der Trommeten Schall
In alle Gräber dringt;
Und aller Welten Wiederhall
Den Kommenden verkündigt, der ins Feld
Der Todten kömmt, und da Gerichte hält.
Wann nun, o HErr, so wie dein Wort gebeut,
Das Feld der Todten rauscht, die Ewigkeit
Die Myriaden nimmt; und insgesammt
Dein Wort sie losspricht, oder sie verdammt.

XI.

Laß mich nicht, Unerbittlicher,
Wann Himmel und Erde vergehn,
In deinem Zorn dich sehn!
Noch bist du Richter nicht;
Noch hörest du das Flehn, das durch die Wol=
ken bricht;
Laß mich, o HErr, zum Leben auferstehn!

Chor.

Chor.

Du Sohn des Ewigen! hör unser Flehn!
Laß uns zum Leben auferstehn!

XII.

So bist du auch für mich erstanden,
O du Gekreuzigter!
So wird der Hölle Spott zu Schanden.
Und ich lobsinge dir, o HErr!

Schlußchor.

Jauchzt Lieder dem HErrn, der HErr ist
erstanden!
Jauchzt ihm in seinem Heiligthum!
Es mischen von den höhern Sphären
Die Engel sich zu unsern Chören,
Die Erde schallt von seiner Thaten Ruhm.
Jauchzt Lieder dem HErrn, der HErr ist er-
standen!
Jauchzt ihm in seinem Heiligthum.

Die Tageszeiten.

In vier Cantaten.

———————— •

Der Morgen.

Aria.

Der Morgen kömmt, mit ihm die Freude!
O sieh! mit blitzendem Geschmeide
Schmückt sich für dich das Feld.
Indem du aus dem Meere steigest,
Und dich in Pomp den Völkern zeigest,
Frohlockt dir eine halbe Welt.

Recitativ.

Der ganze Himmel schwimmt in Glanz.
Die güldnen Stunden führen ihren Tanz
Um dich herum, und grüssen, Sonne, dich!
Und alle Sphären klingen;
Und alle Wälder singen;
Und alle Harmonien dringen

Auf

Auf zum Olymp, und grüffen, Sonne, dich.
Dir fingt die helle Kriegstrompete
In waffenvollen Feld;
Dir fingt des Hirten fanfte Flöte
Im ftillen Thal.
Dich grüßt durch feyerliche Lieder
Der Mufelmann, der Heid, und Chrift.
Doch du, o Chrift, weih deine frommen Lieder
Nur Ihm, der wundervoll das Nichts gebähren
hieß,
Und Erden fchuf, und Sonnen leuchten ließ.

Aria.

Allmächtger, groß im Sonnenglanz,
Und groß in majeftätfcher Nacht!
Verfchmäh nicht Morgenopfer ganz
Von Sterblichen gebracht.

Jauchzt ihm voll Ehrfurcht, dunkle
Wälder!
Jauchzt ihm, erwachte frohe Felder!
Jauchz' ihm lautwallend, Ocean!
Und du, o Menfch, o beth ihn an!

————————

Der Mittag.

Aria.

Der Mittag, begleitet von fächelnden Stun-
den,
Eröffnet sein Füllhorn, mit Blumen umwun-
den,
Und gießt es auf alles verschwenderisch aus.
Die allgemeinen wohlthätigen Feste
Erfrischen des Königs gewölbte Paläste,
So wie des Landmanns umschattetes Haus.

Recitativ.

Empfange mich, ehrwürdger Eichenwald!
Jetzt, da wir ganz vom Mittagsstral ermatten,
Sucht die Betrachtung gern den stillen Aufenthalt
In deinem kühlen Schatten.
Der laute Bach rollt murmelnd in das Thal!
Der Westwind wälzet sich im Wipfel hoher Buchen,
Da Bienen ohne Zahl
Von Blumen ihren Raub mit stetem Summen suchen.

Die

Die Heerde lagert sich im Klee,
Indeß der Hirt von einer luftgen Höh'
Sein Horn ertönen läßt! und, durch den West
erfrischet,
Den süssen Lobgesang zur Bäche Murmeln mischet.
O wie beglückt ist der, den nie sein Herz verdammt,
Und den kein leerer Stolz, kein Durst nach Gold
entflammt!
Der, wenn die ganze Welt in Lastern um ihn brennet,
Sich kalt erhält; nach keinen Würden rennet;
Und, fern vom Lärm der falschheitsvollen Stadt,
Frey unter Linden ruht, die er gepflanzet hat.

Aria.

Nie kann man größre Wollust fühlen,
Indem uns tausend Lüfte kühlen,
Als wenn ein dankbar Herz den HErrn der
Schöpfung ehrt.
Der König, dem der Wein aus güldnen
Schaalen winket,
Der Hirt, der aus der Quelle trinket,
Vergesse nie den Geber, der ihn nährt.

————————

Der

Der Abend.

Aria.

Senke dich von Purpurwolken,
Holder Abend, sanft herab!
Hauche reine frische Lüfte!
Schüttle Thau, und Rosendüfte,
Von den feuchten Schwingen ab!

Recitativ.

Der Wald steht dunkelgrün; von langen Matten
Erhebet sich der kühle Thau.
Der Abendwind erquickt, bey kühlem Schatten
Das stille Thal, die Au.
Jetzt rauscht der Busch, jetzt wallen die Gefilde;
Der laute Bach rinnt hell und milde
Von Felsen ab, und alles fällt vergnügt
In Schlaf und Traum, vom Westwind eingewiegt.

Aria.

Komm, holder Schlaf! die matten Au-
gen sinken,
Die güldnen Sterne winken
Zur süßen Ruh.
Nichts kann des Frommen Schlummer stören,
Er wird beschützt von starker Engel Heeren;
Der Himmel deckt ihn zu.

Die

Die Nacht.

Aria.

O Nacht! und du, o feyerliche Stille!
Indem ich mich in eure Schatten hülle,
Fall ich hin in den Staub vor dem, der
      mich gemacht.
Von dieser Unterwelt Getümmel
Hebt unser Herz nichts mehr zum Himmel
Als deine Majestät, o Nacht!

Recitativ.

Sie kommt! Ihr helles Sternenkleid
Fließt über ihren prächtgen Wagen,
Begeistert von der Macht der dunkeln Einsamkeit,
Steht jetzt der Christ, durch sie geweiht,
Und denket seine Sterblichkeit.
Er hört die Todtenglocke schlagen,
Indem er unter Gräbern irrt,
Und auf den Staub hinweint, der er auch wer-
      den wird.

           Doch

Doch welcher Troſt ſtralt in die bange Seele?
Umſonſt ſchreckt ihn des Grabes dunkle Höhle;
Von jedem Stern ruft ihm ein Engel zu,
Daß er unſterblich iſt.　Er ſchmeckt des Troſtes
　　　　　　　　　Ruh;
Weit hinter jener Nacht ſieht er den Vorhang
　　　　　　　ſinken,
Und Palmen, ihm beſtimmt, und Seraphim ihm
　　　　　　winken.

Aria.

　Wie wird des Grabes Nacht entwei=
　　　chen,
Wenn über Schrecken, Graus und Leichen,
Des Chriſten ewger Morgen glänzt!
Sein Auge wird den Finſterniſſen,
Sein Geiſt der Sterblichkeit entriſſen;
Und ſeine Seligkeit iſt rein, und unbegränzt.

Ende des zweyten Theils.

www.ingramcontent.com/pod-product-compliance
Lightning Source LLC
Chambersburg PA
CBHW032006110726
47901CB00004B/992